KB154054

로체가 있던 자리, 금호동

로체가 있던 자리, 금호동

금호동

정승재 소설집

강

차례

부산, 대티터널

나는 변화가 필요하다.

　부산 대티터널. 어쩔 수 없이 들어선 터널, 빠져나갈 출구는 하나뿐이다. 혹시 출구에 무엇인가 버티고 서 있다면 나는 영원히 터널 안에 갇힌 신세가 된다. 다행히 터널 출구는 하얗게 빛을 내뿜고 있다. 입구에 들어서자마자 출구가 보이는 짧은 터널. 이 터널이 선희에게 가기 위해서 반드시 통과해야만 하는 대티터널이다.

　대티터널만 통과하면 선희가 기다리는 부산이었다.

　새하얀 중부내륙고속도로를 얼마나 달려왔을까(중부내륙고속도로는 도로 바닥이 시멘트로 포장되어 있었다. 시멘트가 하얀색이라는 것은 이해할 수 없는 일이었지만 분명 시멘트로 포장된 고속도로는 하얗게 빛을 반사하고 있었다), 김천에서 경부고속도로(바닥이 까만색이었다)로 갈아타고 다시 동대구에서 대구부산민자고속도로를 40분 달린 후 대저 인터체인지에서 빠져나와 20분 정도를 달렸을 때였다. 커브를 돌자 갑자기 시커먼 입을 벌리고 있는 터널이 나타났다.

대티터널이었다.

다시 주머니 속의 핸드폰에서 까꿍! 하고 선희가 나를 불렀다. 소리에도 빛깔이 있을까?

부산의 대티터널이 가까워질 즈음부터 핸드폰에서 까꿍! 소리가 들리기 시작했다. 누군가가 나에게 관심을 갖고 있다는 것을 알려주는 스마트한 카톡 소리였다. 아니, 관심 정도가 아니라 대화를 나누고 싶다는 표시였다. 스마트폰은 선희와 나를 연결해주는 다리. 터널은 이쪽 마을과 저쪽 마을을 연결해주는 다리. 허공에 떠 있는 다리와 땅속에 묻혀 있는 터널이 우리에게 부여하는 기능은 같다. 선희와 나의 관계를 이어주고 있는 것은 터널일까, 다리일까. 아니면 카톡 소리일까.

핸드폰에서 까꿍 하고 소리가 날 때면, 나는 이 까꿍 하는 카톡 소리에는 무슨 색깔이 섞여 있는 것만 같은 느낌이 들었다. 소리에도 빛깔이 있다면 그것은 저 멀리 1100광년 떨어진 곳에서 폭발하는 초신성의 색을 닮았을 것이다. 어떻게 응대해야 할까. 언제였던가? 천년의 사랑을 약속했던 여인이 있었다. 그러나 이제 나는 늙었다. 아무리 생각해도 천년의 사랑은 자신이 없다. 선희에게는 천년의 사랑은커녕 1년의 사랑도 감히 말하지 못했다. 선희와의 만남은 긴 터널 속의 주행과 같았다. 결과는 뻔했고 만나는 내내 주위에는 희미한 불빛뿐이고 빠져나갈 구멍은 단 한 개도 없었다.

터널 입구에는 하얀 부유물들이 햇볕에 반사되어 반짝거리고 있었고, 그 반짝거림은 밤하늘의 별처럼 음악 소리를 내는 듯했다. 부유물은 떼 지어 은하수를 이루고 그 은하수는 흐르는 물소리처럼 오선지 위에 음표를 그리며 조금 위로 올라왔다가 조금 아래로 내려오기를 반복했다. 대티터널부터는 내가 잘 아는 길이었다. 대티터널 입구에서 나를 맞이하는 부산의 공기가 그렇게 부침을 거듭하며 춤추고 있을 때, A와 내가 탄 자동차가 반짝이는 하얀 먼지 사이를 '쌔앵' 하는 소리와 함께 가로질렀다. 먼지는 굉음에 놀란 듯 사방으로 하얗게 흩어졌다. 먼지가 차에 부딪쳐 죽어가며 가느다랗게 '애앵' 하고 비명 소리를 냈다.

터널 안에 들어서자마자 요란하게 사이렌 소리가 들려왔다.

애애앵, 애애앵.

다시 까꿍! 하고 전화기 속의 선희가 자기를 기억하라고 외치는 소리가 들려왔다. 아니, 나를 감시하고 있다는 경고의 소리였다. 결코 자기를 떠날 수 없다는 협박의 소리였다. 선희가 언제쯤 보낸 문자일까. 이 문자는 왜 이제야 내 핸드폰에서 까꿍! 하고 도착했음을 알리는 것일까. 선희가 문자를 내게 날린 후 그 문자가 내 핸드폰에 도착했음을 알리는 시간 동안 선희는 이미 나를 포기했을는지도 모른다. 포기하기엔 너무 짧은 시간일까? 그렇다면 천년은 사랑하기에 너무 긴 시간이 아닐까? 천년을 기다릴 수는 없지 않은가. 그러니 나는 떠날 수밖에 없다. 다시 옆에 앉아 묵묵히 앞만 보고 있는 A를 바라보았다. 무섭다. 사이렌 소리는 차에 치인 먼지들의 비명 소리가 공명된 듯 점점 더 커졌고, 그 소리는 영원히 계속될 것만 같다. 영원이건, 순간이건, 대티터널 밖으로 나가면 사이렌 소리는 사라질 것이었다. 그와 함께 선희와의 사랑도 끝날 것이었다.

나는 내려오지 말았어야 했다.

먼지들의 비명 소리는 선희의 나에 대한 외침의 표시 '까꿍!'에 비하면 아무것도 아니었다. 선희의 까꿍 소리는 계속될 것이었지만, 터널 안의 사이렌 소리에 묻혀 더 이상 나를 자극하지 못했다. 터널 안에는 보이지는 않지만 하얀 먼지들이, 신음하는 작은 먼지들이, 소리치며 죽어가는 먼지들이 더 많이 있을 터였다.

터널 지붕에는 가느다랗고 긴 줄이 피아노 건반처럼 촘촘히 박혀 있었다. 나는 A에게 이 사이렌 소리가 터널 천장에 깊게 혹은 얕게 파인 줄무늬에서 공기 마찰에 의해 나는 소리 아니냐고 물었다. 뭔가 과학적으로 설명할 수 있는 명징한 상황이 오길 나는 기대하고 있었다. 인간관계를 과학적으로 설명할 수는 없는 노릇이다. 그러나 선희와의 관계를 어떻게든 정리해야만 하는 나로서는, 어떤 선택을 하든 그 선택이 최선이 되기 위해서는 인과관계를 명확히 해야만 한다. 그런 이유가 없다고 하더라도 사이렌 소리를 차마 먼지들의 비명 소리 같다고는 말할 수 없었다. 대티터널에 들어서자마자 들리기 시작한 사이렌 소리를 터널 속의 먼지들이 죽어가며 내지르는 비명이라고 설명하면 안 되는 일이었다.

A는 먼지의 죽음이니 터널 천장에 새겨진 피아노 건반이니 하는 것에는 관심도 없다는 듯, 이 사이렌 소리는 그냥 사이렌 소리라고 했다. 터널 곳곳에 센서가 있어 지나가는 자동차를 감지하고 경고의 사이렌 소리를 낸다고 사무적으로 건조하게 부연해서 설명했다. 웃기는 일이다. 빠져나갈 구멍이 하나뿐인 터널 안에 감시 카메라가 설치되어 있다니, 이 무슨 해괴망측한 일인가. 그의 담담한 설명에서 나는 왜 분노를 느꼈을까. 센서가 나를 감시한다고 느꼈을까?

핸드폰을 터널 바닥으로 집어던져 로드킬 시키고 싶다.

나에게는 변화가 필요해요.

선생님이 지금 부산으로 내려온다고 하지만 언제 다른 곳으로 방향을 틀지 모르는 상황인걸요. 지금쯤이면 대티터널을 지났다고 연락을 주어야만 해요. 그런데 전화가 없네요. 운전 중이니 카톡을 하기는 어려울 거예요. 혹시…… 내려오지 않는 것은 아니겠지요? 아니에요. 그럴 리가 없어요. 선생님은 꼭 내려오실 거예요. 저는 벌써 두 시간 전부터 약속 장소에 미리 나와서 기다리고 있거든요. 그래요, 선생님은 반드시 올 거예요. 선생님은 한 번 한 말에 대해서는 책임을 지는 사람이거든요. 만날 장소에는 늘 먼저 와 있었고, 어쩌다 늦을 때면 미리 전화를 하든가 문자를 남겼고, 약속에 조금만 늦어도 안절부절못하고 쩔쩔매는 사람이었지요. 아직 약속 시간이 되려면 한 시간이 더 지나야 하는걸요. 그런데, 왜 이렇게 불안한 것일까요. 선생님이 부산까지 내려온다는 것은 뭔가 중요한 일이 있는 것이 분명하거든요. 조금 전, 이 방, 돌고래실에 오기 직전, 저는 그만 봐서는 안 될 것을 보았지요. 왜 하필이면 식사 룸으로 올라오는 계단 옆에서 회를 뜨는 것일까요. 주방 아줌마가 탁! 하고 우럭의 머리를 내리치는 순간 피가 사방으로 튀었지요. 아줌마의 비닐 앞치마에는 이미 많은 생선들의 피가 묻어 있었어요. 그 검붉은 핏자국 위로 선명하게 빨간 피가 한 번 더 튀기면서 아줌마의 앞치마는 본래의 푸른 빛깔은 찾기 힘들 정도로 붉게 물든 상태였지요. 그 상태에서 아줌마는 다시 탁! 하고 우럭의 꼬리 부분을 내려쳤지요.

탁!

남편이 현관문의 잠금장치를 풀기 위해 열쇠 구멍에 열쇠를 넣고 오른쪽으로 돌리면 탁! 하는 소리와 함께 잠금쇠가 풀려요. 저는 그 소리에 깜짝깜짝 놀라곤 해요. 다시 아래층 주방에서 우럭 머리를 내리치는 소리가 들려오네요.

탁!

머리 잘리는 소리가 조금 경쾌한 듯하네요. 우럭이 아니라 광어나 가자미일지도 모르겠어요.

다시 탁!

선생님은 늘 일방적으로 제게 연락을 취해왔고, 일방적으로 약속을 정했어요. 오늘도 마찬가지예요. 물론 가끔, 아주 가끔, 제 전화를 받기도 해요. 제가 전화를 하면 받지 않는 경우가 대부분이죠. 열 번 전화를 하면 한 번 받았을까? 아마도 스무 번에 한 번 정도 전화를 받았을 거예요. 무슨 일이 그리 바쁜지 모르지만 아무리 전화를 해도 받질 않아서 생각해낸 것이 카톡이에요. 그러니까 기껏 내가 할 수 있는 연락은 카톡으로 안녕하시냐고 안부를 묻는 정도이지요. 카톡은 상대방이 그 문자를 읽었는지 안 읽었는지 확인할 수 있잖아요. 오늘은 벌써 수십 번의 카톡을 보냈어요. 아직 하나도 읽지 않았구나…… 어찌된 일일까요. 혹시 사고가 난 것은 아닐까요?

어디쯤 오세요? 길은 막히지 않나요? 저는 벌써 포항물횟집에 도착했어요. 어디쯤이세요? 빨리 오라는 말씀은 아니에요. 운전 조심해서 내려오세요. 저는 괜찮아요. 기다리고 있을게요. 날씨가 무척 더워졌어요. 고속도로는 막히지 않나요? 어디……? 아스팔트가 엄청 뜨거울 텐데…… 미안해요, 사랑해요. 구미고속도로에서 사고 났다는데, 길은 막히지 않나요? 사고 난 건 아니죠? 그죠? 내려오고 계신 거죠? ㅜㅜㅜ……

왜 그런 문자를 보냈는지 모르겠어요. 제가 왜 이렇게 우렁 각시처럼 선생님만을 바라보며 살아야 하는 것일까요. 부인도 있는 유부남을요. 서울과 부산이라는 먼 거리에 있는 것도 불리한 조건이지요. 저는 선생님을 만나기 위해 비행기를 타고 한 달에 한 번씩 서울로 가요. 내가 서울에 올라가면 선생님은 내게 서울 구경을 시켜줬지요. 한번은 고속버스터미널 옆에 있는 메리어트호텔에 데려가더라구요. 세상에나! 젊고 예쁜 백인 여자가 흑인들의 음악이라는 재즈를 부르는데, 엄청 예쁜 거 있죠? 게다가 키핑해놓은 거라면서 양주를 꺼내오더라구요. ㅎㅎㅎ 그거 내가 다 먹어치웠는데도 아무 말 안하더라구요…… 사랑스러운 남자예요.

고등학교 때였어요. 그때 내가 왜 집을 나왔는지 모르겠어요. 고등학교 2학년 딸이 집을 나가 따로 살겠다는데 허락한 아버지도 이상한 사람이에요. 아버지는 왜 허락했을까요? 그때 내가 집을 나가지만 않았어도……

두 달간 살았던 그 집 아줌마는 미인으로 아주 잘생겼어요. 어떻게 표현을 해야 하나…… 그러니까 사실 미인이라기보다는 잘생겼다고 표현해야 정확한 표현일 거예요. 이목구비가 뚜렷하고 선이 강한 그런 여자였죠. 조금은 남성적인 이미지도 있었던 것 같아요. 아무튼 그 아줌마는 지적이고, 세련되고, 부유해 보였지요. 그 아줌마를 믿고 그 집에 하숙하기로 했는데 문제가 하나 있었어요. 밤이면 그 집 아들이 가끔 내 방문을 두드린다는 거예요. 똑똑! 두 번. 혹은 똑! 하고 한 번만 두드리고는 아무 소리도 들리지 않는 거예요. 나는 잠자는 척하며 대답도 않고 방문을 열어주지도 않았어요. 그런데, 왠지 그 아들이 문에 귀를 바짝 붙이고 내 방 안의 소리를 엿듣고 있는 느낌 있죠? 그런 느낌이 드는 거예요. 그때 내가 할 수 있는 일은 잠자는 척하고 가만히 있는 것이었지요. 다른 어떤 조치도 취할 수 없다는 자괴감…… 정말 무서웠어요.

스물두 살의 차이. 정승재 선생님과 나는 스물두 살 차이가 나요. 원조 교제는 아니에요. 그런데, 나는 선생님이 보고 싶어요. 매일매일 보고 싶어요. 선생님과 서울에서 헤어지고 고속버스에 올라타는 순간부터 또 보고 싶은 걸 어쩌죠? 연락이 없을 땐 며칠이고 없는 때도 있기 때문에 제가 이러는 거예요. 분명 선생님이 한 달 후에 만나자고 했지만 저는 헤어진 다음 날부터 아니 헤어진 직후부터 선생님의 행적이 불안해요.

'나에게는 변화가 필요하다.'

내 오만 가지 생각은, 아침과 오후 그리고 밤이 지나면 늘 그렇게 종결지어졌지요. 나를 변화시켜야 한다고.

　그것은 슬픈 일이었어요. 선생님을 잊으려고 얼마나 노력했는지 당신은 모를걸요? 이를테면 방이나 집이나 하는 작은 공간에서 몸의 어느 부분을 이용하여 삶의 겉 표면을 매끄럽게 하는 일, 집과 연결된 슈퍼, 편의점에 들러서 혹은 골목을 걸으면서 먹을 것과 입을 것과 자는 것을 원활하게 하기 위한 일련의 행위를 고민하거나 실행하는 일 따위를 함으로써, 선생님에 대한 그리움을 파스텔 톤으로 뭉개 그리거나, 오랫동안 깎지 않아 투박한 4B 연필로 찍찍 휘갈겨 캐리커처 해버리거나, 아니면 소음만 들리는 7분 넘는 연주로, 그도 아니면 낡은 피아노 건반에 빨강 물감을 뒤엎는 식으로 일상을 바꾸려고 노력했지요. 그렇게라도 하지 않으면 머지않아 그리움의 무게에, 삶의 무게에, 지구의 중력에 목이 졸릴 것이라는 두려움이 있었으니까요. 그러니 한 달 만에 만나는 이 시점에 제가 불안해하는 것은 당연한 일 아닐까요? 전화를 좀 해주면 안 되나요? 지금 대구쯤 오고 있다든가 아니면 부산 대터널을 막 지났다거나……

　누군가가 나를 지켜보고 있다니, 놀라운 일이다.
　현대의 도시 생활에서 과연 나만의 삶이라는 것이 있기나 한 것일까? 오늘 서울 금호동에서 출발해 이곳 부산에 도착할 때까지 나는 몇 번이나 감시 카메라에 찍혔을까. 이번에는 오른쪽 컵 받침대에 놓여 있는 핸드폰에서 까꿍! 하는 소리가 들려왔다. 누굴까? 이 시간에 나에게 카톡을 보낼 사람은 선희밖에 없었다. 그런데, 선희가 모르는 다른 핸드폰으로 카톡이 오다니. 확인해야 하나 말아야 하나 갈등이 생긴다. 지금은 시속 80킬로미터로 운전 중이다.

확인해야 하나, 말아야 하나.

다시 주머니 속의 전화기에서 까꿍! 까꿍! 하고 연이어 카톡 소리가 들려온다. 나를 감시하는 터널 안의 독수리 눈이 경고의 사이렌 소리를 내뱉는 동안, 두 개의 전화기에서는 지속적으로 연달아 카톡 도착을 알리는 까꿍! 소리가 울렸다. 누군가? 이 시간에 나에게 지속적으로 카톡을 보내는 자는 누구일까? 여러 개의 스피커에서 나오는 사이렌 소리와 핸드폰에서 나오는 카톡 소리가 연이어 들려오면서 묘한 멜로디를 만들어내고 있다.

까꿍! 까꿍! 애애앵, 까꿍! 애애앵, 까꿍. 다시 애애앵, 애애앵, 까꿍! 애애앵, 까꿍! 까꿍! 까까꿍!

오늘 내가 부산에 오는 것은 선희 말고는 아무도 모른다. 아니다. 정부가 만약 나의 행적을 추적하기로 마음만 먹는다면, 그리 어려운 일이 아닐 것이다. 시시티브이 카메라에 잡힌 내 얼굴과 내 자동차 번호만 확인해도 오늘의 내 행적은 송두리째 모습을 드러낼 것이 분명했다. 핸드폰은 내 현재의 위치뿐만 아니라 과거의 위치까지도 그들에게 깡그리 알려주었을 것이다. 문경휴게소에서 화장실에 들른 사실도 알아낼 것이었다. 내가 오줌을 쌌는지 똥을 쌌는지도 알아낼 것이었다. 갑자기 두려움이 엄습해왔다. 나는 늘 선희가 두려웠다. 그녀는 왜 나에게 집착하는가.

　주머니 속의 핸드폰에서 또다시 까꿍 하는 소리가 들려왔으나, 나는 여전히 운전대를 꽉 잡은 채 전방을 주시하고만 있다. 분명히 선희가 나에게 보낸 카톡 소리일 것이다. 이제 한 시간 후면 만날 터인데 그녀는 왜 그 시간까지 참지 못하는 것일까. 소리는 순간순간 소멸하고 만다. 그러나 문자는 남을 것이다. 어쩌면 선희는 그것이 두려운지도 모른다. 내가 소리처럼 순식간에 사라지는 것, 그것이 두려운 것이다. 그래서 문자를 남기는 것이다. 그렇다. 이 세상에서 나만 알고 있는 비밀 하나는 가지고 싶다. 그게 안 된다면 이 세상에서 소리 없이 흔적도 없이 사라지고 싶다. 그녀로부터 소리처럼 흔적도 없이 사라지고 싶다. 선희로부터 사라지고 싶다. 성공하기 위해서는 메말라야만 하는 이곳. 나는 이 세상에서 사라지고 싶은 것이다. 그러나 결코 그럴 수 없음을 나는 안다. 대티터널 안에서는 수많은 센서가 나를 감시하고 있었고, 스피커에서는 계속해서 내 가슴을 옥죄는 사이렌 소리가 퍼져 나오고 있다. 또한 주머니 속의 전화기와 오른쪽 컵 받침대에 놓여 있는 전화기에서 연달아 전화를 받으라고, 자기에게 관심을 가지라고 아우성치고 있다. 터널 지붕의 가늘고 깊은 선들은 고장 난 피아노 건반처럼 소리도 내지 못한 채 터널 출구까지 계속해서 붙어 있었다. 소리도 나지 않는 건반을 건축가는 왜 터널 안에 설치한 것인지 이해할 수 없는 일이었다.

끼이익!!!

터널 출구를 벗어나자마자 도로 위에 뭔가 시뻘건 것이 떨어져 있었다. 가까스로 차는 멈춰 섰지만 이미 그 붉은 물체를 밟고 지나간 후였다. 뭘까……

나가서 그것이 무엇인가 살펴볼 것인가, 아니면 그냥 다시 출발할 것인가. 나는 A를 바라보았다. 선희를 만나러 오는 부산에 왜 A를 동행시켰을까…… 하는 의구심이 문득 뒤통수를 때린다. A는 차가 멈춰 선 이유에는 전혀 관심이 없는지, 아니면 차가 멈춰 선 것도 모르는지 스마트폰으로 게임만 하고 있다. 내가 A를 왜 데려온 것일까?

사실 A와 나는 별 관계도 아니다. 아니다. 위험한 관계다. 나는 호모가 아니다. 그런데 자꾸 A가 나를 호모로 몰아간다. 선희와도 위험한 관계다. 젊은 유부녀인 그녀가 왜 자꾸 내게 집착하는 것일까? A는 내가 자기를 좋아한다고 느끼는 것 같다. 솔직히 징그럽다. 내가 실수를 하긴 했다. A는 전형적인 남자였다. 검은 피부에 두툼한 입술, 그리고 큰 얼굴에 우뚝한 코, 불룩한 뱃살. 전형적인 남자였다. 그런 A가 동성연애를 한다는 소문이 있기는 있었다. 그렇다고 내가 남자인 A를 좋아했다고 말한다면 정말이지 화가 난다. 나는 호모가 아니다. 양성애자도 아니다. 그런데 이런 상황이 된 것은 순전히 그 술자리 때문이었다. 우연히 그와 함께 몇몇이 술을 먹었다. 아주 많이 먹었다. 얼굴이 불콰해지고, 팔뚝에는 붉은 반점이 생기고, 목구멍에서는 자꾸 먹은 것이 밀려 올라오고, 졸음이 쏟아지다가 기어이 머리는 빠개질 듯이 아팠다. 후배가 잡아준 모텔에 A와 내가 함께 투숙한 것이 문제였다. 물론 나와 A가 원했던 것이 아니라 후배가 돈을 아끼려고 두 남자를 한 방에 밀어 넣은 결과였다. 잠을 자다가 술기운에 내가 옆에서 자고 있는 사람이 남자인지 여자인지 모른 채 더듬었다는 것이었다. 아니, 내 기억은 없다. 어쩌면 그가 내 몸을 더듬었는지도 모를 일이다. 오히려 그게 더 가능성이 크다. 아무튼 그날 이후 A가 나를 은근히 바라보기 시작했고, 슬며시 내 손을 잡기도 했다. 이게 무슨 일일까 의아했지만, 그가 과감히 내 사타구니에 손을 들이밀 때 나는 그날 무슨 일이 있었는지 알게 되었다. 누가 먼저든 아무튼 그와 내가 유사성행위에 가까운 무언가를 한 것이 분명했다.

스물두 살 차이. 집요하게 나를 뒤쫓는 여자 선희도 부담스럽지만, 동갑의 나이, 남자 A도 징그럽다. 나는 이들 둘 모두를 내 삶에서 내쫓고 싶다. 갑자기 이미 빠져나온 대티터널에서의 사이렌 소리가 이명처럼 다시 들려왔다. 환청인지 정말로 대티터널 안에서 울려오는 사이렌 소리인지 분간이 되지 않는다. 붉은 해가 서쪽 바다 끝에서 운전석에 앉아 있는 내 눈을 강렬하게 때리고 있다. 액셀을 밟는다.

나는 누구일까요?

나는 왜 모든 것이 무서울까요? 선생님이 연락을 끊으면 어떻게 하지요? 내가 이렇게 선생님을 의심하는 것은 남편 때문이에요. 이상하지요? 남편의 모든 것이 싫었는데, 남편을 쏙 빼닮은 정 선생님과 불륜이 되었다는 거요. 선생님이 거제도 섬문화축제에 강사로 오신 것은 7년 전이었지요. 그냥 맘이 끌렸어요, 외모도 맘에 들었고, 다정다감한 눈빛도 좋았고요. 그 눈빛에 혹했다고 보아야겠지요. 아니에요. 사실은 선생님의 강의 내용 때문이었지요. '나는 누구일까?'라는 제목하에 행해진 두 시간의 강의는 전부가 다 나를 위한 강의 였으니까요. 나는 누구일까요? 매일매일, 아침이면 6시에 일어나 밥을 안치고 찌개를 끓이고 샤워를 하고 남편을 깨워서 같이 밥을 먹고 남편이 출근을 하면 감흥도 없이 뽀뽀를 하면서 애가 잠자는 방을 쳐다보고 다시 애를 깨우고 씻기고 밥을 먹이고 유치원에 보내고 설거지를 하고 침실 청소를 하고 거실을 닦고 친구에게 일없이 전화하고 살 것도 없으면서 동네 마트를 찾아가고…… 아아. 징그러웠어요. 뭔가 새로운 일이 있어야만 한다. 나에게는 변화가 필요하다. 그렇게 매일매일 다짐을 하면서도 어떻게 변해야 할지 몰라 갈팡질팡하던 차였지요. 그런데, 선생님이 날 보면서 너는 누구냐고 묻는 거

예요. 그러니 제가 선생님께 반할 수밖에 더 있겠어요? 강의
가 끝난 후 선생님의 책을 사서 사인을 받는데, 책 맨 앞쪽 파
란색 간지에 이렇게 쓰시는 거예요.

김선희 님께
늘 새로운 삶.
2014. 4. 16.
정승재

어떻게 이런 말을 쓸 수 있죠? '늘 새로운 삶' '늘 새로운
삶' '늘 새로운 삶'……

우리의 삶이 얼마나 새로운 삶일 수 있을까요. 뒤풀이 장소
에서 선생님 옆자리를 꿰차고 앉았지요. 대구탕을 먹는데, 내
그릇에 고기를 듬뿍 떠서 담아주시는 거 있죠? 그리고 무슨
이유에서인지 저를 챙겨주시더라구요. 그래서 한 달 후 무작
정 서울 올라가서 연락을 드렸지요. 인사동길을 꼼꼼히 안내
해주시고, 4천 원에 배 터지게 먹을 수 있는 금호동의 바지락
칼국수도 사주시고…… 무작정 좋더라구요. 그날부터 선생
님과 연애를 시작했다고 말하면 정확할 거예요. 저에게는 그
날부터 새로운 삶이 시작된 거예요.

그런데 지금 보니 남편과 흡사한 거 있죠? 출장 가면 간다
고 말 한마디 툭 던지고선 돌아올 때까지 전화 한 통 없는 남

편, 집에서 반찬 그릇 챙기는 남편, 나를 바라볼 때 눈웃음을 치는 남편, 실없이 농담 던지고 스킨십을 하는 남편…… 남편과 비슷한 선생님이 좋은 이유가 뭘까요? 문득 그런 생각이 들긴 했어요. 선생님이 내 남편이면 아마도 나는 질려서 못 살겠다고 또 다른 남자를 찾아 떠났을지도 모른다는 생각이요. 왜 하필이면 남편을 닮은 사람을 좋아하는 것일까요? 그러고 보니 원색의 옷이 어울리는 것도 비슷하네요. 정말 그렇다면 내가 화냥년일까요? 그건 아니겠지요?

선생님은 강한 자가 살아남는 것이 아니라 살아남는 자가 강한 자라고 주장했지요. 선생님은 자신의 삶에 내가 관여하는 것을 몹시도 싫어했어요. 아내의 집요한 의부증과 끊임없는 관심이 거추장스러워 가정을 멀리했고, 결국 나를 만났는데, 나까지 이렇게 자기의 삶에 관여를 한다면 뭐가 다르냐고 윽박질렀지요. 그러나 사랑이란 게…… 그런 것 아닌가요? 사랑을 한다면 당연히 상대편의 삶에 관심을 가져야 하고, 그가 뭘 하는지 궁금해하고, 그가 뭘 좋아하는지 알아내서 그걸 선물하고, 안 보면 보고 싶고, 그런 게 사랑이 아닌가요? 그런데 선생님은 자기와 떨어져 있을 때에는 다른 일을 하라고, 다른 생각을 하라고 강요했어요. 마치 그게 사랑이라는 듯이. 어떻게 그렇게 할 수 있단 말이죠? 선생님은 약속된 시간이 아니면 내게 전화를 하는 일도 거의 없어요. 그러다 느닷없이 전화를 해서 사랑한다고 말을 하고…… 정말일까요? 왠지 거짓말이라는 생각이 자꾸 든다면, 내 사랑이 부족한 걸까요?.

　내가 고등학생 때 왜 집을 나왔는지 아세요? 엄마 아빠는 평상시에는 잘 지내다가, 이상하게도 중간고사나 기말고사 등 학교에서 시험 보는 때만 되면 부부 싸움을 했어요. 나는 부모님의 싸움 소리를 듣지 않으려고 이어폰을 끼고 공부를 했지만 문밖에서는 뭔가가 깨지는 소리, 엄마의 악다구니가 들려왔지요. 나는 늘 집안이 불안했어요. 조용하던 집에서 갑자기 뭔가가 깨지는 소리가 들려오곤 했지요. 아빠는 평상시에는 매우 다정다감하고 조용히 말을 했지만 어느 순간 느닷없이 고함을 지르며 손에 잡힌 것을 집어던지곤 했어요. 아빠가 뭔가를 집어 들 때마다, 그때마다 나는 눈을 질끈 감았어요. 그리고 곧이어 쨍그랑 하고 그 물건이 깨지는 소리가 들리길 기다렸지요. 미리 예측할 수 있는 소리는 참을 만했지만, 문제는 전혀 예측 못한 상황에서, 내 등 뒤에서 티브이가 깨지는 소리가 들려왔을 때였어요. 그때 나는 그만 기절혼절하고 말았어요. 그 이후로 나는 내 눈길이 미치지 못하는 어디에선가 갑자기 들려오는 소리에 깜짝깜짝 놀라곤 해요. 문밖에서 내가 있는 방 안으로 보내는 노크 소리나 열쇠 돌리는 소리는 정말 끔찍해요. 누가 노크를 하는 것일까요? 누가 열쇠를 돌리고 내가 있는 방으로 들어오려는 것일까요? 벌거벗고 불뚝 앞을 향해 곤두선 자지를 흔들며 들어오던 하숙집 아들……

붉은 간판이 보인다.

선희가 미리 잡아놓았다는 Q모텔 간판이다. 반짝이는 간판
이다. 포항물횟집도 이 근처가 분명하다. 부산에 포항물횟집
이라니 좀 이상했지만, 선희는 자연산 회가 정말 맛있는 집이
라고 했다. 선희의 설명대로라면 포항물횟집 간판이 보여야
하지만 보이질 않는다. 어느 틈엔지 보슬비가 추적추적 내리
기 시작했다. 어떻게 된 일일까. 도로를 따라 한 블록을 돌아
도 포항물횟집은 없다. 선희에게 전화를 할까? 아니다. 선희
는 기다리라고, 자기가 나오겠다고 말할 것이 분명하다. 포항
물횟집이 이곳에서 아무리 멀어도 선희는 분명히 금방 도착
한다며 뛰어올 것이다. 그렇게 해서는 안 된다. 금방 찾을 수
있을 거다. 아직 약속 시간에 늦지 않았다. 광안리 해수욕장
주변의 대로변은 서울의 강남보다도 더 화려한 듯, 건물은 10
층 이상이 되는 고층 건물들뿐이고, 건물 외벽에는 붉고 푸른
간판들이 요란한 빛을 발산하고 있다. 일단 A를 먼저 Q모텔
에 내려주고 선희가 있는 포항물횟집을 찾기로 한다. A의 손
을 잡았다 놓았다. 벌써부터 A의 손을 잡을 필요는 없다. 어
차피 A와도 오늘 헤어져야만 한다. 그게 가장 현명한 방법이
다. 손을 놓기 아쉽다는 듯, 그의 엄지손가락과 가운뎃손가락
이 내 손바닥을 천천히 미끄러진다. 감촉이 느껴진다. 머뭇거
리는 손가락의 떨림. A에게 먼저 Q모텔에서 기다리라 말한

다. 만날 사람이 있다고. 의아해하는 표정이 역력하다. 같이 여행을 와서 혼자 모텔로 들여보내고 자기는 다른 사람을 만나러 간다니, 이해가 안 되는 모양이었다. 어쩔 수 없는 일이었다. A를 데려온 것은 사실 선희와 삼자대면을 할 작정이었기 때문이다. 그러나 이 얼마나 치졸한 짓인가 싶었다. 두 사람을 한 상에 앉혀놓고 이별을 통보한다? 웃기는 일이다.

다시 한 블록을 돌아보았지만 약속 장소를 찾을 수가 없다. 길옆에 차를 세우기로 한다. 골목 안쪽을 살피기 위해서는 자동차에서 내려 걷는 것이 더 빠를 수 있다. 약속 시간 11분 전이다. 선희가 기다리고 있으면 안 된다. 선희는 걱정이 많은 여자다. 핸드폰을 꺼내 든다. 다시 까꿍! 하고 선희가 나를 부른다. 벌써 수십 통의 카톡이 와 있다.

ㅜㅜㅜ 내려오고 계신 거죠? 그쵸? 사고 난 건 아니죠? 길은 막히지 않나요? 구미고속도로에서 사고 났다는데, 사랑해요. 미안해요……

또 무슨 말이 카톡에 남아 있을까…… 앞에 도착했어, 금방 들어갈게, 라고 카톡을 작성하다 지운다. 그냥 찾아가자. 문자를 보면 나올 게 분명하다. 구두를 구겨 신은 채로 자동차 문을 열고 밖으로 나와 문을 잠근다. 딸깍, 열쇠 돌아가는 소리가 떨어지는 빗방울 소리를 뚫고 음악 소리처럼 요동치며 사라진다. 뜨거운 아스팔트에서 올라오는 수증기의 열기에 숨이 턱 막혀온다. 한낮의 열기가 아직도 식질 않았다. 부산은 덥다. 열기는 소리도 빛도 없다. 답답한 마음에 심호흡을 크게 한 번 했다. 매캐한 자동차 매연 냄새가 난다. 멀리서 뱃고동 소리가 들려온다.

뿌우웅!

심수봉의 「남자는 배 여자는 항구」라는 노래가 갑자기 생각났다. 나는 이제 선희를 떠나야 한다. 마지막 떠나는 배가 뱃고동 소리를 내듯, 나는 선희에게 사랑했었다고 말해야만 한다. 아니 사랑하기 때문에 떠나야 한다고 말해야 한다.

부산의 골목은 질퍽하다. 비가 내리지 않아도 바닷물이 스며든 것 같다. 골목에 들어서자 아스팔트의 뜨거운 열기는 사라지고 찝찔한 바닷물 냄새와 생선 비늘을 뚫고 나오는 비릿한 피비린내가 배어 있다. 모든 것이 사라져가는 느낌이다. 선희가 기다리는 포항물횟집은 대로변의 골목 안쪽에 있었다. 3층짜리 낮은 건물이다. 입구에는 농어 자리돔 도미 방어 우럭 등 살아 있는 생선들이 서로를 밀치며 헤엄치고 있었고, 현관문을 열고 들어서자 왼쪽으로 타일로 만든, 욕조만큼 큰 수조가 또 있다. 그곳에는 광어와 도다리가 차곡차곡 겹쳐져 누워 있었다. 안쪽 주방에서는 아줌마가 물고기를 잡고 있다.

탁!

우럭의 머리를 내리치는 순간 피가 사방으로 튄다. 아줌마의 비닐 앞치마에는 이미 많은 생선들의 피가 묻어 있다. 그 검붉은 핏자국 위로 선명하게 빨간 피가 한 번 더 튀기면서

아줌마의 앞치마는 이미 푸른 앞치마가 아니라 검붉은 앞치
마로 변해 있다.

탁!

아줌마는 다시 우럭의 꼬리 부분을 무쇠 칼로 내려쳤다. 그
옆을 지나 나는 선희가 있는 2층 돌고래실로 향한다. 나무로
된 계단이 내 발걸음에 쿵쿵 소리를 낸다. 바지 주머니에서
다시 까꿍! 하고 선희가 부르는 소리가 들린다.

남편은 집에 들어오기 전에 미리 전화를 해요.

내가 놀랄까 봐 걱정이 되어서 그런다고 하는데, 사실 나는
그 전화 소리에 놀라기도 해요. 그날 주인집 아들이 방문을
따고 들어올 때의 그 딸깍 하는 소리 때문에 그런가 봐요. 그
주인집 아들은 내 방에 들어오자마자 무조건 내 뺨을 후려치
더라고요. 몇 번을 후려친 후에 치마를 걷어 올리고…… 더
이야기를 못하겠네요. 그날 이후로 나는 보이지 않는 소리에
깜짝깜짝 놀라곤 해요. 현관문 앞에서 들리는 모든 소리가 저
에게는 공포이지요. 아파트 현관문은 꼭 잠가야만 조금 안심
이 되는 걸 어쩌겠어요.

창밖을 보니 어느 틈엔지 해는 지고 까만 밤이 되었네요.
비도 오네요. 짙은 어둠 속에서 비 내리는 창밖을 바라보면
세상은 지독히 슬픈 한 편의 영화가 되지요. 주인공인 줄도
모르는 가난한 행인이 하나, 둘, 셋, 슬픔의 물살에 휩쓸리지

않으려고 망각을 우산처럼 뒤집어쓰고 골목을 지나가네요. 세월의 조류는 참 빠르죠? 선생님과 거제도에서 만난 때가 벌써 7년 전의 일이군요. 우리 잊지 말아요. 왜 자꾸 불안한 생각이 드는지 모르겠어요. 가로수 사이로 비바람 약간. 가로등 불빛도 조금. 7월의 젖은 푸른 잎새들 위로 입술이 파랗게 언 아이들이 미끄럼 타는 것처럼 그렇게 나를 향해 돌진하고 있군요. 보고 싶었어요. 사랑은 권력관계라며, 더 사랑하는 사람이 약자라는 말이 생각나네요. 그래요, 나와 선생님의 관계를 보면 적나라하게 입증되지요. 그래도 어떡하겠어요. 미치도록, 미치도록 당신이 보고 싶은걸요. 주먹이 으깨지도록 닫힌 문을 두드렸어요. 당신의 가슴을 두드렸어요.

쿵! 쿵! 쿵!

당신이 이곳으로 다시 오다니……

사랑해요.

살아가는 건 살아지는 게 아니라 사랑하는 일이에요. 불꽃처럼 사랑하는 일이에요.

쿵! 쿵! 쿵!

아래층에서 사람이 올라오는 소리가 들리네요. 누구죠? 선생님일 것 같아요. 아니에요. 혹시 다른 사람이면 어쩌죠? 어떤 모르는 남자면 어쩌죠? 선생님이 도착을 했으면 아마도 문자를 해주셨을 거예요. 선생님이 빨리 왔으면 좋겠어요. 혹시 선생님이 아니면 어쩌죠? 아니에요. 꼭 오실 거예요. 다른 곳으로 사라졌을 리가 없어요. 다시 카톡을 보내야겠어요. 선생님, 어디까지 오셨어요? 가슴이 쿵쿵거려요. 내가 올라올 때에도 발자국 소리가 났을까요? 선생님은 카톡을 보았을까요?

금호동 선희

끝났다.

그래, 끝났다……

릴랙스…… 릴랙스……

청수헌(聽水軒)*이 이고 있는 밤하늘은 텅 비어 있고, 나는 여전히 평상에 누워 하늘을 보고 있다. 어머니가 자신의 별이라고 말한 그 별은 마지막으로 조금만 더 밝게 '반짝' 하고 남쪽으로 사라졌다. 금호동 해병대산에서 나란히 누워 함께 별을 헤던 어머니는 이제 내 곁에 없다. 양평 청수헌에서 내 어

---

* 귀향해서 살기 위해 엄마와 함께 지은 양평 집 이름을 나는 청수헌(聽水軒)이라 했다. 물소리를 듣는 집. 법학을 전공한 내가 법(法)을 잊지 않기 위해서 물 수(水) 변에 갈 거(去) 자를 합한 법(法)을 다시 파자(破字)해서 지은 이름이다.

린 시절을 회상하던 어머니는 더 이상 내 곁에 없다.

밤하늘의 별을 바라보며 옛날이야기를 해주시던 어머니. 그 옛날이야기는 사람 이야기에서 시작되어 개 호랑이 기린 늑대 이야기로 이어졌다.

일테면 이런 이야기였다.

한 여인이 시집을 가서 아기를 낳는다. 이 아기가 엄마 뱃속에서 나오자마자 벌떡 일어나 여인에게 말한다.

"어머니 제 말을 꼭 기억하세요. 저는 오늘 뒷산 바툼산으로 들어갈 겁니다. 사람들에게는 제가 죽었다고 말하고 가묘를 쓰세요. 시집 올 때 가져온 저 좁쌀 베개를 집 뒷마당에 묻으면 됩니다. 제 무덤이라고 하고요. 10년 후에 제가 돌아올 때까지 아무에게도 이 이야기를 하면 안 됩니다. 꼭 10년입니다. 꼭 10년만……"

그렇게 말하고는 홀연히 바툼산으로 사라지는 것이 아닌가. 그 여인은 아들이 시키는 대로 하고 혼자 살아가고 있는데, 10년이 되기 한 달 전 기어이 마을 아낙에게 그 이야기를 하고 만다. 마을 아낙의 꼬임에 넘어간 여인은 결국 좁쌀 베개를 묻은 무덤을 파헤친다. 그 많은 좁쌀이 전부 군마와 병사가 되어 있었는데, 말발굽과 병졸의 발뒤꿈치가 아직 땅에서 떨어지질 않았다. 그리고 무덤에서 하얀 연기가 피어오르면서 군마와 병졸은 하나둘 쓰러져 흙으로 되돌아갔다. 그때 바툼산에서 '어흐흥' 하는 소리와 함께 한 마리의 호랑이가 튀어나와 사람 소리를 했다.

"어머니, 한 달만 더 참으시지, 그걸 못 참고…… 어머니……"

호랑이는 눈물을 흘리며 원망의 눈초리로 여인을 바라보다 고개를 돌려 바툼산으로 힘없이 돌아갔다. 그리고 다시는 나타나지 않았고 여인은 눈물로 세월을 보내다 곧 죽고 말았다는 이야기.

어머니는 이 이야기 말미에 이렇게 말했다. 남자가 성공하려면, 뭔가 큰일을 도모하려면 절대로 여자를 믿어서는 안 된다. 여자는 엄마도 믿으면 안 된다.

나는 이런 이야기들이 지구의 이야기가 아니라 다른 행성의 이야기라고 여겼다. 진심으로 내가 검사가 되길 어머니가 바랐다면, 어머니는 이런 옛날이야기를 나에게 해주면 안 되는 것이었다. 나는 어머니의 옛날이야기를 들으며 검사가 아닌 천문학자가 되길 꿈꿨고, 역사학자가 아닌 소설가가 되길 바랐고, 대통령이 아니라 라면집 사장이 될 것이라고 다짐했었다. 어머니는 내게 그런 꿈을 주셨다. 한강에서 스멀스멀 기어오른 밤안개는 이미 청수헌 주위를 몽롱하게 만들었고, 안개를 헤치며 느릿느릿 콩잎을 뜯던 고라니도 어느 틈엔지 소리 없이 안개 속으로 사라졌다. 안개는 모든 것을 부드럽게 만들고 있다. 내 마음까지도…… 남쪽 하늘에 있던 어머니의 별이 하늘을 가르며 붉은빛을 내뿜을 때에도 소리는 없었다. 아니 분명 있었을 것이었지만, 나는 그 소리를 듣지 못했다. 왠지 한강에서 피어오르는 밤안개에 어머니의 영혼이 숨어 있는 듯했다.

　오늘 아침 미국 항공우주국 나사(NASA)는 지구로부터 약 1100광년 떨어진 곳에 있는 M9-4 은하 속 초신성 'SH2014J'가 폭발하는 모습이 담긴 사진을 공개했다. M9-4 은하는 도대체 어디에 있는 은하란 말인가. 이 우주에는 은하계가 수억 개 있고, 또 각각의 은하계 안에는 수억 개만큼의 태양계가 있다는 글을 어디선가 본 적이 있다. 수억 개의 수억 배가 되는 베갯속의 좁쌀만큼이나 많은 태양계 속의 지구. 그 지구는 머리에 수억 개의 은하계를 이고 있다. 얼마나 고개가 아플까…… 내가 이 지구의 중력을 벗어나지 못하는 것은 은하계의 무게 때문이리라. 내 머리 위에 얼마나 많은 별들이 나를 짓누르고 있는가. 나사가 사진을 공개한 것은 오늘 오전, 그러니까 정확히 2014년 5월 16일 오전 아홉시였다.

　어머니의 고향 충주에 있는 충주하늘나라 화장터에 도착한 어머니의 시신이 스테인리스 화로에 들어가 불이 붙기 시작한 그때였다. 스테인리스 화로는 예상대로 반질반질하게 하얗게 빛을 반사하고 있었다. 화로 문이 열리고 그 안에 검은 받침대가 있었다. 어머니는 그 검은 받침대 위에 반듯하게 누웠다. 스테인리스 재질은 흰색이고, 빛을 반사해야만 제격이었다. 그러나 화로 내부는 검게 채색되어 있었다. 검게 채색되었다는 말이 가능한 말인지 모르겠다. 검다는 것은 아무것도 없다는 무(無)를 의미한다. 아무것도 없는 상태로 되게끔 하는 것을, 만들었다고 써야 하나 제거했다고 써야 하나. 고인 성명 엄채흠. 유족 대표 정승재. 그리고 그 가운데에 빨갛게 화장 중이라는 글자가 전광판에 컬러로 새겨져 있다. 전광판 아래 TV가 켜져 있고, TV 안에서는 나사의 영상 공개 뉴스가 나오고 있었다. 'SH2014J'가 폭발하는 장면과 함께 1100년 전 그 별이 폭발했다는 아나운서의 멘트가 반복되었다. 아나운서는 1100광년이라는 말을 강조해서 몇 번이고 반복했다. 전광판과 TV 사이에 60년간 유골을 안치할 수 있다는 광고 글귀가 시속 60미터로 우에서 좌로 지나가고 있었다. 화장 중이라는 말과 제거 중이라는 말은 어떻게 다를까.

금호동 사람들은 내가 장차 큰 인물이 될 거라고 믿는 듯했다. 결코 그들이 직접적으로 그렇게 말하지는 않았지만, 나는 그들이 선망의 눈으로 나를 바라보는 것을 느꼈고, 그들은 내가 그들과는 뭔가 좀 다른 족속이라고 인정하는 눈치였다. 금호동에서의 나는 혜성 같은 존재였다. 그들과 뭔가 달랐다. 어머니는 만나는 사람마다 내가 이다음에 커서 검사가될 거라고 말했다. 다시 말하지만, 정말로 내가 검사가 되길바랐다면 나에게 옛날이야기 같은 것은 하지 말았어야 했다. 검사가 될 것이라는 어머니의 그 말 때문인지 아니면 다른 이유가 있는지 모르지만, 동네 사람들은 그렇게 믿고 있었다. 나는 전혀 검사가 될 생각이 없었다. 오히려 나는, 생텍쥐페

리의 『어린 왕자』처럼 어느 작은 별에서 혼자 저녁노을을 보며 살고 싶었다. 밤하늘에서 어린 왕자가 살았을 것 같은 별 'B-612'를 관측하는 천문학자가 되길 바라고 있었다. 그 별이 품고 있는 설화를 소설로 쓰고 싶었다. 어머니는 나에게 장차 커서 검사가 되라는 말씀도 안 하셨다. 그런데 남들에게는 왜 그런 거짓말을 했는지 알 수 없는 일이다. 아무튼 나는 어느 날 갑자기 그들이 나를 바라보는 눈 속에 선망이 들어있다는 것을 느꼈다. 선희 아줌마의 눈에서 나는 이미 45년 전에 초신성 'SH2014J'의 폭발 장면을 봤던 것이다.

나사가 오늘 아침에 공개한 영상은 이미 한 달 전(한국 시각 4월 16일 오전 8시 52분)에 허블우주망원경으로 포착한 영상이었다. 그들은 'SH2014J'가 폭발한 것을 이미 한 달 전에 알고 있었다. 나사는 왜 한 달이 지난 오늘에야 그 영상을 공개한 것일까. 'SH2014J'는 마지막 불꽃을 어쩌나 밝게 내뿜었는지 아마추어 천문가들도 지상에서 관측이 가능했다고 발표되었다. 아마추어 천문가 중 누군가가 이러한 사실을 공표할지도 모르는 위험성이 있음에도 왜 나사는 한 달 동안이나 감추다가 오늘에서야 밝힌 것일까. 굳이 그 영상을 한 달씩 감추고 있을 이유는 없는 일이었다. 아마추어 천문가가 그걸 먼저 밝힐 수도 있었다. 그런데 아무도 오늘 아침까지 그것을 밝히지 못했다. 나사가 밝힐 때까지 지구인 그 누구도 'SH2014J'가 이미 1100년 전에 폭발했다는 사실을 밝히지 않앉다. 그들은 숨겼다. 한 달 동안 숨겼다. 그리고 어머니의 시신에 불이 붙는 시각에 맞추어 그 사실을 마지못해 발표한 것이었다.

초신성 'SH2014J'는 한 달 전 폭발한 것인가, 아니면 오늘 아침 폭발한 것인가. 그것도 아니면 1100년 전에 폭발한 것인가.

별이 사라지는 모습은 아름답다. 죽은 어머니의 얼굴도 아름다웠다. 나는 어머니의 얼굴이 이렇게 예쁘다는 것을 왜 진즉에 알지 못했을까 의아했다. 스테인리스 그릇과 놋그릇을 맞바꾸는 물물교환을 했던 어머니는, 손에는 가볍고 반짝이는 스테인리스 그릇을 들고, 머리에는 무거운 놋그릇을 이고 10리 길 혹은 20리 길을 걸었다. 놋쇠 그릇의 무게가 머리를 내리누르고, 머리를 받치고 있는 목뼈가 가슴을 아프게 찔렀지만, 어머니는 참고 또 참았다. 참고 걷다가 그래도 아프면 다시 참고, 또 참고 참기를 반복했다. 더 이상 참는 것이 불가능할 때 어머니는 머리에 이고 있는 놋쇠 그릇을 길바닥에 패대기쳤다. 놋쇠 그릇 안에는 결코 별들이 살지 않았다. 별들은 스테인리스 그릇 위에 존재했다. 어머니를 사기꾼이라 비난하지 말라. 값싼 스테인리스 그릇을 한 개 주고 비싼 놋그릇을 여러 개 받아오는 후리꾼이라 욕하지 말라. 어머니는 그들에게 희망을 팔았고, 편안함을 주었고, 가난한 자의 당연한 결말로서 실패했지만, 장차 검사가 될 아들을 키우기도 했다.

그 보따리 장사로. 길옆에 그릇 덩이를 패대기치고 그 그릇을 깔고 앉아, 목을 주무르고 어깨를 쓰다듬고 고개를 좌우로 저으며, 누군가를 기다렸다. 놋쇠 그릇 더미를 다시 머리에 일 수 있도록 도와줄 당신들을 기다리고 있었다. 혼자서는 들 수 없는 무거운 짐이었다. 어머니의 삶은 그 놋쇠 그릇 보퉁이만큼 무거웠다. 어머니는 놋그릇이 무거운 이유가 중력 때문이라는 것을 알지 못했다. 자기 팔자 때문이라고 했지 결코 중력을 탓하지는 않았다. 그릇 보퉁이를 들어 어머니의 머리에 올려준 것이 인연이 되어 의형제를 맺은 분이 있었다. 어머니는 그 의형제로부터 내 옷을 얻어 오기도 했었다.

타인과 인연을 맺는다는 것은 얼마나 어려운 일인가.

운명을 참는다는 것은 또 얼마나 힘든 일인가. 어머니는 동기가 선해야 한다고 늘 말했다. 운명을 참는 것과 동기가 선한 것은 무슨 관계일까.

시간 혹은 노인과 나 / 정승재

언덕배기 시골길
지팡이 짚고
힘겹게 오르고 있는 노인

그 옆 포도(鋪道)를

시속 60km로 달리는
검은 자동차 속의 나

자동차로 2분 거리
노인은 그 길을
한 시간째 걷고 있다.

한 노인이 언덕길을 오르고 있었다.

왜 그 노인의 뒷모습에서 어머니를 보았는지 모를 일이었다. 오던 길을 되돌려 노인 옆에 차를 세우고 차에 타시겠느냐고 물었다.

"응 고마워요…… 내 팔자가 이래……"

차를 타면서 노인은 왜 팔자 이야기를 했을까? 아인슈타인은 상대성 이론과 함께 세계선 이론이라는 것을 이야기했었다. 우리가 경험할 수 있는 세계는 이미 일정한 한계 속에 정해져 있다는 것인데, 그것은 운명과 연결되어 있다고 나는 생각했다. 1100광년 전 어머니는 'SH2014J' 행성의 공주였을지도 모른다. 어머니는 무슨 죄를 지었길래 그 행성에서 쫓겨난 것일까. 'SH2014J' 행성에서 무슨 일이 발생해서 어머니는 행성을 탈출할 수밖에 없었을까. 한 시간은 얼마나 긴 시간이고, 1100광년은 또 얼마나 먼 시간일까. 그러나 모든 것은 순간에 사라진다. 1100광년 거리만큼 떨어진 곳에서 밝게 빛나던 초신성 'SH2014J'도 순식간에 사라졌을 것이다. 초신성 'SH2014J'가 순식간에 사라졌다는 소식을 지구인에게 전달하기 위해 1100년 동안 빛의 속도로 달려오게 만든 운명 같은 사건은 또 무슨 팔자란 말인가.

사실 나는 그렇게 눈치가 빠른 사람이 아니다. 내가 동네 사람들에게 특별히 관심을 갖고 있는 것도 아니었다. 내가 그들의 눈에서 선망의 눈길 혹은 부러워하는 듯한 낌새를 알아챘다는 것은 내 성향상 조금 이치에 맞지 않는다. 그러나 어느 순간, 그러니까 그 이름도 기억나지 않는 동네 아줌마가 내 성적표를 보고, 어머니의 평상시 이야기와는 다른 형편없는 성적표를 보고, 실망스러워하는 눈으로 나를 쳐다보았을 때, 나는 알았다. 이전에 그 아줌마가 나를 쳐다보았을 때의 눈빛이 아니라는 사실을. 그때의 그 눈빛은 왠지 나를 불쌍해하는 듯한 눈길이었다. 그리하여 유추해보건대, 그 이전까지는 이름 모를 아줌마가 나를 부러운 듯이 바라보았다는 것을 내가 알게 된 것이었다.

내 학교 성적은 엄마의 기대만큼 좋질 않았다. 나는 늘 미 혹은 양을 받아왔지만, 누이들은 그것이 나쁜 성적이라고 말하지 않았고, 어머니도 그렇게 말하지 않았다. 누이들은 자기들도 성적이 좋질 않으니 굳이 내 성적이 나쁘다는 것을 고자질할 이유가 없었을 것이다. 그런데 늘 미 혹은 양을 받던 내가 운명처럼 이상하고 무서운 선생님을 만났다. 이름도 이생구라고, 이상했다. 생구 선생은 숙제를 안 해온 아이들만 골라서 종아리를 때리고 청소를 시켰다. 가끔 발바닥도 때렸다. 더 많이, 참을 수 없을 정도로 더 많이 아팠지만, 발바닥에서는 종아리와 달리 피하 출혈이 일어나지 않았다. 상처도 남지 않았다. 생구 선생은 그것도 모자라서 어제 집에서 안 한 숙제를 오늘 빈 교실에서 모두 하도록 시켰고, 밀린 숙제를 검사한 후에야 집으로 돌려보냈다. 다음 날에도 나는 집에서 숙제를 하지 않았고, 결국 나는 언어맞고 청소를 하고 또 밀린 숙제를 하고 집으로 돌아갔다. 나는 매일매일 집에서는 숙제를 하지 않았고, 학교에서는 매일매일 언어맞고 매일매일 청소하고 매일매일 늦은 숙제를 하고 매일매일 집으로 아무 생각 없이 돌아갔다. 생구 선생 덕분에 나는 열 과목 중에서 여섯 과목에서 우를 받는 기염을 토했다. 게으른 자들이여, 해야 할 일은 어차피 하게끔 운명지어졌다는 것을 기억하라.

나는 우리 반 학생 80명 중에서 20등을 했고, 그것을 자랑하고 싶어 안달이 났다. 초등학교 4학년 때의 일이었다. 어머니에게 통지표를 들고 신이 나서 자랑을 하는데, 어머니는 연신 '우리 아들이 이제야 드디어 실력 발휘를 하는구나. 점점 더 공부를 잘할 거야'라고 칭찬을 아끼지 않았다. 그때 동네의 그 이름 모를 아주머니가 가까이 왔던 것이다. 나는 흥이 나서 그 이름 모를 아줌마에게 '안녕하세요' 하고 웃으며 큰 소리로 자랑스럽게 인사를 했다. 어머니는 당황한 표정으로 황급히 통지표를 접어 감추는 것이 아닌가. 그걸 감추다니, 아니 내가 이렇게 공부를 잘했는데, 어머니가 그걸 자랑하지 않고 감추다니, 도저히 이해할 수 없는 일이었다. 승재가 성적표를 받아온 모양이구나? 아아, 아니야. 어머니가 아니라며 성적표를 뒤로 감출 때, 나는 '네! 오늘 성적표가 나왔어요'라고 자랑스럽게 말하고 말았다. 어머니가 뒤로 감춘 통지표를 가리키며 당당하게 자랑하고 있는 내 옆에서 어머니는 몹시 억울한 표정을 지었다. 그 이름 모를 아주머니는 성적표를 보고는 '이번에는 성적이 안 좋게 나왔구나'라며 슬픈 눈으로 나를 위로했다.

동네 사람들 중에 단 한 사람, 이름을 아는 아줌마가 있었다. 선희라는 예쁜 이름을 가지고 있는 아줌마였다. 채홈이라는 이상한 이름을 가진 어머니와 달리 그 아줌마는 얼굴도 예쁘고 선해 보였으며 게다가 이름까지도 선희라고 예뻤다. 그 예쁜 아줌마가 우리 집 옆방으로 이사를 왔다. 역시 방 하나에 부엌이 없는 방이었다. 말도 별로 없는 아줌마였다. 선희 아줌마가 언제부터 금호동 달동네에 살았는지는 알 수가 없다. 어쩌면 그때, 내가 초등학교 4학년일 때, 내 나이 열한 살일 때, 처음 금호동으로 이사를 왔는지도 모른다. 그런데 왠지 그 아줌마는 어디선가 많이 본 듯한 얼굴이었다. 분명히 나는 이전에 오랫동안 많이 그 아줌마를 봐왔다고 확신했다. 그러나 어머니에게 선희 아줌마에 대해서는 묻지 않았다. 물을 수가 없었다. 선희 아줌마에게 관심을 갖는 것은, 해서는 안 될 나쁜 짓같이 느껴졌다. 그리고 어머니는 실제로 선희 아줌마가 우리 옆방으로 이사를 오자 노골적으로 불편함을 토로했고, 이유 없이 아버지에게 화를 내었다.

선희 아줌마의 아버지 혹은 할아버지가 어떤 사람인지는 모르겠지만, 그 선희라는 이름은 선희 아줌마에게 정말이지 너무도 잘 어울리는 이름이라고 나는 생각했다. 우리 동네에서 가장 예쁜 아줌마였다. 나는 선희 아줌마가 옆방으로 이사를 온 것이 그렇게 기쁠 수가 없었다. 선희 아줌마는 금호동의 이름 모를 아줌마들과는 달리 하얀 피부를 가지고 있었고, 꼼꼼하고 깔끔한 선녀 같았다. 내 옆방에 그렇게 예쁜 선희 아줌마가 살고 있었다. 그러나 그녀는 동네 사람들과 어울리지 않았고, 어머니도 선희 아줌마에 대한 이야기를 단 한 번도 내게 해주지 않았다. 선희 아줌마는 좀처럼 사람들의 눈에 띄지 않았고, 낮에는 어지간해서는 동네 골목길에 나타나는 법이 없었다. 어스름이면 아줌마는 더 예쁘게 화장을 하고 골목에 잠깐 나타났다 사라졌다.

문 앞에서 마주칠 적에 그녀는 멈추어 서서는 찬찬히, 존경스러운 듯 나를 바라보곤 하였다. 한번은 용기를 내어 내 뺨을 두드리기까지 했다.

어느 날 그 아줌마가 나를 일부러 찾아왔다. 그것도 어머니가 없을 때, 나 홀로 집을 지키고 있을 때 선희 아줌마가 나를 찾아온 것이었다. 내 작은 손을 잡고 자기 방 안까지 이끌더니 사탕과 미제 과자 세례를 퍼부었다. 쭈뼛거리며 한 개씩 과자를 입에 넣는 동안 선희 아줌마는 기름칠을 해서 반질반질한 머리를 만지며 내 앞에 앉아 있었다. 그리고, 드디어, 비장한 청원, 가슴속의 외침, 이 맘씨 좋은 예쁜 선희 아줌마가 큰 가슴속에 깊숙이 감추고 있던 열렬하고도 터무니없는 욕망의 고백을 시작했다. 이미 선희 아줌마의 눈은 붉게 폭발하는 혜성 'SH2014J' 같았다.

"저, 이다음에 네가……"

그녀는 아마도 자기의 어처구니없는 행동에 대해서 벌써부터 후회가 되었지만 어떻게 자신을 억제할 수 없다는 듯, 약간 거북스럽게 아무도 없는 주위를 둘러보았다.

"이다음에 네가…… 네 엄마가 말한 것처럼 되거든……"

나는 그녀를 찬찬히 관찰하였다. 더 이상 미제 과자 상자에 손을 댈 수 없는 상태였다. 나는 본능적으로, 어머니가 내게 예언한 찬란한 미래를 이 상황에서 부정할 수 없음을 간파해 내었다.

"나는 검사가 될 거예요" 하고 나는 큰 소리로 말했다. 사실 나는 그때 검사가 뭘 하는 사람인지 무엇을 의미하는지도 몰랐다. 그러나 검사가 될 것이라고 자신 있게 말해야만 한다는 것은 알고 있었다. 결코 천문학자니 소설가니 하는 말을 해서는 안 되는 상황이었다.

"과자 한 개 더 먹으렴" 하고 선희 아줌마가 상자를 내 쪽으로 밀며 말했다.

나는 그것을 먹었다. 그녀는 가볍게 기침했다.

"엄마들은 그런 것을 느끼는 법이거든. 아마 넌 정말 중요한 인물이 될지도 몰라……"

그녀는 내게로 몸을 굽히더니 내 한쪽 무릎 위에 손을 올려놓았다. 그때 나는 그녀의 큰 가슴을 눈앞에서 목격했다. 그 유방은 너무 커서 엄마의 젖보다 두 배는 더 컸고, 먹기 좋은 커다란 호빵 같다는 생각이 들었다. 그 큰 젖은 이제 미제 과자보다도 더 맛있는 것이었다. 나도 모르게 내 작은 손은 그녀의 가슴속으로 파고들었다. 그녀가 깜짝 놀라 허리를 드는 바람에 내 손목이 꺾이면서 통증이 밀려왔다.

"아야!"

그녀가 웃으며 내 손목을 문질러주면서 목소리를 낮추어 말했다.

"만지고 싶니? 한번 만져볼래?"

그녀가 옷섶을 풀어헤치고 오른쪽 가슴을 드러내었다. 그리고 내 손을 그녀의 젖무덤에 갖다 대는 것이었다. 나는 그녀의 오른쪽 젖을 두 손으로 조몰락거리다가 급기야 아기가 엄마의 젖을 빨듯 그녀의 젖꼭지를 물고 빨았다. 그녀는 깊은 신음 소리를 내며 고개를 뒤로 젖혔다. 나는 그녀의 젖을 입에 문 채 눈을 치켜뜨고, 고개를 젖히고 허공을 향해 신음하는 그녀의 턱 밑을 올려다보았다. 우주가 내 눈 속으로 빨려 들어왔다. 얼마쯤 그러고 있었을까. 흥분도 가라앉고 젖을 빠는 것이 오래도록 계속해서 재미 있는 짓은 아니라는 것을 느끼기 시작할 즈음, 그러니까 그녀의 젖에 손을 대기 시작한 후 11분쯤 지날 즈음(5년 전의 선희는 인간의 평균 성교 시간이 11분이라고 말했다), 그녀가 내 얼굴을 두 손으로 감싸 들어 올려 내 입술에 입맞춤을 했다. 살짝 그녀의 혀가 내 입속으로 미끄러져 들어왔다가 빠져나갔다. 그리고 다시 나지막이 내 귀에 콧바람을 불어넣으며 이렇게 말하는 것이었다.

"그러니까 말이야! 네가 정말로 검사가 되어도, 그리고 더 높은 사람, 일테면 대통령이 되어도 나를 기억해준다고 약속할 수 있니?"

정신 나간 욕망의 불꽃이 갑작스럽게 그녀의 눈 속에서 타올랐다.

"꼭 기억해주렴. 금호동 산 1344번지 달동네에 김선희라는 여자가 살고 있었다는 사실을……"

그녀의 시선은 무언의 애원을 품고 내 눈 속을 파고들었다. 그녀의 손은 여전히 내 손목을 꼭 잡고 있었다.

어머니는 사흘 전 내 손목을 꼭 잡은 채 눈을 감았다. 어머니의 마지막 유언은 "끝났다"였다. 무엇이 끝났다는 것인지는 알 수 없는 노릇이었지만, 어머니는 분명히 "끝났다"고 말했다.

나는 검사가 되지 못했고, 대통령이 되기는커녕 대통령을 만나보지도 못했다. 검사가 되어도 선희 아줌마를 잊지 않겠다고 약속했는데, 검사가 되기도 전에 대통령이 되기도 전에 그녀를 잊을 수는 없는 노릇 아닌가. 그래서 나는 소설을 쓸 때에도 금호동 산 1344번지에 선희가 살고 있었다고, 혹은 선희가 내 첫사랑 애인이었다고 쓰곤 했다.

5년 전쯤부터 어머니는 이유도 없이 가슴의 통증을 호소하곤 했다. 건강했던 어머니가 갑자기 그렇게 아픈 이유는 아무도 알아내지 못했다. 어머니는 그 이후 수시로 병원을 드나들었지만, 나아질 기미가 보이지 않았다. 그때 병원에서 나는 하얀 제복을 입은 선희를 만났다. 5년 전의 선희를. 초신성 'SH2014J'는 아마추어도 관측할 수 있을 정도로 밝은 빛을 내면서 폭발했지만, 어머니의 별은 그냥 조금만 더 밝게 아주 조금만 더 밝게 '반짝' 하고 남쪽으로 사라졌다. 어쩌면 '반짝' 하고 사라진 그 어머니의 별이 초신성 'SH2014J'인지도 몰랐다. 어머니는 "내 팔자가 이래……"라며 팔자타령을 했다. 한 달 전부터 어머니의 팔자타령이 늘기는 했었다. 나사가 초신성의 폭발을 발견한 즈음이었을 것이다. 그리고 사흘 전 기어코 어머니는 죽었다. 119를 불러 병원으로 달려가는 내내 어머니는 입술을 응시물었다. 꽉 깨문 입술 사이로 피가 흘렀다. 보다 못한 여성 구급대원이 어머니의 입에 재갈을 물렸다. 어머니는 눈을 홉뜨고 그 여성 대원을 노려보았다. 왜 그랬는지 모르지만, 어머니의 눈초리는 그녀를 죽일 듯 강렬했다. 병원에서는 이번에도 어머니의 가슴 통증에 대해서 아무것도 밝혀내지 못했다. 밝혀내지 못하는 것인지 밝히기 싫은 것인지 의심이 될 지경이었다. 병원에 들어간 지 11시간 만에 어머니는 죽었다.

'끝났다'.

어머니를 불에 태우고, 양수리 남한강 방향에서 유골을 흩뿌릴 때, 유골이 떠 있는 강물 위로 기차가 달려가며 소릴 내지르고 있었다. 철커덕 철커덕. 운명의 문이 열리는 듯한 소리였다. 아니 내 운명이 힘겹게 철길을 달리는 소리였다. 그렇게 어머니의 마지막 흔적을 흘려보낸 후 청수헌에 도착했다. 우연인지 운명인지 TV에서는 또 「북북서로 진로를 돌려라」가 방영되고 있었다. 한 여자가 살인 누명을 쓰고 도망가는 주인공 남자와 함께 기차 식당칸에서 밥을 먹는다. 그리고 경찰이 기차에 올라타고 있음을 남자에게 알려준다. 그 주인공 남자를 숨겨주는 장면, 또 그 장면이다. 그 장면만, 여자가 이유 없이 남자를 침대칸까지 불러들이고, 친장에 붙어 있는 접이식 침대에 숨겨주는 장면만 몇 번을 보았는지……

그 장면만……

이상하게도 그 유명한 영화, 제목만 들어도 아는 그 영화,

히치콕이라는 이름만 들어도 스릴 있을 것 같은 유명한 감독이 만든 영화, 그 제목을 보고 다른 채널로 차마 돌리지 못하고 보게 되는 그 영화. 내가 본 「북북서로 진로를 돌려라」는 한 여인과 한 남자가 기차 식당에서 음식을 먹으며 대화를 나누는 장면에서 시작된다. 나는 그 장면 앞부분을 본 적이 없고, 주인공 남자가 기차에서 내려 역 화장실에서 면도하는 장면 이후를 본 적이 없다. 그 영화가 또 TV에서 흘러나오고 있었다. 기차 속에서 한 남자와 한 여자가 식사를 하는 장면이 또 보였다.

어머니는 여자를 믿지 말라고 했다. 성공하고 싶으면 여자를 믿지 말라고. 나는 「북북서로 진로를 돌려라」를 끝까지 본 적이 없다. 그 영화가 어떻게 끝나는지도 알지 못한다. 그러나 그 영화를 끝까지 볼 필요가 있을까? 뻔하지 않은가? 처음 본 여자가 살인 누명을 쓰고 도망가는 남자를 이유도 없이 도와준다? 선의로? 어머니는 동기가 선해야 한다고 말했다. 그러나 처음 본 사람에게 그것도 살인범에게 선의를 베푼다는 것은 얼마나 설득력이 떨어지는 이야기인가. 말도 안 되는 이야기다. 그 여자는 분명히 뭔가 숨기는 것이 있을 것이고, 결국 그것은 다른 누군가의 살인 누명을 오히려 그 주인공에게 덮어씌우기 위한 친절일 것이다. 그래야만 이야기가 된다. 이 얼마나 뻔한 스토리인가.

어머니는 '끝났다'고 말했다. 그래 끝났다. 이 얼마나 뻔한 인생인가. 시골에서 태어나 열여덟에 시집을 가고, 자식을 낳고 고생 고생하며 살다가 이제 살만해지니 죽고 마는 인생. 얼마나 흔하디흔한 인생이란 말인가. 약간의 스릴이 있었다고 해봐야, 기껏 김선희라는 여자가 중간에 금호동에 나타나 아들 승재가 혹시 그 여인이 자기의 생모일지도 모른다고 사춘기 시절 조금 방황을 했다는 정도? 그게 뭐 그리 대단한 일인가. 그 역시 하찮은, 너무도 흔한 일 아닌가? 당신들은 당신들의 어머니가 혹시 생모가 아닐지도 모른다는 의심을 단 한 번도 하지 않았단 말인가? 나는 어머니가 빨리 죽었으면 좋겠다고 생각한 적도 한두 번이 아니다.

나는 20년 전에도 선희라는 여자와 사귄 적이 있다. 총각 때의 첫사랑 여자도 선희였다. 5년 전의 그녀, 그 선희가 특별히 예뻤던 것도 아니었다. 오로지 이름이 선희라는 이유만으로도 그녀는 내 불륜의 상대가 되기에 충분했다. 선희 아줌마는 내가 열한 살 때 자기를 잊지 말라고 말했다. 금호동 산 1344번지에 선희 아줌마가 45년 전에 살고 있었다. 나는 아직도 그것을 기억한다.

1100년 전에 초신성 'SH2014J'이 폭발하면서 어머니는 지구로 달려와 내 어머니가 되었다. 그러나 나는, 다시 행성 'SH2014J'로 돌아간 어머니보다 선희 아줌마가 더 예쁘다. 11분 동안 선희 아줌마의 젖을 갖고 논 것이, 5년 동안 어머니의 젖을 빤 것보다 더 기억에 남고, 56년 동안 함께 산 이머니에 대한 추억보다 선희 아줌마와의 몇 개월 동안의 추억이 더 선명하다.

  5년 전의 선희는 섹스할 때마다 11분을 강조했다. 평균 이상을 내가 펌프질 하길 강요했다. 심폐소생술을 시도하듯 나는 절박하게 성교를 해야만 했다. 11분을 채우지 못하면 그녀는 내 페니스를 입에 물고 기를 불어넣었다. 그리고 다시 기운 차린 페니스를 그녀의 자궁 속에 디밀고 11분의 노동을 강요했다. 그녀는 떠났다. 나는 그녀를 잊어야만 한다. 그러나 잊을 수 없음을 나는 안다. 세상의 모든 선희는 내 애인이다. 10년 후에 어머니 제삿날은 기억하지 못해도 선희 아줌마가 금호동 산 1344번지에 살고 있었다는 것은 기억할 것이 분명하다. 대구에 살고 있는 초등학교 동창 권선희는 딱 한 번 모임에서 보았지만 나는 그녀를 잊지 못한다. 선희라는 이름 하나만으로도 그녀는 충분히 내 애인이 될 자격이 있다.

  어머니는 나에게 검사가 되라고 말한 적도 없지만, 어머니가 금호동 산 1344번지 단칸방에 세 들어 살았던 것을 잊지 말라고 말한 적도 없다. 어머니는 내가 고등학교 2학년 때 금호동 집이 철거되어 망원동으로 이사를 간 후 단 한 번도 금호동에 간 적이 없었다. 그러나 나는 요즘도 금호동 해병대산엘 간다. 어머니가 보고 싶을 때에도 가고, 선희 아줌마가 보고 싶을 때에도 간다. 그리고 새 여자 친구가 생기면 그곳에 데려가고 싶어진다.

금호동 산 1344번지. 그곳에 나와 함께 가본 여자라면 믿어도 된다. 그 사랑이 비록 영원하지는 못했더라도, 한 시간 만에 끝났든, 1년 만에 끝났든, 10년을 갔든, 그 사랑은 그때만큼은 진실이었다는 것을.

끝났다.

5년 전 선희는 자기가 아이를 키우겠다고 말했었다. 수십번의 사정과 그때마다 발사된 수억 개의 정자들 중에서 단 하나가 그녀의 자궁에 자리를 잡았다. 나는 지우자고 했고, 선희는 지울 수 없다고 했다. 선희도 잊을 수 없겠지만, 나도 그녀가 홀로 산부인과를 가기 전날 밤 눈물을 흘리던 그 얼굴을 잊지 못한다. 자기가 근무하는 병원이 아닌 다른 병원으로 가던 그녀를.

$$인간으로\ 태어날\ 확률 = \frac{수억 \times 한\ 인간이\ 평생\ 동안\ 하는\ 섹스의\ 횟수}{2(평균\ 자식의\ 수)}$$

수백억 혹은 수천억 혹은 수조 개의 정자 중 몇 개가 사람으로 태어날 수 있을까. 우습게도 어느 국회의원이 말한 농담이 생각난다. 국회의원이 인간이 될 확률은 정자가 사람이 될 확률과 비슷하다는. 그들은 왜 스스로를 인간 이하라고 폄훼하는가. 선희 아줌마는 내가 국회의원이 되거든, 이라고 말하지 않았다. 검사 혹은 대통령이 되어도 자기를 잊지 말라고 말하면서도 국회의원은 거론하지 않았다.

어머니는 끝났다고 말했다.

한 시간 동안 언덕배기를 오르는 노인에게는 그 한 시간이 영원과 같을 수 있다.

1000년의 사랑.

단 11분의 사랑도 1000년의 사랑과 같을 수 있는 것이다.

선희 아줌마의 그때 나이가 얼마나 되었을까. 서른이 채 안 되는 나이였던 것 같다. 어쩌면 20대 초반이었을는지도 모른다. 그녀가 나에게 자기의 젖을 물렸다는 사실 하나만으로 나는 선희 아줌마가 내 엄마일지도 모른다는 의심을 했었다. 처음에 내가 이 이야기를 시작할 때에는 어머니의 장례식 날 '네 진짜 어머니는 내가 아니고 선희 아줌마였다'는 말로 어머니의 유언을 끝맺을 작정이었다. 그러나 내 예상은 여지없이 빗나갔다. 어머니는 '끝났다'고 말했다. 선희 아줌마는 어느 틈엔가 이미 금호동에서 사라졌고, 나는 그녀가 언제 금호동을 떠났는지 기억하지 못한다. 오직 기억에 남아 있는 것은 분 바른 얼굴과 기름칠을 한 머리카락과 큰 가슴. 그리고 자기가 금호동에 살았었다는 것을 기억해달라는 이야기뿐이다. 선희 아줌마가 내 친엄마였다면 그렇게 아무 말 없이 떠날 수는 없었을 것이고, 그것을 끝끝내 나에게 숨길 어머니도 아니었다.

45년 전의 선희 아줌마는 내게 인사도 없이 금호동을 떠났

다. 혹시 그녀가 내 생모일지도 모른다는 미혹을 남긴 채. 5
년 전의 선희는 언제쯤 무슨 이유로 나를 떠났을까. 1년 전이
라는 시기는 알겠는데, 그 이유를 내가 알 수 없는 것은, 그
때 이미 사랑이 식어 있었다는 증좌일 것이다. 내가 왜 자꾸
그녀를 5년 전의 선희라고 말하는지 모르겠다. 그녀는 분명 1
년 전까지만 해도 내 애인이었다. 5년 전의 선희는 아직도 내
주위를 맴돈다. 그녀가 나를 떠났다는 것은 거짓이다. 사실은
내가 떠난 것이다. 어머니의 통증이 더 이상 통제되지 못하게
된 한 달 전. 어머니가 119 구급차에 실려 응급실로 가는 차
안에서 5년 전 선희의 전화를 받았다. 그녀가 다시 나타난 것
이었다. 1년 전 어느 날 갑자기 그녀가 무슨 이유를 대며 절
교를 선언했다. 나는 그녀에게 계속 만날 것을 애원했지만,
내 말은 허공에 흩어져 사라졌다. 나의 애원은 소리도 없이
그냥 없어졌다. 다시는 나를 볼 일이 없을 것 같던 그녀가 갑
자기 나타났다. 전화를 했다.

"보고 싶어!"

내가 어떻게 응답했을까? 잘 기억나질 않는다. '나중에 전
화할게'라고 말한 것 같기는 한데 확실치는 않다. 끝난 일이
었다. 그녀와는 4년을 만났고 4년을 사랑했다. 사랑의 유효
기간은 3년이 최장이라는 말은 그녀가 했다. 그녀는 사랑에
대해서 모르는 게 없었다. 우리의 이별은 어떤 실수나 사건
때문이 아니었다. 사랑의 유효 기간이 끝났을 뿐이었다. 저

하늘의 별이 폭발하는 것도 어떤 문제 때문이 아니다. 커다란 혜성이 지구와 충돌한다고 해서 지구가 폭발하는 것은 아니다. 지구 전체를 불길이 휩싼다 해도 지구는 여전히 태양 주위를 돌 것이다. 혹시 궤도가 조금 바뀔지는 몰라도 결코 혜성과 충돌했다고 지구가 폭발하지는 않는다. 물론 모든 인간은 멸종된다. 지구가 폭발하는 것은, 어떤 별이 폭발하는 것은 중력 때문이다. 중력이 최고조로 극대화되어 더 이상 별이 그 중력을 이기지 못하면 안으로 안으로 수축하던 별은 결국 폭발하여 사방으로 흩어진다. 사랑도 그렇다. 사랑은 깊어질수록 그 끝이 가까워졌음을 알아야 한다. 사랑에도 유효 기간이 있는 것이다. 사랑에도 운명이 있는 것이다. 우리가 만나고 사랑하는 것도 팔자요, 헤어지는 것도 정해져 있는 세계선의 원리인 것이다. 논리적으로는 선희와 내가 헤어질 어떤 단서도 없었다. 그냥 그렇게 된 것이다. 운명. 운명이 정해진 대로 끝나는 것이다.

어머니는 그냥 끝났다고만 말했다.

나에게는 무엇이 더 남았을까?

우리의 삶이라는 것이 기껏해야 이길 수 없는 중력과의 싸움에 불과한 것이 아니던가? 끝없이 비상하고픈, 그래서 끝없는 우주를 바라보며 신세계를 찾아가려 하지만, 별자리의 움직임을 보면서 우리의 미래를 예측하려고 해보지만, 우리가 바라보는 우주는 멀면 멀수록 더 오래된 과거가 아니던가.

'SH2014J'는 1100년 전에 사라진 별이다. 이미 1100년 전 폭발한 것을 이제야 봤다고 발표하면서 대단한 일인 듯 떠들고 있는 나사가 가소롭다. 내가 사는 현재가 별 볼 일 없는 인생인데, 1100년 전의 별의 폭발이 무슨 대수란 말인가.

어두운 밤안개 속의 내가 그 누구에게 보이기라도 하려나? 나사가 내가 사는 모습을 훔쳐보기라도 할까? 아랫마을의 이름 모를 아줌마가 청수헌 쪽을 바라보며 청수헌의 정승재는 구름 속에서 신선처럼 살아 좋겠다고 생각이라도 해주려나? 그렇게 생각해준다고 뭐가 바뀌나?

끝났다.

청수헌이 이고 있는 밤하늘은 텅 비어 있고, 나는 여전히 평상에 누워 하늘을 보고 있다. 한강에서 스멀스멀 기어오른 밤안개는 이미 청수헌 주위를 몽롱하게 만들었고, 안개를 헤치며 느릿느릿 콩잎을 뜯던 고라니도 어느 틈엔지 소리 없이 안개 속으로 사라졌다. 안개는 모든 것을 부드럽게 만들고 있다. 내 마음까지도. 양평이 금호동이 아니어도 괜찮다. 남쪽 하늘에 있던 어머니의 별 'SH2014J'이 하늘을 가르며 붉은빛을 발산할 때에도 소리는 없었다. 나는 그 소리를 듣지 못했다. 왠지 한강에서 피어오르는 밤안개에 어머니의 영혼이 숨어 있는 듯했다.

다시…… 끝났다.

금호동 선희 아줌마가 보고 싶다.

삼촌

삼촌이 왔다.

떠나면서 나를 꼭 안아주었던 병원 삼촌이 왔다.

삼촌은 저녁에 와야 제격인데, 아직 저녁이 되려면 한참을 더 있어야만 하는 점심에 왔다. 이렇게 일찍 삼촌이 온 적은 단 한 번도 없었다. 아직 해가 지려면 한참이나 지나야 한다. 사랑은 기적을 일으킨다. 낮에 삼촌이 오다니, 기적 같은 일이다.

"혜정아!"

큰소리로 나를 부른다. 이렇게 이름을 크게 부른 것도 처음 있는 일이다. 삼촌은 학원으로 찾아오면 조용히 학원생들이 전부 빠져나가길 기다리고 있다가 나중에 슬그머니 들어왔다. 오늘은 학원 문을 열고 나를 보자마자 큰소리로 내 이름을 불렀다. 사실 나는 삼촌이 학원으로 오는 것이 조금 창피했다. 남들에게 들키지 않으려고 조심하는 모습이 나에 대한 배려가 아니라 엄마와 나를 만나는 것을 숨기고 싶어 하는 것 같았기 때문이다. 그런데 1년 만에 찾아온 삼촌이 큰소리로 나를 부른다.

삼촌이 달라졌다.

나도 큰소리로 삼촌을 부르고, 뛰어가 삼촌의 품에 안겼다.

"삼촌!"

오랜만에 삼촌 품에 안기니 모든 것이 좋았다. 갑자기 피아노가 스스로 연주를 시작했다. 연주실 안벽에 걸린 바이올린도 춤을 춘다. 복도에 걸린 그림도 춤을 춘다. 엄마가 하는 음악 학원은 복도 사이마다 작은 방들이 있고 그 방 안에는 악기가 하나씩 놓여 있다. 어느 방에는 피아노가 있고 어느 방에는 바이올린이 있고, 또 다른 방에는 첼로가 있고, 가지가지 악기가 많다. 그 악기들이 스스로 연주하기 시작했다. 이상한 일이었다. 방과 방을 이어주는 복도 벽에는 띄엄띄엄 그림이 걸려 있다. 엄마가 그린 꽃 그림들이다. 그런데 조금 이상한 사람 그림이 하나 있다. 여인의 머리카락이 모두 사람의 눈으로 그려져 있다.* 그 옆에는 나란히 꽃 그림이 있다. 화병

---

* 임하룡 화백의 그림 「미인」. 임하룡 화백의 「미인」을 보고 나의 선희를 생각해냈다. 나

속에 꽂힌 꽃인데, 사람의 눈이 셀 수 없이 많다. 그림 속의 눈들이 모두 가느다랗게 변하면서 웃었다.

사랑이란 뭘까? 사랑이란 게 있기나 한 걸까?
삼촌에게 물은 적이 있다.
"사랑 없이도 같이 살 수 있는 거야?"
삼촌이 우리 집에 드나든 지 여섯 달쯤 지난 후였다. 이제 삼촌에게 그런 질문을 해도 될 것 같아서 던진 질문이었다. 그 질문을 하고 얼마 지나지 않아 삼촌은 엄마를 떠났다. 1년 전 일이었다.
떠났던 그 삼촌이 돌아왔다. 삼촌이 돌아왔다는 것은 삼촌이 엄마를 사랑하겠다고 결심했다는 뜻일 수도 있다. 이번에는 믿어도 될까? 정말 믿어도 될까? 어쩌면 아닐 수도 있다.
사랑이 없어도 같이 살 수 있느냐는 내 질문을 받은 삼촌의 눈동자가 흔들렸다. 눈알을 이리 굴리고 저리 굴리는 짓을 두 번 하더니, 웃으면서 아니라고, 사랑 없이는 살 수 없다고 말했다. 사랑 없이 사는 삶은 아무 의미가 없다고 말했다. 그렇다면 사는 것은 무슨 의미가 있어야 하는 것일까, 하는 의문이 들었다. 아빠의 사랑이 없는 엄마의 삶은 아무 의미가 없는 것인가? 엄마의 삶이 의미가 없는 삶이라면 엄마의 삶에

의 선희는 임하룡 화백의 「미인」만큼이나 예쁘다. 뒤에 등장하는 모든 그림은 임하룡 화백의 그림을 모델로 삼았음을 밝힌다.

는 없다는 그 의미가 무엇인지 알고 싶었다. 엄마는 아빠를 사랑하지 않았다. 잘 모르겠다. '사랑'이라느니 '의미'라느니 하는 말은 정말 어렵다. 의자라든가 책상이라든가, 밥이라든가 옷이라든가, 이렇게 금방 물건으로 보여줄 수 있는 쉬운 말이면 얼마나 좋으랴.

'사랑'이라는 말이 과연 무얼까?

"삼촌, 사는 게 의미가 있는 거야?"

"응?"

삼촌의 눈이 동그랗게 커지면서 또 흔들렸다. 이번에는 눈 알을 이리 굴리고 저리 굴리고, 그리고 잠깐 눈을 감았다가 뜨고 다시 먼 산을 바라보기까지 했다. 나는 참을성 있게 기다려주었다. 삼촌이 바라보는 산은 이미 검은색으로 변해 있었다. 산의 푸르름은 사라지고 없었다. 어둠에 모두 잡아먹힌 것이다. 아직도 파란빛이 조금 남아 있는, 아주 조금 남아 있는 하늘을 검은 뾰족산이 떠받치고 있었다. 산은 얼마나 힘들까 싶었지만 어쩔 수 없는 운명이라고 생각하기로 했다.

삼촌이 한참을 머뭇거리는 동안 나는 검푸른 하늘을 지고 있는 검은 산들을 보면서 산은 또 뭐란 말인가, 하는 의문이 들었다. 산은 매일매일 그곳에 그냥 있었다. 얼마쯤 시간이 흘렀는지 몰랐다. 이미 주위는 깜깜했다. 아무것도 보이지 않았다. 드디어 삼촌이 입을 실룩실룩하더니 삶의 의미는 무엇인지 알 수 없지만 더 이상 어쩔 수 없다는 듯 대답을 했다.

"그럼, 사는 건 의미가 있는 거지."

한참 만에 나온 삼촌의 대답이었다. 자신 있는 말투를 흉내 내었지만 자신 없어 보였다.

"무슨 의미?"

"응?"

다시 삼촌은 무슨 대답을 해야 할지 몰라 했다. 그러니 까…… 으음…… 의미는…… 삼촌은 알 수 없는 신음 소리를 내며 말을 더듬다가, 대답 대신 나를 꼭 안아주었다.

"그냥…… 그런 게 있어. 나중에 크면 알게 돼."

삼촌의 가슴에 안겨서 나는 다시 생각했다. 삼촌은 무슨 말을 하고 싶었던 것일까? 어쩌면 이렇게 사랑하는 사람을 안아주는 것이 삶의 의미라는 것 같기도 했다. 갑자기 울음이 터져 나왔다. 나는 삼촌의 목을 꼭 끌어안고 울었다. 아빠는 단 한 번도 나를 이렇게 꼭 안아주지 않았던 것 같다. 아니 안아준 적이 있었는데도 내가 기억하지 못하는 것인지도 몰랐다. 아무튼 산다는 것이 어떤 건지는 모르지만, 의미가 있는 것이라고 생각했다. 그런 생각이 든 것은 처음이었다. 그러면서 나를 꼭 안아주었던 삼촌이 떠난 지 1년 만에 다시 돌아왔다.

당신들은 여섯 살 어린애가 무슨 사랑 타령이냐고 말할지 모르지만, 여섯 살 나에게는 매우 중요한 문제다. 어쩌면 삼촌이랑 같이 살지도 모르는데, 엄마가 삼촌을 사랑하지 않으면 안 되기 때문이다. 나는 지금 엄마랑 단둘이 살고 있다. 그런데, 1년 6개월 전 삼촌이 나타난 것이다. 사랑 문제는 엄마와 삼촌 간의 문제이다. 그러나 엄마와 삼촌이 서로 사랑하느냐 아니냐라는 문제는, 내 인생에도 매우 중요한 문제가 된다. 엄마랑 같이 사는 남자를 엄마가 사랑한다면 내 삶은 상당히 괜찮은 삶이 될 것이다. 2년 전까지의 내 삶은 지옥이었다. 그 이유는 단 하나였다. 엄마랑 아빠가 서로 사랑하지 않는다는 사실이었다. 엄마는 나를 사랑했다. 아빠도 나를 사랑했다. 그런데 나는 행복하지 않았다. 엄마랑 아빠가 사랑하지 않았기 때문이었다.

삼촌이 왔다. 이제는 오지 않는다던 삼촌이 왔다. 1년 전 삼촌이 떠났을 때, 엄마는 말했다. 삼촌은 이제 우리 집에 오지 않는다고.

삼촌은 나를 안아든 채 엄마에게 말했다.

"오늘은 일찍 나갑시다."

"네?"

"오늘은 그냥 학원 문 닫자구요!"

삼촌이 달라졌다.

삼촌이 엄마에게 관심을 가진 것은 왜일까? 삼촌은 그림

그리는 곳에서도 엄마를 보호하더니, 아빠랑 헤어진 엄마도 보호해주려고 하고 있다. 언젠가 삼촌이랑 같이 꽃 전시회에 간 적이 있었다. 그냥 꽃밭이 아니라 꽃을 무지무지 많이 모아놓았고 꽃을 구경하는 사람도 무지무지 많았다. 엄마는 꽃을 좋아한다. 꽃꽂이도 하고 삼촌이 첫번째 개인전을 할 때에는 직접 만든 꽃도 보내주었다. 꽃 전시장에서 삼촌이 목마를 태워줘서 멀리까지 볼 수 있었다. 삼촌이 아빠 같았다. 아니 삼촌이 아빠였으면 좋겠다는 생각을 했다. 삼촌의 목에 걸터앉아, 내가 처음 삼촌을 봤을 때부터 삼촌이 내 아빠가 될지도 모른다고 생각한 것은 옳았다고 생각했다.

엄마와 아빠가 싸우는 것을 옆에서 보는 것은 가파른 산길을 오르는 것보다 더 힘들었다. 그때 삼촌이 왔다. 나이 든 삼촌이었다. 이렇게 늙은 삼촌은 처음이었다. 내가 엄마의 늙은 남자에게 삼촌이라고 말한 데에는 다 이유가 있다. 삼촌은 엄마를 좋아했다. 그것을 나는 삼촌의 얼굴을 보고 단박에 알아차렸다. 사실 엄마에게는 여러 명의 남자가 있었다. 그들이 엄마를 어느 정도로 사랑했는지 다 알 수는 없다. 그런데 병원 삼촌은 달랐다. 눈을 보면 안다. 삼촌의 눈은 무언가를 간절히 바라고 있었다. 뭔가가 절실해 보였다. 호기심이 가득한 눈이었다. 삼촌이 호기심이 많은 남자라는 사실은 가능성이 있다는 것이었다. 다른 삼촌은 대부분 그냥 잠시 왔다 가는 손님 같았다. 엄마는 음악 선생이다. 피아노도 가르치고, 바이올린도 가르치고, 노래도 가르친다. 새로 아이를 데리고 온 엄마들의 눈이 그랬다. 뭔가 절실한 눈과 절실하지 않은 눈. 삼촌의 눈은 학생을 학원에 등록시키고 오래도록 보내는 엄마들의 눈을 닮았다. 엄마가 받아주지 않을까 봐 걱정하는 그런 눈빛이었다.

엄마의 큰언니 아들, 그러니까 나에게 친척 오빠가 되는 남자도 집에서 같이 살았었다. 오빠는 빨래도 하고 밥도 하고 했는데, 엄마랑 꽤 친하게 지냈다. 엄마랑 나이가 비슷했다. 삼촌과는 스무 살 차이인데, 오빠는 엄마보다 다섯 살 아래였다. 오빠도 이제 안 온다. 오빠가 왜 안 오는지 모르겠다. 어쩌면 오빠도 엄마를 사랑했을지 모른다는 생각이 들었다. 다른 삼촌들은 가끔 와서 밥을 사주고 갔지만 같이 여행을 간 적은 없었다. 병원 삼촌은* 같이 여행을 간 유일한 삼촌이다. 그것도 내가 삼촌이 엄마를 사랑한다고 생각한 이유 중 하나다. 어렸을 때에는 아빠가 같이 여행도 갔었는데, 어디로 갔었는지, 가서 무엇을 했는지는 기억나지 않는다. 그냥 짐을 싸고 음식을 준비하는 엄마의 모습만 생각난다. 그래도 엄마는 즐거워했었다. 나도 어디 여행을 가는 것을 좋아한다. 특

---

* 뒤에 이야기할지 모르겠지만, 지금 나를 안고 있는 삼촌이 병원에 입원한 적이 있다. 그때 엄마는 꼭 병문안을 가야 한다고 말했었다. 그래서 나는 이 삼촌을 다른 삼촌들과 구별하기 위해서 병원 삼촌이라고 부른다.

히 해가 막 지고, 아직 깜깜하지 않을 때가 좋다. 왜 그런지 모르지만 그때가 제일 좋다.

삼촌은 먼저 그림 전시장에 가자고 했다. 엄마에게 미리 보여주고 싶다고 말한다. 내일부터 삼촌의 개인전이 시작된단다. 엄마랑 삼촌이 처음 만난 것은 그림을 배우는 화실에서였다. 그때 적응하지 못하고 혼자 왕따 신세로 그림을 그리고 있을 때 엄마를 보살펴준 사람이 삼촌이라 했다. 삼촌은 개인전을 벌써 세번째 한다. 사람의 눈만 그려서 개인전을 세 번씩이나 하다니 놀라운 일이다. 좀 전에 말한 학원 벽에 걸려 있는, 꽃잎이 모두 사람 눈으로 그려진 화병 속의 꽃 그림은 삼촌이 그린 그림이다. 삼촌은 나뭇잎을 모두 눈동자로 바꾸기도 했고, 꽃잎을 모두 눈동자로 그리기도 했다. 자동차의 헤드라이트도 눈처럼 그렸다. 밤하늘의 별도 눈동자로 그렸고, 달도 눈동자로 그렸다. 어떻게 그렇게 많은 눈을 그릴 수 있는지 모르겠다.

'선희'라는 제목의 여인은 엄마를 그린 게 틀림없다. 엄마의 이름이 김선희다. 그림 속의 얼굴도 엄마를 많이 닮았다. 엄마의 긴 머리를 다 그렸으면 엄마인 것을 금방 알 수 있었겠지만 삼촌은 엄마의 긴 머리카락을 모두 눈동자로 바꿔버렸다. 머리카락 끝에 모두 눈동자를 그려놓은 모습은 꼭 머리카락 하나하나가 뱀이라고 했던 메두사라는 괴물처럼 느껴졌다. '선희'라는 제목이 붙여진 그림은 무려 일곱 개나 있었다. 모두 다 모델은 분명히 엄마인데 느낌이 조금씩 달랐다. 조금 화가 난 것 같기도 하고 조금 슬퍼 보이기도 한 선희였다. 즐거워하는 선희는 없었다. 슬픈 얼굴을 하고 있는 엄마의 얼굴이 제일 예쁘게 나왔다. 삼촌은 왜 엄마를 슬프게 그리는 것일까, 의문이 들었다. 혹시 삼촌은 엄마를 사랑하는 것이 아니라 불쌍하게 생각하는 것일까? 그렇다면 이제 삼촌이 그만 왔으면 좋겠다. 갑자기 슬픈 생각이 든다. 또 눈물이 나오려고 한다.

사실 사람들의 눈은 그 사람의 모든 것을 품고 있다. 눈빛의 미묘한 지점은 그 사람의 성격을 보여주기도 한다. 아니 그 사람의 삶을 보여주는 것이 눈이다. 나는 안다. 그래서 엄마가 삼촌들을 데려올 때마다 나는 눈을 보고 그 사람들을 판단했었다. 언젠가 엄마가 대전의 삼촌이라고 데려온 남자가 있었다. 그 남자는 눈매가 이상하게 뭔가 두려움을 담고 있었다. 조금 불안해 보였다. 나는 그 눈이 싫었다. 눈을 보면 그 사람을 알 수 있는 것이다. 나중에 안 일이지만 눈이 이상하게 생긴 그 삼촌에게 엄마는 몇천만 원을 사기당했다.

삼촌은 사람의 눈에 관심이 많은 것 같았다.

나에게도

"눈이 엄마를 쏙 빼닮았구나!"

라고 말했다.

　그러면서 나를 쳐다보는 삼촌의 눈은 "삼촌이 혜정이 눈이 예쁘다고 말하는 거야"라고 이야기를 하고 있었다. 삼촌의 눈은 아빠의 눈과 많이 달랐다. 전체적으로 얼굴 형태나 윤곽은 아빠와 비슷했지만 눈이 달랐다. 그래서 언뜻 보면 삼촌과 아빠가 닮은 것 같지만, 눈을 보는 순간 전혀 다른 사람이라는 것을 알 수 있게 된다. 삼촌과 아빠가 다른 사람이어서 다행이다.

　여기에서 삼촌의 눈에 대하여 이야기하지 않을 수가 없다. 삼촌의 눈은 정말 잘생겼다.

　삼촌의 눈은 속눈썹이 많지 않지만 예쁘게 보인다. 눈을 뜨면 가로 길이가 세로 길이의 두 배를 넘지 않는다. 그리고 까만 홍채가 눈꺼풀에 가려지지 않고 거의 다 보인다. 눈이 꽤 큰 편에 속한다는 말이다. 까만 홍채는 다시 가운데 작은 까만 점과 주위의 푸른 부분으로 나뉘는데, 왠지 홍채 안의 까만 부분은 깊은 우물 같기도 하고 블랙홀 같기도 하다. 그 홍채에 빠지면 헤어나오지 못할 것만 같다. 그림을 그려 설명하면 좋은데, 나는 그림을 잘 그리지 못한다. 삼촌에게 그림을 배워야겠다. 그림을 그리지 않고 삼촌의 눈을 말로 설명하려니 더 어렵다. 내가 삼촌이 좋은 이유는 그 홍채 속의 우물 때문인지도 모른다. 나는 이미 그 홍채에 빠져버린 것이다. 삼촌의 얼굴을 보면 제일 먼저 삼촌의 눈이 보인다. 그리고 삼촌 눈의 홍채 속에 있는 내가 보인다. 삼촌 눈의 홍채 안이 어떤 곳인지는 모르지만, 나는 이미 그 깊은 곳에 빠져 있다. 도저히 빠져나올 수가 없다. 삼촌의 눈을 보면 어김없이 홍채 안에 있는 내가 보였다. 나는 그게 사랑이라고 생각한다. 삼촌은 나를 사랑하고 있는 것이다. 엄마에게도 사랑이 무어냐고 물은 적이 있었다.

엄마는 이렇게 대답했었다.

"한번 빠지면 도저히 빠져나올 수 없는 거. 그러나 사랑이 식으면 어느 틈엔지 나는 이미 그 깊은 곳을 빠져나와 흔적 없이 사라지는 거. 바람 부는 산비탈에서 힘겹게 나뭇가지를 잡고 버티는 거. 그게 사랑이지."

어딘지도 모르고 어떤 것인지도 모르면서 그 깊은 곳에 빠져 그곳에 몰두하는 거. 내가 그 깊은 곳에 빠졌다는 사실조차 잊게 만드는 거. 내 생각까지도 빨려 들어가 내가 무슨 생각을 하고 있는지도 모를 지경으로, 정상적인 판단을 할 수 없는 깊은 수렁 같은 거. 그곳에 빠져 있는 것이 사랑이라고 말했다. 엄마의 말에 따르면 내가 삼촌을 사랑하고 있는 것이 맞다. 나는 삼촌의 눈에 빠져 있는 것이다.

삼촌은 그 깊은 눈을 그림으로 그린다. 도시 전체를 눈동자로 그린 그림도 있다. 보리 싹도 사람 눈으로 그린다. 삼촌은 엄마의 머리카락을 눈으로 바꿔놓았다. 어떻게 그런 생각을 할 수 있었는지 모르겠다. 보리를 그린 그림은 최고로 가까운 거리에 있는 보리 낱알 하나하나가 눈 모양을 하고 있고, 그 뒤로는 작은 눈들이 보리밭을 가득 채우고 있다. 다시 그 뒤로 멀리 갯벌이 있다. 갯벌에도 눈이 있는 것 같다. 갯벌 뒤에는 붉게 물든 서쪽 바다가 있는 그림이다. 서쪽 바다에는 해가 지고 있다. 바다 가까운 하늘은 온통 빨간빛이었고 위로 올라갈수록 붉은빛은 보라색으로 변하고 있다. 그리고 바로 앞에 있는 보리 이삭은 이삭 하나하나가 모두 보일 정도로 클로즈업되어 있다. 어찌 보면 보리 이삭은 공작새의 날개 같기도 했다.

삼촌과 같이 갔던 동물원이 생각났다. 나와 삼촌이 다가가자 공작새는 꼬리에 숨겨놓았던 눈깔을 꺼내어 크게 펼치고 바르르 떨었다. 나는 공작새가 너무 좋아서 바르르 떤다고 생각했다. 삼촌을 처음 보았을 때의 그 느낌을 나는 아직도 기억하고 있다.

말이 나온 김에 삼촌에 대한 느낌을 조금 써보기로 한다.

언젠가 삼촌과 함께 바다에 갔다가 돌아오는 길에 족발을 사가지고 집에 와서 먹은 적이 있다. 족발을 먹는 삼촌의 손이 족발을 닮은 것 같아 웃음을 참느라고 힘들었다. 삼촌과 엄마는 닮은 구석이 전혀 없다. 오히려 삼촌은 아빠를 많이 닮았다. 그러나 아빠와 삼촌의 차이는 미묘하지만 매우 크다. 뭐랄까…… 삼촌은 아빠가 20년쯤 지난 모습이랄까? 아빠가 20년 쯤 후에 삼촌의 모습이었으면 좋겠다는 생각이 든다. 삼촌과 아빠가 다른 점은 눈이다. 명백히 눈이다. 비슷한 부분은 입술이지만, 아빠와 삼촌의 입술은 조금 다르다. 게다가 나는 아빠의 입술 느낌과 삼촌의 입술 느낌도 안다.

삼촌의 분위기는 장난이 아니다. 삼촌의 눈은 마치 남들에게 웃음을 주기 위해 있는 것 같았다. 눈웃음도 멋있다. 그 큰 눈이 웃을 때는 가늘어진다. 저녁 하늘에 내려앉은 검은 구름과 검은 바닷물 사이의 그 빠알간 하늘처럼 가늘어진다. 게다가 삼촌은 항상 무언가를 읽고 있었다. 삼촌은 전기면도기를 차에 두고 다녔는데, 전기면도기로 깎은 턱수염은 깊게 깎이지 않아서인지 볼에 비비면 까끌까끌했다. 그 느낌이 나는 좋았다.

삼촌이 처음 왔을 때, 나는 그냥 "안녕"이라고 인사했다. 삼촌은 어색한 듯, "네가 혜정이구나? 선희의 딸 혜정이"라고 말했다. 무어라 대답할까, 망설이다. 일단 삼촌이라고 해주기로 했다. 그래야 좋아할 것 같았다. 그래서 나는 "응 삼촌!"이라고 말해주었다.

"응, 삼촌!"

"거봐, 삼촌이라고 하잖아!"

삼촌이 소리쳤다. 삼촌은 눈을 동그랗게 뜨고 펄쩍펄쩍 뛰면서 좋아했다. 엄마가 조금 웃으면서 "애 좀 봐, 웃겨! 아저씨라고만 해줘도 다행이라 생각했는데……"라고 말끝을 흐렸다. 나중에 안 일이지만, 삼촌은 엄마보다 스무 살이 더 많았다. 엄마는 내가 삼촌을 할아버지라고 부를 거라고 장담했었단다. 웃긴다. 삼촌이 나이는 많지만 할아버지처럼 보이지는 않는다. 그리고 비록 여섯 살 어린 나이이지만, 나는 바보 멍충이가 아니다. 앞으로 내 아빠가 될지도 모르는 사람에게 할아버지라고 부를 수는 없는 일이다. 삼촌을 처음 본 날, 나는 왠지 삼촌의 얼굴이 저녁 노을빛 같다고 느꼈다. 내 맘에 들었다. 수천 개의 무지개를 담고 있는 사람이라 생각되었다. 그래서 나는 엄마의 남자를 삼촌이라 부르기로 했다.

전시장을 나온 삼촌은 시골집으로 가서 고기를 구워 먹자고 했다. 삼촌이 시골집에 가자고 했을 때, 나는 직감적으로 알았다. 이제 삼촌이 아빠가 되는 거라는 것을. 사실은 엄마가 삼촌 집에 가자고 몇 번을 이야기했었지만 삼촌은 곤란하다고 거절했었다. 동네 사람들이 집에 누가 오간 것을 기막히게 안다고 했다. 불필요한 소문은 싫다고 했었다.

삼촌이 이 시골집에 나랑 같이 오는 것을 망설여 할 때, 나는 삼촌이 도망갈지도 모른다고 생각했다. 아니 틀림없이 도망갈 것 같았다. 내 아빠가 되려면 저렇게 비겁하면 안 된다고 생각했었다. 그런 이야기가 오가고 얼마 후 삼촌은 진짜로 도망갔었다. 여섯 달 전의 일이었다.

삼촌은 시골집이라 말했지만, 도착해서 내가 본 삼촌 집은 시골집이 아니었다. 별장이었다. 삼촌은 부자였다. 마당이 있는 집이었다. 그것도 좋았다. 다시 겁이 났다. 이렇게 부자가 가난한 엄마를 진짜로 좋아할 것 같지는 않았다. 게다가 엄마에게는 여섯 살 난 계집아이까지 딸려 있다. 삼촌이 그린 엄마의 얼굴이 다시 생각났다. 삼촌은 엄마를 불쌍하게 생각하는 것이 분명했다. 또 눈물이 나려고 한다. 그렇지만 울면 안 된다.

잔디가 깔려 있는 마당에서 고기를 구워 먹었다. 삼촌은 술도 조금 먹었다. 고기를 먹은 후 엄마와 삼촌은 같이 나란히 설거지와 뒷정리를 하고 나는 마당에 피어 있는 꽃을 꺾으며 놀았다.

그때 마당 수돗가에 벌레가 날아들었다. 엄마와 삼촌이 설거지를 하고 있는 수돗가였다. 삼촌이 그 벌레를 잡았다. 크고 이상하게 생긴 벌레였는데, 그게 무척 귀한 것이라고 엄마와 삼촌은 호들갑을 떨었다. 장수하늘소라고 했다. 엄마는 그 장수하늘소가 마트에 가면 만 원이 넘는다고 했다. 나는 그 장수하늘소가 삼촌 집 마당에 온 것보다, 내가 이곳 삼촌 집에 온 것이 백만 배는 더 기뻤다.

삼촌은 장수하늘소가 사는 이곳은 공기도 맑고 자연보호가 잘된 지역이라고 자랑했다. 자연보호가 잘된 곳. 장수하늘소가 살 수 있는 곳이면 여섯 살 혜정이도 잘 살 수 있는 곳이라는 듯이 나를 보면서 삼촌이 말했다. 삼촌은 엄마를 꼬시기 위해서는 나의 도움이 필요하다는 것을 아는 사람이었다. 동네 사람들이 거의 없는 마을이었다. 삼촌은 이렇게 사람이 없는 동네에 누가 보는 사람이 있다고 소문나는 것을 걱정했는지 모르겠다.

그런 생각을 하고 있을 때 어떤 할아버지와 할머니가 우리 집 옆을 지나갔다. 그리고 우리를 봤다. 뭔가 말을 하려고 하다가 아무 말도 안 하고 그냥 지나갔다. 삼촌을 아는 사람이 분명했다. 삼촌이 먼저 인사하길 바랐는데, 삼촌이 우물쭈물하면서 못 본 척했다. 할 수 없이 내가 큰소리로 인사를 했다.

"안녕하세요?"

그제야 그 노인들도 "으응…… 안녕?" 하고 인사를 했다. 그러면서 "누구?……"라고 말끝을 얼버무렸다. 나는 삼촌을 쳐다보았다.

"아, 네……" 삼촌이 당황해하며 내 얼굴과 엄마 얼굴을 번갈아 쳐다보았다. 그리고 이렇게 말했다.

"네…… 친구가 딸을 데리고 놀러 왔어요……"

크아! 거봐, 엄마를 친구라고 말했지? '친구'라고. 기적적인 일이다. 나는 그 노인들이 나를 향해 누구냐고 묻는 순간, 삼촌이 뭐라고 말할지 몰라 가슴이 두근거렸다. 엄마를 조카라고 한다거나 나를 손녀라고 말하면 어찌해야 하나 조마조마했었다. 그래도 확인하고 싶었다.

삼촌은 동네 사람들이 보면 어떻게 대답할 것인지 미리 준비한 것 같았다. 더 이상 실수하지 않으려고 준비를 많이 한 것 같았다. 또 무슨 일이 발생해서 엄마랑 싸운다면 다시는 기회가 없을 것이라고 생각했을 수도 있다. 삼촌이 엄마 볼에 키스를 했다.

여섯 달 전에 삼촌은 엄마가 아닌 내게 키스를 남기고 떠나갔다.

삼촌이 손으로 내 얼굴을 감싸 안았다. 그리고 내 입술에 살짝 뽀뽀를 했다. 삼촌의 입술이 내 입술을 스쳤다.

"혜정아 울지 마…… 삼촌은 가야 해. 하지만…… 울어서 마음이 편해질 것 같으면 맘껏 울어도 좋아."

이렇게 말하고 삼촌은 나를 안아주었다. 삼촌은 내가 울음을 멈출 때까지 안아주었다. 삶의 의미를 설명하지 못해 안아주던 그 가슴이었다. 삼촌의 가슴에 삶의 의미가 있다고 생각되었다. 어쩌면 삼촌은 엄마 입술에 키스하고 싶었는지도 모른다. 삼촌은 바보다. 엄마도 바보다. 그냥 나를 안듯이 엄마를 안으면 된다. 내 입술을 살짝 깨물었듯이 엄마 입술을 깨물면 될 것이었다. 그런데 그것을 못한다. 계속 울어서라도 삼촌을 잡고 싶었지만 그럴 수가 없었다. 삼촌의 눈을 보니 불쌍해졌다. 삼촌을 계속 붙들고 있으면 삼촌이 울 것 같았다. 할 수 없이 나는 울음을 멈추고 잠이 든 척했다. 삼촌은 잠든 나를 안아 소파에 뉘어주었다. 그리고 엄마에게 "갈 게……"라고 짧게 말하고 삼촌은 현관문을 나섰다. 바보 같았다. 엄마를 한 번 안아주고 갔어야 했다.

삼촌이 나간 문이 닫히자마자 나는 벌떡 일어나 현관문으로 달려갔다. 문고리를 잡고 있는 나를 엄마가 힘없이 뒤에서 안아주었다. 아니 문을 열지 못하게 제지하는 것 같았다. 엄마는 울고 있었다.

바보. 엄마는 바보다.

삼촌이 6개월 전 떠난 것은 삼촌과 엄마가 무슨 이유에서인지 싸웠기 때문이었다. 이해할 수가 없다. 매일매일 '굿모닝'이라는 말과 하트를 보내던 삼촌이 엄마와 아주 조금 싸웠다고 떠난다는 것은 있을 수 없는 일이다. 그런데 떠났다. 엄마가 몇 번 핀잔을 준 적은 있다. 화가라는 사람이 맨날 굿모닝과 하트만 보내느냐, 다른 말도 할 수 있지 않느냐 등등의 핀잔 말이다. 내가 삼촌에게 "사랑 없이도 같이 살 수 있어?"라고 물었던 것도 그즈음이었다. 그것은 엄마에게 좀 더 적극적으로 하라는 말이었는데, 삼촌은 삐져서 연락을 끊었다. 삼촌이 오지 않아서 나는 슬펐다. 삼촌은 삐진 것이다. 다 큰 어른한테 야단을 치면 누가 좋아하겠는가. 야단 맞는 건 나도 싫은데. 그래서 삼촌이 안 오는 것이라 생각했다. 분명히 엄마가 잘못했다. 엄마는 바보다. 내가 삼촌 이야기를 하면 엄마는 슬픈 얼굴로 "삼촌은 더 이상 우리 집에 오지 않아……" 라고 말했다. 삼촌이 떠난 후 나는 삼촌의 얼굴이 있는 책을 가슴에 안고 잠을 잤다. 삼촌이 보고 싶다고 하느님께 기도했 다. 삼촌이 정말로 보고 싶었다. 책 속의 삼촌 사진을 어루만 졌다. 삼촌이 쓴 책이었다.

삼촌이 떠난 후 나는 알았다. 삼촌이 없는 삶은 아무 의미 가 없다는 사실을.

가도 가도 아무것도 보이지 않았다. 안개가 자욱한 밤이었 다. 삼촌이 떠난 후 엄마랑 나랑 둘만 있는 바다는 그랬다. 그 날은 유난히 저녁노을이 붉게 불타오르고 있었다. 그리고 연 기처럼 꾸역꾸역 물안개가 피어오르기 시작했다. 하늘만 아 직도 약간 붉은 기운이 남아 있었다. 해가 지면서부터, 아니 삼촌이 떠난 직후부터 피어오르기 시작한 안개는 벌떼 같은 외계인처럼 해안으로 밀려 들어와 모든 것을 삼켜버렸다. 붉 은 해는 이제 흔적도 없이 사라졌다. 안개는 바다를 삼키고, 바닷가의 자갈과 모래톱을 삼켜버렸고, 급기야는 산과 들과 삼촌과 엄마도 모두 삼켜버렸다. 이미 해는 져서 바다와 산이 모두 검게 뭉개진 밤이었다. 길은 온통 밤안개로 자욱했다. 주위를 살필 수도 없을 정도로, 안개가 모든 것을 집어삼킨 상태였다. 유령의 바다 같았다. 또다시 눈물이 나왔다.

깨어보니 집이었다. 엄마만 옆에서 울고 있었다.

늙은 엄마였다.

나는 엄마가 늙었다고 생각한 적이 단 한 번도 없었다. 그런데 늙은 엄마가 옆에서 울고 있었다. 하루아침에 엄마는 바싹 늙은 할머니가 되어버렸다. 서른여섯의 나이가 아니라 쉰여섯은 되어 보였다. 엄마에게는 삼촌이 있어야만 되었다.

엄마는 무슨 말인지 모르겠지만, 이렇게 중얼거렸다.

모두 다가 아니면 아무것도 아니야. 그냥 물안개 같은 것이지. 아무것도 손에 잡히지 않는 물안개 같은 거야. 모든 것을 다 포섭하는 게 사랑인 게야.

엄마의 사랑 이야기를 듣다가 보니 또 눈물이 났다. 나는 큰소리로 울기 시작했다. 나 역시 삼촌이 떠났다는 것을 알고 있었다. 삼촌을 잡지 못한 엄마가 미웠다. 엄마가 조금만 더 적극적이었으면 삼촌을 잡을 수 있었다. 그런데 삼촌이 집을 나서는 것이었다. 그렇게 삼촌은 떠나갔다.

삼촌이 떠난 다음, 엄마는 이따금 나를 바다에 데려갔다. 집에서 출발하면 한 시간도 되지 않아서 바다가 보였다. 붉게 일렁이는 물결 속에서 나는 삼촌을 생각했다. 해가 질 때쯤 바다에 가면…… 붉은 해가 바닷물에 가라앉으려고 할 때면…… 바닷물은 온통 빨갛다 못해 수백 개의 무지개가 겹쳐진 것처럼 보라색이 섞인 붉은빛이 된다. 그곳에는 나와 엄마를 행복의 나라로 이어주는 무지개가 수천 개씩이나 포개어져 있었다.

그리고 여섯 달 만에 삼촌이 돌아왔다. 결국 삼촌이 결심해

주었다. 엄마를 '친구'라고 불렀다는 것은 동네 어른들에게
내가 삼촌의 딸이 될 것이라는 사실을 공표한 셈이었다. 나는
그렇게 믿고 싶었다.

"아야!"

장수하늘소가 뿔을 들이박듯이 내 손가락을 물었다.

기어이 내 작은 손가락이 놈의 뿔에 물렸다. 엄청 아팠다.
엄마가 기겁을 하고 뛰어왔고, 삼촌도 뛰어왔다. 장수하늘소
는 내 손가락을 물고 놓아주지 않았다. 엄마와 삼촌이 동시
에 내 손을 물고 있는 장수하늘소를 떼어내려고 허둥댔다. 이
놈이 놓질 않는다. 삼촌이, 아니 삼촌이 이 정도 했으면, 이제
엄마가 장수하늘소처럼 삼촌을 꽉 물고 놓지 않아야 한다. 삼
촌은 나를 버릴 것 같지 않다. 엄마만 결심하면 될 일이었다.
아빠는 그러면 안 되는 거였다. 아빠가 엄마를 버렸다는 것은
나를 버린 것이다. 나는 안다. 아빠가 나를 진짜로 사랑했다
면 엄마를 버릴 수 없었다는 것을. 아빠는 엄마를 버렸다. 물
론 나를 데리고 집을 나온 사람은 엄마였다. 엄마가 집을 나
온 것은 어쩔 수 없는 선택이었다. 왜 그것이 아빠의 잘못인
지는 그냥 아는 것이다. 느낌이 그렇다. 솔직히 나는 엄마가
삼촌보다는 아빠를 더 좋아한다고 느끼고 있다. 엄마는 참 이
상하지만, 엄마를 정말로 이해할 수 없지만, 엄마는 분명히
삼촌보다 아빠를 더 좋아한다. 아빠가 엄마에게 조금만 더 잘

해주면 엄마는 다시 집에 돌아갈 것이다. 나를 데리고……
그러나 나는 아빠보다 삼촌이 더 좋다. 왜 그런지는 모르지
만, 그것은 순전히 삼촌의 눈 때문일지도 모른다. 삼촌의 눈
은…… 으음…… 왜 그런지 설명할 순 없지만, 정말 좋다.
엄마도 이제 아빠를 포기해야만 한다.

　하느님이 내 기도를 들어주셨다. 안 온다던 삼촌이 왔다.
돌아온 삼촌이 저녁 즈음에 어디 가고 싶으냐고 물었다. 나는
곧바로, 기다렸다는 듯이, 바다에 가고 싶다고 말했다. 삼촌
이 엄마를 친구라고 말하는 순간 나는 바다에 가야 한다고 생
각했다.
　서서히 날이 저물고 있었다. 삼촌 집에 와보는 것이 내 소
원이었다. 삼촌이 어떤 집에서 살고 있는지 보고 싶었다. 1
년 동안 오지 않던 삼촌이 와서 삼촌 집까지 왔다. 하느님이
계시다면 내 기도를 들어주신 게 틀림없다. 삼촌과 같이 고기
를 구워 먹고, 물장난을 치고, 꽃을 꺾고, 장수하늘소에게도
물렸다. 삼촌과 바다에서 저녁노을을 보는 것은 정말로 내가
하고 싶은 일이었다.
　삼촌은 하느님처럼 내 부탁은 꼭 들어준다. 삼촌 별장에서
출발해 20분 만에 도착한 바다는 이미 해가 기울고 있었다.

　삼촌이 처음 온 때도 저녁이었다. 붉은 해가 바다에 가라앉

으며 흘린 피로 하늘과 바다가 온통 핏빛으로 바뀌는 저녁이었다. 하루의 끝자락, 저녁이었다. 이제 하루가 끝나고 새로운 하루가 시작되는 것이다. 밤이 지나면 새로운 아침이 올 거다. 모든 것이 끝나는 저녁이었다. 저녁은 내일이 온다는 희망을 준다. 내일이 오고, 또 내일이 오면 내가 엄마만큼 커지겠지. 내가 엄마만큼 크면, 반드시 아빠를 죽이고 말 거라고 생각했다. 나는 매일매일 어른이 되는 날을 기다렸다. 아빠를 이길 수 있는 어른이 되는 날을 기다렸다.

그날은 유난히 저녁노을이 빨갛게 물들어 있었다. 어쩌면 아빠 때문이었는지도 모른다. 몇 달 만에 찾아온 아빠는 기어이 엄마와 싸우고 돌아갔다. 아빠는 술이 취하면 엄마를 때렸다. 그래도 화가 풀리지 않으면 물건을 집어던지곤 했다. 아빠의 고민이 뭔지는 잘 모르지만, 이상하게 화풀이를 엄마에게 하는 것 같았다. 그날도 그랬다. 아빠가 집어던진 그릇이 잘못 던져져서 엄마의 얼굴에 맞은 것이었다. 비명과 함께 엄마의 얼굴은 피범벅이 되었다. 그때 나는 보았다. 아빠의 흔들리는 눈동자를…… 잠시 망설이던 아빠는 그냥 "에이 썅"하고는 밖으로 나가버렸다.

비겁해 보였다.

나는 그런 아빠가 싫었다. 엄마가 주섬주섬 이마의 피를 닦고 있을 때 삼촌이 왔다. 엄마가 삼촌을 불렀는지, 삼촌이 우연히 들렀는지 알 수 없지만, 열린 문으로 삼촌이 들어왔다.

삼촌은 아무 말 없이 나를 안고 엄마의 손을 잡고 병원엘
갔다. 엄마는 한참 만에 머리에 반창고를 붙이고 나왔다. 다
섯 바늘을 꿰맸다고 했다. 병원에 삼촌이 있을 때에는, 삼촌
의 머리 전체가 붕대로 감겨 있었다. 엄청 많이 다친 것 같았
다. 엄마의 이마가 깨진 날이, 삼촌이 몇 번째 온 날인지는 기
억나지 않는다. 중요한 것은 엄마가 다쳤을 때, 삼촌이 달려
왔다는 사실이다. 삼촌은 엄마를 사랑하는 것일까? 이렇게
힘든 일이 있을 때, 혼자서는 아무 일도 할 수 없을 때, 어디
선가 운명처럼 나타나서 도와주는 것이 사랑이라면, 삼촌이
엄마를 사랑하는 것은 분명했다. 삼촌의 눈이 커지고 눈물이
그렁그렁할 때, 나는 알았다. 삼촌이 엄마를 많이, 정말 많이
사랑한다는 것을.

　삼촌이랑 여의도에 갔을 때도 생각난다. 자전거에 알록달
록한 풍선이 있었다. 한 언니와 오빠가 서로 그 풍선을 잡고
마주 보는데 그 눈길이 사랑스러웠다. 삼촌에게 풍선을 사달
라고 했다. 그 풍선은 고무풍선이 아니라 하얀 플라스틱 풍선
이었는데, 안에 어떤 바람을 넣었는지 모르지만 팽팽하게 부
풀어 오르면 가로등 불빛이 반사되어 무지개빛이 났다. 무지
개빛 풍선은 엄마와 삼촌을 연결해주는 다리 같았다.

　드디어 바다에 도착했다. 나는 일부러 춥다고 이야기했다.
하긴 바람이 차다는 말은 엄마가 먼저 했다. 마지막으로 삼촌

과 함께 온 바다에서 왜 그랬는지 모르지만, 삼촌은 한참 동안 엄마를 뒤에서 꼭 끌어안고 놓아주질 않았다. 빠알간 저녁 하늘 속에 커다랗고 노오란 큰 해가 있었고, 그 노오란 동그라미 안에 엄마를 안고 있는 삼촌의 까만 뒷모습이 있었다. 벌써 1년쯤 지난 일이지만, 나는 그 모습을 잊을 수가 없다. 왠지 슬퍼 보이지만, 멋있었다. 그런데 집에 와서 상황이 바뀌었다. 어쩌면 마지막 여행이었는데, 나만 몰랐는지도 모른다. 아무튼 그날이 또 생각난다. 그러나 오늘은 다르다. 이제 시작이다.

내가 춥다고 말하면 삼촌이 나를 안아줄 것이라고 확신했다. 삼촌이 나를 안고 귀에다 소곤거린다.

"혜정아, 미안한데 금방 내려야 해, 엄마를 안아줘야 하거든, 알았지?"

ㅋㅋㅋ, 이건 기대 이상이다. 삼촌이 제법이다. 사실 내가 이렇게 삼촌이 나를 안게끔 만드는 이유는 엄마도 안아주라는 뜻이었다.

"삼촌! 정말이야? 나를 안아준 다음에는 엄마도 안아준다구?"

나는 엄마가 알아듣도록 크게 소리쳤다. 엄마가 얼굴을 붉히며, "애가 무슨 소릴 하는 거야"라고 말도 안 된다는 듯 말했다. 그러나 나는 안다. 엄마도 삼촌의 품에 안기고 싶은 것이다. 삼촌도 맞장구를 쳐주었다.

"그럼, 엄마도 안아줘야지."

삼촌이 나를 안고 천천히 서쪽 바다로 걸어갔다. 빨간 저녁 노을 속 노란 동그라미 안에 나를 안고 있는 삼촌의 뒷모습을 엄마가 보고 있었다. 삼촌의 목을 꼭 끌어안았다.

삼촌이 나를 안으면서 엄마도 안아줄 거라고 말하자 엄마는 들고 있던 핸드백으로 삼촌의 등을 때렸다. 그러면서 엄마는 웃고 있었다. 엄마도 좋다는 뜻이었다. 이제 엄마를 안아주려면 내가 언제쯤 내려야 좋을지 생각해야만 했다. 나는 백까지 세고 나면 엄마를 안아주라고 말했다. 그리고 숫자를 세기 시작했다.

하나, 둘, 셋, 넷…… 나는 계속해서 숫자를 센다. 빨리 나를 내려놓고 엄마를 안아주라고. 그런데 백까지 내가 다 셀수 있을까? 숫자를 백까지 정확히 셀 수가 없을 것 같다. 그렇지만 중간에 혹시 빼먹는 숫자가 있더라도 그것은 문제가 되지 않는다. 해가 바다 끝 수평선에 다다랐다. 내가 내려올 차례다.

나는 "배액" 하고 소리치고 삼촌 가슴에서 내려선다.

엄마가 붉은 햇살을 얼굴에 받으며 옆에 서 있다.

신금호역 9-4

신금호역 9-4번 스크린도어.

그 뒤에서 전동차가 불빛을 내뿜으며 플랫폼을 향해 달려오고 있습니다. 경적은 울리지 않습니다. 어쩌면 스크린도어에 막혀 경적 소리가 들리지 않는 것인지도 모르겠습니다. 스크린도어 옆 비상구에는 무 대리 대출 광고판이 빛을 밝히고 서 있습니다. 인간이 아닌 무가 돈을 빌려준다고 합니다.

그리고 닫힌 스크린도어 앞에 그림이 하나 놓여 있습니다.

나는 평소, 그림이란 편안한 안식처를 만들기 위한 마지막 장식이어야 한다고 믿었습니다. 아파트 거실 벽면에 걸리고, 병원 로비 혹은 호텔 로비에 있어야 마땅하다고 믿었습니다. 작은 그림은 침실에 걸려 있어도 좋을 것입니다. 그런데 지하철 사망 사고 추모 장소에 그림을 갖다놓다니, 그것도 내용이 명확하지 않은 이상한 그림을 말입니다. 참 부조리한 현실입니다. 한 남자가 스켈레톤을 타고 빅뱅의 폭발을 선도하며 우측으로 달리는 그림이 놓여 있습니다.

이런 상황에 어울린다고 말할 수 있는 그림인지도 모르겠고, 왜 이곳에 저 그림이 있어야만 할까, 하는 생각도 듭니다.

나는 내 삶이 힘들거나 혹은 아주 즐겁거나 할 때 금호동을 찾곤 합니다. 오늘도 그렇고, 그날도 그랬을 것입니다. 그날, 7개월 전 그날, 이 그림이 걸려 있는 카페 밀레니엄을 발견했습니다. 금호산에 올라 혼자 맥주 캔을 들이켜고, 셀카를 찍은 직후였습니다. 그날의 내 사진은 내가 아닌 듯 낯설게 느껴졌지요. 어느 늙은 남자의 얼굴이 거기 있었으니까요. 48세 치고는 너무 늙어버린 한 남자가 거기 금호동에 서 있었습니다. 19세 어린 소년은 사라지고 48세 늙은 남자가 그곳에 있었습니다. 제가 금호동 집이 철거되어 쫓겨난 것이 19세 때였습니다.

늙은 내 사진을 찍은 후 집에 가기 위해 내려오던 길이었습니다. 올라갈 때 보지 못했던 카페를 보고 만 것입니다.

카페 밀레니엄.

그렇습니다. 카페 밀레니엄이었습니다. 카페 밀레니엄은 금호동 로터리에서 서쪽으로 400미터쯤 올라간 곳으로 금호산이 막 시작되려고 하는 그곳에 있었습니다. 새로 생긴 카페인데도 이미 그 카페는 허름해 보였습니다. 내가 금호동에 마지막으로 온 게 언제였지? 하고 되뇌어보았습니다. 얼마나 지났는지 기억나지 않았습니다. 평균 1년에 열 번 이상 찾아오는 금호동이었으니, 생긴 지 오래되었다 하더라도 한 달을 넘기지는 않았을 것입니다. 그런데 선희는 이곳에 카페를 오픈한 지 19개월 되었다고 말했습니다. 나는 왜 그동안 카페 밀레니엄을 보지 못했던 것일까요. 19개월 동안. 19개월이라 하더라도 그사이에 카페 밀레니엄은 너무 많이 낡았습니다. 좀 전에 찍은 내 사진처럼.

하긴 사람이 늙는 것은 한순간이라는 것을 나는 알고 있습니다. 어느 날 아침 거울을 보았을 때, 문득 거울 속의 내 얼굴이 예전의 내 얼굴이 아님을 확인하는, 거울 속에 웬 초췌하고 늙은 남자가 서 있는 것을 발견하는, 뭐 그런 것 말입니다.

늙은 내가 새로 생긴 카페 밀레니엄에서 19년 전 본 그림 그대로 조금도 변하지 않은 이 그림을 금호동의 카페 밀레니엄에서 발견했습니다. 선희가 그린 그림입니다.

19년 전 여의도 카페 밀레니엄에서 선희는 자랑스럽다는 듯 「빅뱅은 스켈레톤을 타고」라는 제목의 두 그림을 내게 설명하고 있었습니다. 가장 최근에 그린 그림이라는 말과 함께.

20호 정도 크기의 캔버스에는 둥근 원이 세 개 반 그려져 있고, 그 오른쪽에 또 다른 20호 크기의 캔버스에는 반으로 쪼개진 둥근 원과 정가운데에 큰 원이 그려져 있는 그림이었습니다. 두 개의 그림이 연결되어 하나의 그림을 이루고 있었습니다. 20P보다는 조금 두툼하고, 20F보다는 조금 날렵한 캔버스. 혹시 19호인가? 아니면 20FP인가? 하는 우스운 생각까지 들었습니다. 정규 캔버스의 크기가 아닌 변형된 크기의 캔버스. 게다가 왼쪽 그림의 오른쪽 끝 마지막 원은 반만 그려져 있고, 그 반원 안에는 헬멧을 쓴 채 얼음 썰매를 타고 질주하는 남자의 왼쪽 몸통만 그려져 있습니다. 반쪽만 남은 남자. 얼굴 반쪽이 없는 남자. 그 나머지 반쪽은 오른쪽 캔버스에 그려져 있습니다. 두 그림은 연결되어 있었지만, 다른 그림이었습니다. 액자도 20호? 혹은 19호? 크기의 액자 두 개로 각각 포장되어 있었지요.

　선희의 설명을 들으며, '몸이 반쪽이 된 젊은 선수는 얼마나 서글플까?'라고 생각할 때, 그림 속의 반쪽 사내가 갑자기 빔 속에서 빛이 되어 내 눈으로 질주해 들어오는 것이었습니다. 아닙니다. 그림 속의 사내의 잘린 몸통 속으로 내가 빨려 들어간 것이었습니다. 그림이 내게 달려들었습니다. 아닙니다. 내가 그림 속으로 빨려…… 아아…… 모르겠습니다. 그냥 그 순간 모든 것이 사라졌지요. 그리고 나는 어느 틈에 아무도 없는 금호동 해병대산 꼭대기에 누워 있는 상태로 이틀 뒤 발견되었습니다. 그게 선희와의 이별이었습니다. 그날 이후로 선희는 그 어디에서도 찾을 수가 없었지요.

선희의 그림이 신금호역 9-4번 스크린도어 앞에 있습니다. 이틀 전, 신금호역 9-4번 스크린도어에서 사고가 있었습니다. 한 젊은이가 열차에 치여 사망하는 사고였지요. 젊은이는 꽃다운 19세였고, 9-4번 승강장에서 스크린도어를 수리하던 어린 노동자였습니다.

9-4.

화투 놀이 중에 '섰다'라는 게임이 있습니다. '섰다 게임'에서 9와 4를 잡으면, '쿠사'라 하여 판을 다시 시작합니다. 이번 판은 없었던 것으로 하고, 화투 패를 다시 돌리는 것이지요. 9-4번 플랫폼.

시간을, 우리의 시간을, 젊은이가 수리를 시작하기 전으로 되돌릴 수는 없는 것일까요? 16년 전의 나처럼, 이틀 후에 금호동 금호산에서 다시 멀쩡하게 발견될 수는 없을까요? 어쩌면 젊은이는 달려오는 전동차의 불빛에 홀렸는지도 모릅니다. 19세 젊은이는 어디로 갔을까요?

사고 다음 날, 몇몇 사람들이 이곳, 신금호역 9-4번 승강장을 찾아 스크린도어 벽면에 '편히 쉬세요' '너의 잘못이 아니야' '지켜주지 못해 미안해'라는 포스트잇을 붙였고, 이어서 '못다 핀 꽃 저세상에서 다시 잘 피우렴' '너무나 속상하고 안타깝습니다' 등등의 죽은 자를 위로하는 내용이 적힌 메모가 뒤를 이었지요. 그리고 누군가는 그 포스트잇을 떼어 갔고요.

또 누군가는 국화를 두고 가기도 했고, 누군가는 그것을 치우기도 했습니다. 바로 이곳, 스키점프 활주로처럼, 스켈레톤 활주로처럼 전동차가 불빛을 내쏘며 질주하는 철로로부터 일반인들을 격리시키는 스크린도어 앞에, 선희의 유화 그림이 한 점 놓여 있는 것이었습니다. 아니 두 점의 그림이 나란히 놓여 있습니다. 이 그림도 누군가가 치울까 봐 걱정이 되기도 합니다.

전동차가 멈춰 서고 스크린도어가 열립니다. 아무도 없는 전동차의 문이 열립니다. 내리는 사람은 한 사람도 없습니다. 남아 있는 승객도 없습니다. 막차입니다.

승강장 앞에 선희가 있습니다. 아무도 없는 이 시간에 선희가 9-4번 승강장 앞에 있습니다. 스크린도어 옆의 투명한 유리 벽 비상구에서는 무 대리의 광고 영상이 계속되고 있습니다. 사람 없는 승강장에서 광고는 왜 계속되고 있는 것일까요. 그 9-4번 승강장 앞에, 그림 두 점과 붉은 프리지어를 한 다발 가로 눕혀놓고, 선희가 앉아 울고 있습니다. 그림 앞에 쪼그려 앉아 울고 있습니다. 물끄러미 그 붉은 꽃을 내려다보고 있는 것입니다. 스켈레톤을 타고 질주하는 그림 속 반쪽의 사내를 보고 있는 것입니다. 빨갛고 화사한 꽃과 비교되게, 밝은 얼굴로 돈을 빌려준다는 무 대리의 얼굴과 비교되게, 붉은 불덩이를 내뿜는 빅뱅의 화려한 시작과 비교되게, 고개를 떨군 그녀의 얼굴이 시든 꽃처럼, 몸통의 반쪽만 그려진 스켈레톤을 타고 있는 남자처럼 버석거리는 듯합니다. 시든 꽃잎이 떨어지듯 그녀의 얼굴에서 눈물 한 방울이 뚝 하고 떨어집니다. 그 소리에 놀라 내 가슴은 방망이질 치듯 두근거립니다. 불현듯 그녀의 얼굴을 안아주고 싶다는 생각이 듭니다. 누가 이 여인을 이토록 슬프게 만들었단 말입니까. 나는 큰 소리로 하늘을 향해 소리칩니다.

"아뢰옵니다. 아뢰옵니다."

"이 여인을 굽어살피소서."

그 소리는 멈춰 선 에스컬레이터 옆의 260개 계단을 스켈레톤을 탄 깃털처럼 사뿐히 미끄러지듯 질주해 올라갑니다. 48개의 계단을 오른 후 돌고 돌아 120개, 60개 그리고 마지막으로 개찰구를 뛰어넘어 32개의 계단을 올라 3번 출구로 나갑니다. 금호동 로터리를 거치고 카페 밀레니엄을 스쳐 금호산을 지나 오른쪽 하늘로 울려 퍼집니다. 260개의 계단을 오르며 소리는 점점 더 커지고 하늘을 울리기에 충분했을 것입니다. 무한대로 급속히 팽창해갑니다. 빅뱅 이후 점점 커지는 우주처럼. 사고 이후 점점 커져가는 우리의 슬픔처럼. 그림 옆에 쪼그려 앉아 있는 선희처럼. 언젠가 선희는, 웃음은 위로 올라가 증발되지만, 슬픔은 밑으로 가라앉아 앙금으로 남는다고 말했었지요. 지금 선희와 나는 더 내려갈 수 없는 지하 260계단 밑에 있습니다.

두 개의 그림을 앞에 두고.

그림은 작은 점에서 시작된 불길을 내뿜고 있었고, 우측으로 갈수록 점점 더 커지는 불길 속에 야구공만 한 것이 생겨나더니 다시 순간 이동을 해서 더 큰 축구공만 한 원이 그려져 있습니다. 그것은 지구가 되고 우주가 되어 점점 더 커져만 가고 있습니다. 그 우주 속에는 수억 개의 은하가 있고, 또 그 수많은 은하 중의 하나에 속해 있는 작은 태양계 속에 지구가 있고 지구를 가득 채운 큰 거인이 스켈레톤을 타고 있습니다. 그러나 그림은 두 개로 나뉘어 있습니다. 지구도 두 개로 쪼개어져 있고, 지구를 가득 채운 채 스켈레톤을 타고 질주하고 있는 젊은이도 두 쪽으로 잘려 있습니다. 젊은이는 어디로 질주하고 있는 것일까요…… 젊은이는 어디로 사라지는 것일까요……

왜 우주는 점점 더 커지는 걸까요. 우주가 점점 더 커진다는 것은 모든 것들 사이의 거리가 점점 더 멀어지고 있다는 의미겠지요. 인간들도 점점 더 멀어지는 것이겠지요? 그래서 16년 전 내가 갑자기 선희 앞에서 사라진 것이겠지요? 그게 인간의 운명일까요? 아니, 이 우주를 구성하고 있는 모든 원소, 그러니까 아미노산을 비롯한 모든 원소의 운명일까요? 어느 철학자는 인간을 이 우주에 버려지고 던져진 존재라고 말했다고 합니다. 조물주는 우리 인간에게 아무런 의미도 두고 있지 않다는 말이겠지요. 인간이란, 그저 작은 양의 아미노산과 적당한 온도만 있으면 생겨날 수 있는 생물체에 불과

한 것입니다. 빅뱅 후 우주 어디에선가 떠돌던 돌덩어리에 붙은 작은 아미노산이 지구에 도달한 것에서 인류의 기원을 찾고 있다니 참으로 허망한 일입니다.

정말 그럴까요? 우리는 아무 의미도 없는 존재일까요? 인간은, 죽으면 그 존재 가치가 안개처럼 사라지는 것일까요?

그렇다면 선희는 왜 알지도 못하는 한 젊은이의 죽음 앞에서 이토록 애통해하는 것입니까. 다행히 선희 혼자는 아니군요. 수많은 포스트잇과 수많은 국화꽃과 여러 개의 컵라면 그리고 밥과 국도 하나 있군요. 그리고 내가 옆에 서 있고 두 개의 그림과 한 다발의 붉은 프리지어도 있습니다.

'형! 어른들 잘못이래, 편히 쉬어' '형, 잘못 없어. 착하게 살았으니 괜찮아. 편히 쉬어' '당신은 바로 나입니다, 잊지 않겠습니다'라는 추모의 글도 있군요.

선희는 어떻게 금호동에 왔을까요.

선희로부터 그림에 대한 설명을 듣고 있을 때, 갑자기 그림 속의 우주로 내가 빠져버린 지 19년.

서기 2000년. 새로운 세기가 시작된다는 2000년 여름. 선희는 카페에서 커피를 핸드 드립으로 내리고, 그림을 그렸지요. 커피를 내릴 때면, 머리를 약간 외로 틀고 붉은 커피가 내려오는 것을 지켜보는 것을 즐겼습니다. 그림을 그릴 때에는 고개를 똑바로 곧추세웠지만, 뭔가 잘 풀리지 않을 때에는 역시 고개를 약간 왼쪽으로 기울이고 뭔가를 생각하는 듯

꼼짝도 하지 않았습니다. 선희는 카페 밀레니엄에서 먹고 자고, 커피를 내리고, 그림을 그리고, 손님을 맞이하고 있었지요. 선희는 그렇게 늘 그곳에 있었습니다. 카페 밀레니엄을, 여의도 KBS 본관 앞의 카페 밀레니엄을 선희는 떠나지 않았습니다.

그런데 그날, 선희가 내게 새로 그린 그림이라면서 자랑스럽게 빼기듯이 「빅뱅은 스켈레톤을 타고」를 설명한 지 이틀 후. 빔 프로젝터에서 돌진해 나온 그림 「빅뱅은 스켈레톤을 타고」 속으로 내가 빨려 들어간 지 이틀 후. 내가 다시 금호동에서 발견된 그날. 다시 찾아간 여의도 KBS 본관 앞의 카페 밀레니엄은 흔적도 없이 사라지고 없었습니다. 카페가 있던 자리에는 부동산 사무실이 있었지요. 부동산 아저씨는 자기가 그곳에서 10년 넘게 영업을 해왔다고 말했습니다. 어디엔가 또 다른 우주가 있는 것일까요? 오른쪽 그림 한가운데에는 더 큰 원이 있고, 그 원 안에는 해골만 남은 한 인간이 스켈레톤을 타고 있군요. 그곳은 다른 세계이겠지요? 뼈다귀만 남은 인간이, 해골이 스켈레톤을 타고 날아갈 수 있을까요?

그리고 갑자기 7개월 전에 금호동 해병대산 입구에 나타났습니다. 카페 밀레니엄이 19년 전 모습 그대로 다시 나타났지요. 선희는 19개월 전에 금호동에 재개업을 했다고 말했습니다. 그동안 어디에 갔었느냐고 묻는 내 말에, 선희는 어디에도 가지 않았다고, 여의도에서 17년 6개월을 기다렸다고 말했지요. 그 기간은 천년처럼 길었다고 말했습니다.

과연 그것이 가능한가요? 선희가 천년 동안 나를 기다린 그 카페 밀레니엄은 어디에 있었던 것일까요. 19개월 전에 이곳 금호동으로 이전했다는 이 카페 밀레니엄을 나는 왜 7개월 전에야 발견할 수 있었던 것일까요. 금호동에서 카페 밀레니엄을 발견한 순간 선희의 가게라는 것을 알아챌 수 있는 내가, 왜 1년 동안 카페 밀레니엄을 발견하지 못했던 것일까요.

7개월 전, 그날 금호동에 간 것도 이상한 일이었고, 그곳에 카페 밀레니엄이 있다는 것도 이상한 일이었습니다. 내가 금호동에 간 것은 늘 그렇듯 아주 좋은 일이 있거나 아주 힘든 일이 있거나 둘 중의 하나였겠지만, 그날은 그게 좋은 일이었는지 나쁜 일이었는지 기억나질 않습니다. 아니 뭐라고 평가할 수 없는 날이었는지도 모르겠습니다. 어쩌면 그날, 나는 자살을 생각했는지도 모를 일입니다. 7개월 전이면, 모든 것이 힘든 시기였지요. 학교에서는 학과가 없어지느냐 마느냐를 가지고 논의 중이었습니다. 그 와중에 37살의 젊은 후배 교수는 뇌졸중으로 쓰러져 병원으로 실려 갔고, 내게 야단맞은 어느 학생이 교육부에 정 교수가 학점을 가지고 자기들을 협박했다고 진정을 하여 다음 학기에 내가 시간 강의를 못 얻을지도 모르는 위태로운 시기였습니다. 나는 시간강사지만 성이 '정'이라는 이유만으로 정 교수라 불리는 행운을 갖고 살고 있습니다. 내가 출강하는 그 학교의 부총장은 성이 '조'라는 이유로 아직까지도 조 교수라는 소리를 듣고 살고요. 웃기는 혹은 슬픈 일입니다. 아내는 운동을 핑계로 일주일에 세 번 밤늦게 집으로 돌아옵니다. 어떤 운동을 하는지, 누구를 만나는지, 알 수 없는 상황이 계속되고 있지요. 그러나 그것을 꼬치꼬치 캐물을 수도 없는 상황입니다. 묻는다고 대답해줄 것 같지도 않고요. 모든 것이 오리무중으로 정확하지 않은 세상입니다.

「미스트」라는 영화가 있었습니다. 해외 어느 작가의 소설집 『스켈레톤 크루』에 수록되어 있는 작품을 영화화한 것이지요. 번역을 하면 '안개'라는 제목이 되겠지만, 그 영화는 우리에게 「미스트」로 알려져 있습니다. 엄청난 폭풍우가 지난 밤 마을을 강타합니다. 마을의 많은 것들이 찢기고, 무너지고, 쓰러지고, 부서져 그 잔해들이 널브러진 아침. 호숫가에 살고 있는 주인공은 아들과 함께 마을 끄트머리에 있는 K마켓에 생필품을 사러 갑니다. 마켓에는 폭풍우에 무너진 집을 수리할 도구를 사러 왔는지, 먹을 것을 사러 왔는지 평소보다 사람들이 많습니다. 그런데 뭔가 이상합니다. 호수 반대편 끝에서 피어오른 안개가 마을 전체를 덮칩니다. 안개는 이상하리만치 하얗고 묵직하고 두껍습니다. 한 치 앞을 볼 수 없는 안개. 물건을 사고 집으로 간다고 나간 노인이 잠시 후, 피투성이가 되어 마켓 스크린도어 앞으로 기어 들어옵니다. 그곳의 모든 사람들이 비명을 지르며 몰려듭니다. 아무것도 알 수 없는 공포. 그 안개 속에는 어떤 괴물이 있는데, 우리는 그 괴물이 어떤 괴물인지 알 수가 없습니다. 어느 학자는 국가를 리바이어던이라는 해양 괴물에 비유하기도 했지요. 괴물이 무서운 이유는 괴물과 나의 힘이 불평등하기 때문이겠지요. 이 불평등의 원인을 어떤 철학자는 국가 때문이라 했고요. 아마도 리바이어던도 아미노산에 의해 만들어진 생명체에 불과할지도 모릅니다.

선희는 내게 어떤 존재였을까요. 또, 나는 선희에게 어떤 존재였을까요. 19년 전, 나는 선희와의 결혼을 생각하고 있었습니다. 선희는 미대를 나왔지만 그림을 포기하고 카페를 운영하고 있었고, 나는 법대를 나와 고시 공부를 하고 있었지만, 이미 고시를 포기할 즈음이었습니다. 선희도 나도 앞날이 어찌될지 모르는 안개 속 같은 삶이었습니다. 선희가 오랜만에 그린 그림이었습니다. 선희는 그림 설명을 하면서 카페 밀레니엄을 갤러리 카페로 바꿔서 그림도 전시하고 그림 강의도 하는 곳으로 만들고 싶다는 이야기를 했습니다. 선희에게 새로운 희망이 생길 때였습니다.

금호동의 카페 밀레니엄 문을 열고 들어서며 선희를 생각했습니다. 그러나 선희보다 먼저 나를 맞이한 것은 그림이었습니다. 19년 전, 나를 이틀 동안 이 세상에서 사라지게 만든 그 그림. 스켈레톤을 타고 있는 반쪽의 사내를 그린 그 그림. 카페에 들어선 순간 이 그림을 보고 말았던 것입니다. 19년 전 나에게 회화의 발전사를 설명하면서 자기가 그린 것이라고 말해주었던 그 그림. 선희는 캔버스에 빅뱅 후의 우주 팽창을 그리면서 그것에 만족하지 않고, 우리 인류의 탄생과 멸망을 담아내고 싶었다고 했습니다. 인간의 어쩔 수 없는 질주 본능, 무한 경쟁을 통해 무한 발전을 추구하는 인간, 그 결과 결국은 모두 죽고 마는 운명을 이야기하고 싶었다고 했습니다. 어쩌면 안개 속처럼 미래를 알 수 없는 인간들이 더 행복할지도 모른다고, 그러나 자기는 인류의 미래가 보인다고 말했습니다. 그 이야기를 들으며 나는 인류의 멸종이 아니라 자본주의의 종말을 보았었지요. 자본주의가 종말을 맞는 것은 어쩔 수 없는 숙명이지만, 인간은 새로이 다른 정치 체계, 다른 경제 질서를 구축해낼 수 있다는 희망을 이야기했었지요. 그때, 그 왼쪽 캔버스의 오른쪽 끝에 그려진 반쪽의 지구와 그 속에서 스켈레톤을 타고 질주하는 반쪽의 거인이 빛으로 변하여 내 몸속으로 들어왔습니다. 오늘 나는 질주하는 지하철의 운행 중지를 막기 위해 부품을 갈던 한 젊은이가 지하철에 치여 죽은 이곳에서 그 젊은이의 마지막을 추모하는 선희 옆에 서 있습니다. 그는 어디로 간 것일까요. 혹시 나처럼 금호산 꼭대기에서 이틀 후에 발견될까요? 혹시 그 젊은이가 죽을 때에도 전동차의 밝은 불빛이 젊은이의 눈으로 파고들었을까요?

오른쪽 캔버스 왼쪽에도 반쪽이 된 한 사내가 스켈레톤을 타고 있네요. 반쪽이 되어서도 여전히 스켈레톤을 타고 질주하고 있습니다. 그리고 오른쪽 캔버스 한가운데, 거대한 행성 속에는 해골만 남은 젊은이가 빛 속에서 스켈레톤을 타고 있습니다. 그 젊은이는 몸이 두 쪽으로 되어서도, 해골만 남은 상태가 되어서도 여전히 얼음 썰매를 타고 질주하고 있습니다.

언제가 되어야 이 끝없는 질주가 멈춰 설까요.

선희의 그림 두 점. 그 그림들이 여기 놓여 있습니다. 지금 지하철역 9-4번 승강장 스크린도어 앞에 놓여 있습니다. 그리고 그 유화를 통해 내 눈에 들어온 것은 여러 개의 우주였습니다. 그 수많은 우주 옆에 선희가 앉아 있습니다.

점점 커져가는 우주의 팽창을 옆에 두고 있는 선희를 본 순간 나는 모든 것을 빨아들이는 블랙홀을 상상했습니다.

내가 열아홉 살 때, 집이 철거되어 우리 가족은 금호동을 떠나야만 했습니다. 그 팽창하던 금호동은 언제 팽창이 멈췄는지, 지금은 그 모양 그대로 남아 있습니다. 물론 서쪽 변두리와 동쪽 변두리에는 20층의 높은 아파트가 들어서 있습니다. 그러나 로터리를 중심으로 사방 300여 미터 거리까지는 여전히 29년 전의 모습 그대로를 유지하고 있습니다. 구멍가게의 현관문도 29년 전의 모습 그대로이고 그 안에 맥주 캔

하나를 1,800원에 파는 아줌마도 옛날의 아줌마와 다를 바가 없습니다. 그런데, 카페 밀레니엄은 옛날에 못 보던…… 옛날에는 상상할 수 없었던 인테리어를 갖고 있었습니다. 모든 벽면이 깜깜한 검은색이었습니다. 그러나 어찌된 영문인지 그것은 이미 오래된 골동품 같은 그런 느낌을 주었습니다. 새롭지가 않았습니다. 여의도 KBS 본관 앞에 있던 카페 밀레니엄 그대로였습니다.

금호동에서 카페 밀레니엄을 발견한 그날 이후, 나는 일주일에 한 번씩 금호동엘 드나들었지요. 아니 선희를 다시 찾은 그날 이후, 나는 일주일에 한 번씩 금호동엘 왔지요. 좀처럼 타지 않던 지하철 5호선은 내 발이 되어주었습니다. 나는 수요일 저녁 일곱시마다 지하 53미터 신금호역에 내렸고, 해발 100미터 카페 밀레니엄에서 선희가 내려준 커피를 마셨습니다.

선희는 그때와 다름없이 향이 독한 아이리시 커피를 좋아했습니다. 아직도 아이리시가 맛있느냐는 내 질문에 당연하다는 듯이 눈을 크게 뜨고, '어떻게 다른 커피를 좋아할 수 있어?'라고 반문했습니다. 그녀는 에티오피아 원두를 우려낸 커피에 위스키를 떨어뜨리기 위해 고개를 약간 외로 틀고 커피잔을 치켜올려보았습니다. 떨어지는 위스키의 양을 꼭 보아야만 한다는 듯. 그렇게 세 스푼쯤 위스키를 떨어뜨린 후 선희는 커피 잔을 코에 가져가 킁킁거리며 커피 향과 위스키

향을 만끽하고 있었지요.

"위스키가 커피 본래의 색을 오래 간직할 수 있게 해. 다른 커피는 20분이 지나면 색이 바래서 붉은 빛깔을 잃지만, 아이리시는 그 붉은 기운을 세 시간 이상 유지하거든."

다른 커피보다 열 배는 더 그 빛깔을 오래 유지한다는 것이었습니다. 어쩌면 그림에서도 커피 향이 나는지 모르겠습니다. 그림 좌측 끝의 작은 점에서 나오는 붉은 불길이 커피색이라는 생각까지 들 지경이었으니까요. 선희는 커피 향 혹은 위스키 향을 1분쯤 맡은 후 커피 위에 두꺼운 생크림을 덮습니다. 커피의 속살을 보여줄 수 없다는 듯.

선희가 그린 그림 「빅뱅은 스켈레톤을 타고」에서도 빅뱅의 팽창하는 우주만 선명할 뿐, 그 주변은 온통 안개처럼 희미합니다. 그렇다고 전부 하얀 것은 아닙니다. 보라색과 검은색 그리고 붉은색이 언뜻언뜻 흰색 뒤에 감춰져 있습니다.

인간은 알 수 없는 존재라고 선희는 말했지요. 분명한 것은 단 하나뿐이라고 했습니다. 그것은 질주 본능입니다. 인간은 태어날 때부터, 아니 우주의 시작부터 모든 생명체는 질주 본능을 갖고 태어나는 것이라고 선희는 말했습니다. 최초의 빅뱅이 있었을 때 우주는 빛의 속도로 질주하며 이 우주를 만들었을 것입니다. 모든 생명체의 질주 본능은 빅뱅에 기인합니다. 질주 본능을 가진 인간의 내면을 그리고 싶었다고 선희는 말했습니다.

두번째 원 속에는 작은 날개 같은 것이 썰매를 타고 있습니다. 빅뱅 이후 첫번째 그려진 우주 속에, 그 가볍디가벼운 깃털이 어떻게 썰매를 타고 질주하는지는 모르겠지만 분명 날개가 썰매를 타고 있는 모양으로 그려져 있는 것입니다.

우리나라의 경제가 빛의 속도로 빨리 발전한 것을 자랑으로 여기고 있지요. 그것은 빛의 속도로 달리는 전동차 옆에서 일하는 노동자들의 희생을 전제로 한 것입니다. 깃털보다도 가벼운 존재들의 희생.

그리하여 나는 그들을 고발하는 것입니다.

"아뢰옵니다. 아뢰옵니다. 그들을 죽여주시옵소서. 그들은 해도 해도 너무한 것입니다. 정말 못됐습니다. 정말이지 불쾌한 놈들입니다. 나쁜 놈들입니다. 아아 정말이지 참을 수가 없습니다. 살려둘 수가 없다는 말입니다. 그러나 그들을 죽이려 하니, 저 그림처럼 얼굴부터 몸통까지 두 동강을 내주고 싶지만, 차마 그럴 수가 없습니다. 그렇게 한다면 나도 그들과 같은 사람이 될 터이니까요. 네! 마음을 가다듬고 찬찬히 말씀드리겠습니다. 그들을 살려두어서는 안 됩니다. 그들은 이 세상의 적입니다. 괴물입니다."

나의 기도 소리가 선회의 얼굴을 스친 듯, 언뜻 그녀의 머리카락이 바람에 흩날리며 그녀의 떨리는 입술을 보여주었습니다. 그 입술은 무언가 노래하는 듯했습니다.

내가 무슨 노래를 하려고 이렇게
쪼그려 앉았는지 몰라.
바람에 흔들리는 시간들이 줄을 서고,
서로서로 먼저 묻히겠다고,
먼 길을 달려온 시간도
가쁜 숨 몰아쉬며 줄 끝에 서네. 너와
소통하며 빌려 쓴
언어들이 있었는가.
남은 것은 뜯지 않은 사발면
하나뿐인걸.
옹알이부터 새로운 말을 배워야겠지.
네 뜨거운 가슴을 안아야 너의
언어를 알 수 있을 텐데,
이미 너의 가슴은 싸늘하구나.
달빛이 기우는 밤이면 노래를 기억해낼까?
네가 떠난 지금.
나는 긴 노래를 부르려 하네.

무슨 말인지 모를 이야기를 선희가 웅얼거리고 있습니다.
빅뱅 후, 우주는 오른쪽으로 가면서 점점 더 커지고 있습니
다. 그러나 캔버스는 사각형입니다. 빅뱅의 시작점부터 우측
으로 갈수록 점점 커지는 깔때기 모양으로 발전하는 우주. 그

우주 밖의 빈 공간은 하얀 거품으로 채워져 있습니다. 무언가 단편적으로 조금씩 보이고 있지만, 그것이 무엇인지 알 수 없습니다. 선희는 그 거품 속에 무엇을 감추고 있는 것일까요.

나는 내가 '나'라는 사실이 싫습니다. 이미 내 영혼은 빛의 속도로 내 몸을 떠난 것 같습니다. 내가 할 수 있는 일이 아무것도 없다는 사실이 슬프고, 이미 이렇게 늙어 장래 희망도 없다는 사실이 싫습니다. 이미 끝자락에 와 있는 것입니다. 두 동강 난 상태로 질주하는 몸은 깃털처럼 가벼워 스켈레톤에 정착하기에도 버거운걸요. 깃털보다 가벼운 최초의 생명체. 그리고 우주 밖의 알 수 없는 그 두터운 검은 물질.

지하철공사의 하청업자에 대한 평가 기준에서 사망 사고는 감점 0.2점을 부여하지만, 10분 이상 운행 지연은 감점 1점을 부여하는 시스템 속에서 지하철은 오늘도 달리고 있습니다. 우리는 그 무한 질주에 익숙합니다. 결코 멈춰 설 수 없습니다. 우리는 '친구'를, '아내'를, 그리고 '자유'와 '터전'에 이르는 모든 것을 빼앗긴 채 서서히 경계 밖으로 내몰리고 말았지요. 아니 경계 속으로 감금되고 말았지요. 우리가 만든 국가는 우리보다 강한 안개 속에 있는 인공적 괴물입니다. 그러므로 결국 우리는 우리가 만든 괴물을 이기지 못합니다. 창조자가 피조물에 지배당하는, 이상한…… 모든 것이 안개 속같이 알 수 없는 그것이지요.

지하철 사망 사고라는 것은 늘 있는 일이기도 하지만, 있어서는 안 되는 일이기도 합니다. 사고가 터진 날 저녁에는 사이렌 소리도 울리지 않았다고 합니다. 19년 전 내가 여의도 KBS 방송국 앞 카페 밀레니엄에서 그림을 보여주는 빔 프로젝터의 불빛 속으로 사라질 때에도 사이렌 소리는 울리지 않았습니다.

그날 선희는 내게 선사시대의 벽화에서부터 알랭의 개념 미술까지 설명하고 있었지요. 우리 둘뿐이었습니다. 아무도 없는 밤 상가는 모두 문을 닫은 휴일 밤 열두시였습니다. 선희는 배불뚝이 선사시대 빌렌도르프의 비너스부터 시작해서 중세 밀로의 8등신 비너스에 이르기까지 조각상의 발달 과정도, 인체의 부조화와 조화의 변화 과정도 신화와 함께 설명해주었지요.「빅뱅은 스켈레톤을 타고」를 옆에 걸어놓고.

아무도 없는 밤입니다. 이미 지하철 운행 시간도 끝난 지 오래. 아무도 없는 플랫폼 스크린도어 옆에는 광고판이 여전히 화려한 불빛을 내뿜고 있습니다. 기계가 무얼 알겠습니까. 생각이 없는 기계이니 사망 사고가 일어났든 아니든, 사람이 있든 없든, 할 일을 하고 있는 것이겠지요. 기계는 기계일 뿐이지요. 돈을 빌려준다는 광고를 하고 있군요. 무 대리가 밝은 얼굴로, 싱싱한 몸뚱이로, 자신감 넘치는 목소리로 돈을 빌려준다고 말하고 있군요. 죽은 젊은이가 돈을 빌려 갈 수 있을까요? 젊은이가 돈을 빌렸으면, 이곳에서 목숨을 걸고 작업하지는 않았을까요? 지금 이 시간에도 광고판에 불을 밝히고 있으라고 결정한 것은 기계일까요, 인간일까요, 아니면 이 우주를 만든 조물주일까요.

그림은 그림일 뿐이겠지요. 선희가 젊은이의 몸통을 둘로 나누어 다른 캔버스에 그린 것에 어떤 이유가 있는지는 모르지만, 그냥 그림일 뿐입니다. 그림 속에서 빅뱅이 일어나도 그림이고, 한 젊은이가 스켈레톤을 타고 질주해도 그림이고, 빅뱅이 스켈레톤을 타고 질주한다 해도 그림은 그림일 뿐입니다.

그런데 저쪽에서 내 쪽으로 달려오는 불빛은 무엇일까요. 갑자기 밤 열두시에 전동차가 달려오네요. 무슨 일일까요. 그 전동차의 불빛이 내게로…… 내 눈 속으로 질주하네요.

나는 어디로 가는 것일까요. 저기 선희가 그림 앞에 앉아 있는 것이 보이는데, 손을 뻗으면 선희를 잡을 수 있을 것 같은데, 소리치면 선희가 뒤돌아볼 것 같은데, 나는 점점 선희로부터 멀어지고 있습니다.

나는 어디로 가는 걸까요.

로체가 있던 자리, 금호동

로체는 매일 밤 그 등반 루트가 변한다. 매일 밤.

오늘과 내일의 경계.

밤에 잠을 잔다는 것. 그것은 오늘을 마감하고 내일을 준비한다는 뜻이다. 오늘과 내일의 다름은 무엇일까. 오늘과 내일이 같은 날이 아니라면 내일은 오늘과 어떻게 다를까.

오늘, 내일, 모레……

그렇게 미래를 계획한다는 것이 과연 의미 있는 일일까?

밤에 일정한 시간 이상 잠을 자는 것을 오늘과 내일을 나누는 기준이라 한다면, 2014년 4월 18일과 19일은 같은 날이라고 해야만 한다. 결정적으로 18일 밤, 나는 잠을 거의 못 잔 것이다. 여기서부터 일정이 빠그라졌는지도 모르겠다.

계획은 이랬다.

4월 7일 베이스캠프 도착, 16일까지 열흘간 베이스캠프에서 제2캠프와 제3캠프를 오르내리며 고산 지대 적응, 4월 17일 제3캠프에서 휴식.

4월 18일 10시 제3캠프 출발, 17시 제4캠프 도착(취침).

19일 06시 제4캠프 출발, 14시 로체 정상 등정, 14시 30분 하산 시작, 20시 제4캠프 도착(취침).

20일 09시 제4캠프 출발, 저녁 제2캠프 도착(취침).

21일 오전 제2캠프 출발, 저녁 베이스캠프 도착.

제4캠프까지 내려온 이후의 하산 일정은 제4캠프에서 1박, 다시 제2캠프에서 1박, 그렇게 사흘간으로 잡았다. 굳이 구체적인 시간과 장소를 정할 필요가 없었다. 내려오는 것은 천천히 하기로 했다. 가장 중요한 일정은 제3캠프를 출발해서 정상에 도착한 후 제4캠프까지 내려오는 일정이었다. 정상 등정을 위한 일정에서 하루와 하루의 경계는 로체의 특성상 매우 중요한 일이었다.

물론 18일 이전, 7일부터 17일까지의 일정이 모두 계획적으로 착착 진행되었다는 말은 아니다. 4월 7일 베이스캠프에 도착하자마자 승규 형을 만났다. 전혀 예측하지 못한 일이었다. 승규 형은 내 모교 영동고팀의 선배다.

베이스캠프에 도착해서 텐트를 치고 저녁 준비를 하는데 승규 형이 찾아왔던 것이다. 저녁을 하지 말고 영동고캠프에 와서 먹으란다. 우리가 올 것을 그들은 이미 알고 있었다. 우리 금호팀이 로체를 등반한다고 하자, 그 소문은 어느 틈엔지 에베레스트 등반대에 좍 퍼져 있었다. 그 어느 누구도 등반에 성공한 적이 없는 마의 로체였다. 로체 등정에 도전한다는 것은 자살행위라고들 했다. 그곳을 우리는 도전하는 것이다.

선희와 내가 도전하는 것이다.

저녁을 할 필요가 없을 때 미리미리 준비를 하자고, 중앙 텐트 정리를 하고 2주 만에 샤워를 하고 밀린 빨래를 했다. 뜨거운 물 한 동이로 샤워와 빨래를 하고도 물이 남았다. '이렇게 사는 거지 뭐' 하며 저녁 하늘을 바라보았다. 붉은 해가 벌써 산등성이를 넘어가고 사위는 어두워지기 시작했다. 영동고팀 캠프에서는 승규 형이 우리를 주겠다고 음식 솜씨를 발휘하고 있었다. 물론, 셰르파들이 대부분 했겠지만 말이다.

저녁을 먹기 전에 베이스캠프에서 못다 본, 스티븐 스필버그의 「슈퍼 에이트」를 마저 봤다. 외계인은 정말 있을까? 그들의 과학은 우리보다 한참 앞서 있을까? 혹시 히말라야산맥에는 외계인이 살고 있지 않을까? 별생각이 다 들었다. 베이스캠프에서 제2캠프, 제3캠프를 오가며 고산(高山) 적응을 할 때, 밤에 심심하면 영화를 봤다. 「에일리언」 시리즈, 「엑스맨」 시리즈, 「엑스파일」 시리즈, 「슈퍼 에이트」 등 외계인 혹은 초능력자들이 나오는 액션 영화였다. 선희는 액션 영화를 싫어했지만, 나는 액션 영화 특히 초능력자 영화가 좋았다. 심지어 「ET」도 여러 번 봤다.

영동고팀 베이스캠프에서 저녁을 얻어먹었다. 우리는 먹을 식량이라면서 쌀과 라면 등을 조금 가져갔다. 영동고팀 베이스캠프의 본부 텐트는 우리 본부의 설비 바닥보다 더 좋은 것 같았다. 가스난로도 컸다. 게다가 꽃까지 있었다. 수육, 부대찌개가 맛있었다. 소주도 제법 마셨다. 네팔에 온 이후 가장 많이 마신 듯했다. 그날은 정말 맛있게 먹었다. 뜻하지 않은 호사였다. 아무튼 승규 형은 에베레스트에 오른다. 나는 로체다.

선희의 강권으로 나는 로체를 등정하기로 결심했다. 선희가 가는 곳이라면 지옥에라도 쫓아간다고, 농담처럼 한 말이 현실이 되고 말았다. 그래도 간다. 선희가 가라고 하면……

19일의 정상 등정 일정이 제대로 되기 위해서는 4월 7일부터 18일까지의 일정도 중요한 것은 어찌 보면 당연한 일이었다. 4월 7일부터 16일까지 노는 것 같았지만, 사실 이 기간 동안 해야 하는 고산 적응이 중요한 일정이었다. 그러나 뭐니 뭐니 해도 18일과 19일의 일정이 가장 중요한 것은 누구도 부인하지 못할 진리였다.

그런데, 당신들도 알다시피, 삶이란 계획대로 되지 않는 경우가 더 많다. 나는 18일과 19일 사이에 잠을 한 시간도 채 자질 못했다. 그러므로 나에게 지난 18일과 19일은 같은 하루가 되고, 등정기는 이렇게 기록될 수 있을 것이다.

4월 18일 7시 반 제3캠프 출발, 17시 30분 제4캠프 도착(취침 시도, 그러나 잠 못 드는 밤이 됨).

18일 두번째 해가 뜨는 시각인 29시 50분(실제로는 19일 아침 5시 50분) 제4캠프 출발, 42시(오후 6시, 아직 해가 조금 남아 있었음) 로체 정상 부근 도착, 44시 정상을 눈앞에 둠(이미 어두워짐), 48시……

이렇게 생각하고 보니, 아직도 더 써야 할 등정기가 남아 있음을 고백해야 할 것 같다. 나머지는 내려가서 정리해야겠다. 오늘과 내일의 경계. 하루와 또 하루.

누군지 모르겠지만, 어떤 선지자는 오늘 할 일을 내일로 미루지 말라고 했고, 어머니도 늘 그것을 강조하셨다. 우리들의 삶이란 하루하루가 쌓이고 쌓여서 한평생이 되는 것이라고. 그렇다면, 로체 정상의 그 모습 역시 하루하루 내린 눈과 설인(雪人) 예티의 매일 같은 노역의 결과일 것이다. 앞에서 말한 바대로 로체는 매일 밤 등반 루트가 바뀐다. 사람들은 그것이 설인 예티의 짓이라 단언했다.

산에 오른다고 해서 누구나 다 등반기를 쓰는 것은 아니다.

그 등반이 꽤나 특이하고 자랑할 만할 때, 등반기를 쓴다. 그럼 내가 등반기를 써야 한다고 생각하는 이유는 무엇일까. 그래, 나의 이번 등반도 내게는 의미 있는 일이다. 그러나 독자들에게도 과연 의미 있는 등반기라고 인정받을 수 있을까? 솔직히 자신이 없다. 그래도 써야만 한다. 머릿속이 복잡하다.

오늘 하루……

25시간 동안의 하루……

해가 떴다. 4월 18일이 된 것이다. 이제 드디어 출발이다.

간밤에 잠을 잘 못 잤다. 자다 깨다를 반복했다. 선희와 은규 형은 그런대로 잘 자는 것 같았다. 입맛이 없다. 많이 먹어야 하는데 입맛이 없다. 밥알이 까끌까끌한 게 모래가 아니라 자갈 같다. 어쩌면 이틀 정도 밥을 못 먹을 수도 있다. 많이 먹어두어야 한다. 그런데 먹을 수가 없다. 겨우 입에 욱여넣어도 삼켜지지 않는다. 걱정이 된다.

게다가 아침부터 출발은 계획대로 되지 않았다. 아침 6시 반에 출발했다.

분명히 내 계획표상으로는 아침 7시 반 출발이었다. 그런데 은규 형도 선희도 뒬마도 모두 6시 반이란다. 왜 나만 그렇게 생각했는지 알 수 없는 일이었지만, 모두들 그렇다고 말하니 따를 수밖에 없다. 나는 출발에서부터 예상이 빗나가 기분이 별로 좋지 않았다. 그러나 계획보다 빨리 올라가는 것은 나쁠 것이 없다고 위로했다. 좋은 징조라고 스스로에게 자기최면을 걸려고 노력했다. 어차피 좀 늦게 출발해도 잠을 자지 못할 것은 뻔한 일이었다. 그럴 바에는 차라리 조금 일찍 출발하는 것이 나을 듯도 싶었다. 제4캠프까지만 동행할 선희는 날씨가 청명하고 좋다면서 내일은 꼭 등정에 성공할 것이라고 말한다. 무슨 믿음에서 그런 말이 나오는지 모르겠다. 은규 형이나 뒬마의 경우 매일매일 등산 루트가 바뀐다는 점을 두려워했지만 선희는 조금 들떠 있는 것 같았다.

10년 전 선희를 만났다. 선희를 처음 본 날, 나는 어디에선가 본 듯한 느낌을 지울 수가 없었다. 뾰족한 턱과 작은 얼굴, 분명히 처음 보는 얼굴이었지만, 나는 선희를 어디에선가 본 것 같은 기시감에서 헤어나지 못했다. 기시감이라는 것이 그렇듯, 이전에 본 선희와 무슨 일이 있었는지는 생각나지 않았다. 선희는 제4캠프를 지키고 은규 형과 나는 셰르파의 도움을 받아 정상 도전을 하기로 했다. 내 셰르파는 뒬마고, 은규 형의 셰르파는 치링이다. 은규 형과 나, 둘이 함께 등반에 성공한다면 그보다 더 좋은 일은 없을 것이라고들 했다. 아무튼 제4캠프까지는 선희도 함께 간다. 선희는 셰르파 고르카와 제4캠프에 남아 등정 후 돌아오는 우리를 맞을 준비를 한다.

우리는 아침 일찍, 한국의 유라시아트렉을 통해 남명우 서

미애 유영신 예보관에게 날씨 정보를 받았다. 기존의 지도 위에 변경된 새로운 등반 루트를 표시하는 것만큼 날씨 정보를 수집하는 것도 중요한 일이었다. 남명우 예보관은 기상학 박사로 20년의 경력을 가진 베테랑이다. 남명우 예보관이 보내온 날씨 정보는 경희대 조영석, 황진희, 김수지, 최몽실 교수팀이 자세한 분석을 해주셨다. 베이스캠프에서는 티베트 시가체에 안테나가 있는 중국 데이터, 군사 기밀이라는 미국팀의 데이터, 가장 정확하다고 사람들이 말하는 스위스 정보 등등을 종합했다. 예산이 풍족해서 모든 준비는 완벽했다.

제3캠프에서 망원경으로 확인한 등산 루트는 어제와 달라져 있었다. 정상 300미터 전방에 없던 바위가 하나 생겨났고 두 개의 바위가 사라졌다. 크랙은 어디에 어떻게 새로 생겼는지 알 수 없었다. 등반 루트를 아침에 확인하는 것은 그 무엇보다도 중요한 일이었다. 어젯밤, 은규 형과 셰르파들이 코를 골며 자고 있고, 내가 두 눈을 감고 잠을 억지로 청하고 있을 때, 선희는 텐트 밖에서 망원경으로 로체 정상을 살피고 있다. 오늘 올라가야 하는 제4캠프까지의 등반 루트는 바뀐 것이 없는 것처럼 보였다. 새로운 등반 루트는 제4캠프에서 확인하는 내용이 가장 중요했지만, 미리미리 변경되는 패턴을 분석할 필요도 있었다. 문제는 제4캠프에서 정상까지가 문제였다. 내일 새벽 선희가 얼마만큼 자세히 등반 루트를 확인하느냐가 중요한 관건이다. 아무튼 제3캠프에서 제4캠프까지이든 제4캠프에서 정상까지이든 그날의 등반 루트를 확인하는 것이 제일 중요했지만, 그것은 그 누구의 도움도 받을 수 없는 일이었다. 우리 팀이 해야만 하는 일이었다.

해는 이미 저만치 멀리서 산 귀퉁이를 비집고 올라와 있다. 이제 올라가야 하는 것이다. 나는 제3캠프에서 고락셉, 로부체, 두클라를 앞에 두고 떠오르는 해를 내려다보고 있다. 저 많은 골짜기를 지나 여기까지 왔구나 싶다. 63빌딩에서 여의도 세계불꽃축제를 본 적이 있다. 선희와 같이 있었다.

'선희와 나는 얼마나 많은 기억을 공유하고 있는 것일까.'

그때 나는 63빌딩에서 뛰어내리면 어떻게 될까, 하고 의문을 가졌었다. 뛰어내리고 싶었다. 나는 높은 곳에만 올라가면 뛰어내리고 싶은 충동을 느낀다. 그 충동을 억제하기 위해서 무척이나 노력을 하지만, 사실 그 충동은 고소공포증의 일종이라는 것을 나는 안다. 그래도 뛰어내리면 그 떨어질 때의 느낌이 어떤지 느끼고 싶을 때가 많다. 그래서 나는 번지점프장을 보면 꼭 올라가서 뛰어내린다. 아마도 날고 싶은 본능 때문일 것이었다. 내가 지금 로체를 오르는 것 또한 그런 본능의 일종인지도 모른다. 불꽃놀이가 시작되자 사람들이 우르르 창가로 몰려들었다. 빌딩에서 뛰어내려 자살하는 사람들이 있다. 높은 곳에서 뛰어내려 죽을 때, 머리가 무겁기 때문에 머리부터 바닥에 부딪혀 죽는다고 생각들 하지만, 그게 아니다. 낙하 속도가 일정 한계를 넘으면, 영혼이 몸을 쫓아오지 못해 죽는 것이다. 바닥에 머리가 부딪혀 죽는 것이 아니라, 죽은 후에 머리가 바닥에 부딪히는 것이다. 그날 63 빌딩에서 선희는 그냥 테이블 자리에 앉은 채 불꽃놀이를 즐겼다.

선희는 모든 것을 초월한 듯한, 혹은 모든 것에 무심한 듯한 행동을 가끔 한다. 그게 선희의 매력이기도 하지만, 나는 가끔 선희가 내 곁을 떠날까 두렵다.

이제 출발이다.

"산소마스크를 써야 해."

"응?"

"여기서부터는 산소마스크를 써야 한다구."

될마가 말한다. 은규 형 담당 셰르파 치링과 선희 담당 셰르파 고르카는 사근사근한데 내 담당 셰르파 될마는 그렇지 않다. 왠지 조금 무섭기까지 하다. 웃는 듯한 그 얼굴이 왠지 조금 찡그리고 있는 것도 같은, 몽골족과 네팔 민족이 섞인 것 같은, 그런 느낌의 될마다. 중국의 조폭을 닮았다고 해야 하나? 아무튼 조금 무섭다.

산소마스크를 써본다. 처음 사용해보는 산소 덕분인지 컨디션이 좋다. 갑자기 배낭이 조금 가벼워진 것 같다. 별로 무겁지도 않은 배낭이 그동안 어깨를 짓눌렀는데, 산소통을 얹은 배낭이 전혀 부담스럽지가 않다. 산소통을 얹었으니 더 무

거울 텐데 그렇지가 않다. 좋다. 호흡도 베이스캠프 때보다
편한 기분이다. 마스크 덕에 차가운 공기를 직접 마시지 않으
니 깔깔하던 목도 매끄러워진 느낌이다.

"산소가 이렇게 좋은 거구나……"

하고 중얼거리는 내 옆에서 은규 형이 불평을 한다.

"나는 차이가 없는데?"

은규 형은 무슨 차이가 있는지 잘 모르겠다고 한다. 오히려
거추장스럽고 갑갑하다고 말한다. 형은 산소 체질이 아닌가
보다. '불편하면 나를 하나 더 주지……' 하는 생각이 들었지
만 차마 말은 하지 못했다. 고르카와 선희가 앞장을 섰다. 멀
리 로체 정상이 보인다.

이제 로체다. 영동고팀은 우리보다 한발 앞서 에베레스트
로 출발한다.

"예티는 보지 말고 로체만 보고 와!"

승규 형이 뒤에 출발하는 우리에게 인사를 보낸다.

'그래, 예티는 보지 말자.'

나는 에베레스트 정복은 단 한 번도 생각해본 적이 없다.
선희로부터 로체의 설인 예티 이야기를 듣고 나서부터 나는
로체라고 결정했다.

밤마다 등반 루트가 바뀌는 산.

그 산 정상에 오른다는 것, 이 얼마나 설레는 일인가. 그 누

구의 발자국도 찍히지 않은 새 등반 루트를 개척하며 오르는 정상 도전. 오로지 설인 예티의 큰 발자국만 발견할 수 있는 로체의 등반 루트. 로체를 등정한 자는 모두 최초 등반자가 되는 것이다. 하긴 아직도 단 한 사람도 나타나지 않았지만 말이다. 어디까지가 예티와 다른 보통 인간인지 애매하지만, 보통 인간의 발길을 허용하지 않는 로체. 로체 정상에는 오로지 예티의 발자국만 있는 것이다. 그러나 나는 기어코 로체를 정복하고야 말겠다는 다짐을 한다. 로체 정상에 내 발자국을 남기고 말리라. 이름도 에베레스트보다 로체가 훨씬 예쁘다. 산 모양도 그렇다. 매일매일 산 모양이 조금씩 바뀌는 산. 이 얼마나 매력적인 산인가 말이다. 에베레스트는 그냥 좀 더 높을 뿐이다. 에베레스트가 남자 산이라면, 로체는 여자 산이라는 생각이 들었다.

우리 여섯이서 함께 제4캠프까지 가야 한다. 은규 형과 선희, 나, 그리고 셰르파 세 명. 은규 형은 힘이 좋다. 그래서 선희가 은규 형을 선택했을 것이다. 선희가 나를 선택한 이유는 단 하나일 것이다. 나를 사랑한다는 것. 나도 선희를 사랑하는 것일까? 왠지 자신이 없다. 그러나 선희가 아닌 다른 사람이 로체 등반을 제안했다면, 절대로 승낙하지 않았을 것이다. 매일매일 바뀌는 등반 루트가 매력적이지만, 내가 로체를 등반하기로 결정한 가장 큰 이유는 역시 선희 때문이다. 나는 선희의 말을 거역할 수가 없다. 그게 사실이라면 나도 선희를 사랑하는 것이 분명하다.

제4캠프로 향하는 아침. 선희는 여자가 아니다. 우리를 리드하고 앞서서 올라간다. 발밑이 딱딱하다. 어제 내린 눈도 이미 서걱거리며 얼음 티를 낸다.

올라가는데 자꾸 벨트가 내려간다. 허리 벨트가 아니라 엉덩이 벨트다. 벨트에 걸려 떨어지는 상상을 해본 뒤로는 한 손으로 어센더를 잡고 한 손으로는 벨트를 잡고 올라간다.

로체가 이고 있는 하늘은 맑았다. 미풍도 없는 듯 고요했다. 그러나 나는 그 위에 Z기류가 거세게 불고 있다는 것을 안다. 비행기를 탈 때마다 Z기류를 생각했었다. Z기류 때문에 지구가 오른쪽으로 도는 것이라고, 아니 동쪽으로 도는 것이라고 나는 믿고 있었다. 그 믿음은 지금도 마찬가지다. Z기류는 히말라야산맥 위의 구름의 위치를 바꾸고, 그 구름은 나를 로체 정상에 오르게 할 수도 있고, 못 오르게 할 수도 있다. 그저께까지만 해도 바람이 얼마나 세게 불었던가. 오늘부터 다시 바람이 거세질지 아닐지는 아무도 모른다. 어찌 되었든 은규 형이 옆에서 날씨는 우리 편이라고 말한다. 매일 루트를 바꾸는 설인 예티에 대해서는 말을 하지 않는다.

동쪽 해가 밝다.

어제 떠오른 해와 같은 해인가? 다른 해인가?

잠을 자지 않았으니 등반 루트도 바뀌지 않았을지 모른다. 그러길 기대해보자. 웃기는 일이다. 내가 어디 있든 내가 잠을 자지 않으면 설인이 등반 루트를 바꾸지 않을 것이라는 이 자기중심적인 태도, 말도 안 되는 생각 말이다. 정말 웃기지 않은가. 인간은 모두 이 세상이 자기중심으로 돌아간다고 착각하면서 산다. 하긴, 내가 죽으면 이 세상이 어떻게 되든 무슨 상관이란 말인가. 나는 지금 오로지 로체 생각뿐이다.

예티는 지난밤에도 열심히 로체에 있는 바위 덩어리를 이리 굴리고 저리 굴리며 로체를 새롭게 단장했을 것이다. 돌을 옮기다가 발견한 크랙은 메우고 지나간 자리에는 없던 크랙을 자기 맘대로 만들었을 것이다. 얼음은 얼마나 더 딱딱하게 만들고, 눈은 또 얼마나 더 폭신하게 만들었을까. 혹시 돌이 모자라서 금호동의 해병대산에서 몇 개 더 가져오지는 않았을까? 나는 로체에 사는 예티가 궁금하다.

어머니에게 들은 북한산의 장사(壯士)에 대한 전설이 생각났다. 어머니는 밤마다 우리에게 옛날이야기 해주는 것을 좋아하셨다. 북한산성에 힘센 장사가 산다는 이야기도 어머니에게 들은 것이다.

북한산에 장사가 살고 있는데 그 장사는 본래 히말라야산맥에서 금강산으로 놀러 왔다가 한국에 남은 장사라는 것이었다. 그 장사는 금강산에서 다시 북한산으로 건너간다. 그리고 밤마다 북한산성을 허물고 다시 쌓는다는 것이 어머니가 말씀하신 전설의 내용이었다.

북한산에 그 이름 없는 장사가 산다면, 로체에는 설인 예티가 있을 것이었다.

설인 예티의 입장에서 오늘과 내일을 구별하는 기준은 무엇일까. 예티가 밤새도록 등반 루트를 바꾸는 일을 한다면 잠은 언제 자는 것일까?

예티가 등반 루트를 바꾸는 것을 며칠만이라도 지연시킬 수 있다면, 아니면 등반 루트를 바꾸는 패턴을 안다든가, 지난밤에 어디를 바꾸었고 내일은 어디를 바꿀 것인지 미리 알수만 있다면, 로체 등반은 훨씬 쉬워질 수 있을 것이었다. 그런 의미에서 등반 루트가 바뀌는 것을 어렴풋이나마 본 선희가 정상 등정팀이 됐어야 마땅했다. 그러나 선희는 무슨 이유에서인지 정상 등정을 나와 은규 형에게 맡겼다. 그리고 새벽부터 정상까지의 오늘의 등반 루트 관찰을 자기가 맡았다.

선희는 미국에서 태어났다.

선희가 10년 전 한국에 온 것은 선희 아버지의 권유에 의해서였다. 미국의 산악인들과 함께 히말라야 정복을 꿈꾸던 그녀에게 선희 아버지는 히말라야 등반은 꼭 한국 사람들과 하라고 여러 번 이야기를 했단다. 결국 아버지 때문에 선희는 금호산악회에 왔다. 선희 아버지는 서울의 달동네 금호동 출신이었다. 내 초등학교 대선배님이었다. 그때까지 나는, 아니

금호산악회는, 국내 산행만 했었고 해외 원정은 단 한 차례도 없는 작은 산악회였다. 나는 설악산에도 가보지 못한 초짜였다. 회원들 일부는 1박 2일 혹은 2박 3일 일정으로 설악산 혹은 지리산으로 원정 등산을 가기도 했었지만, 나는 당일 코스로 근교 산행만 다녔다. 그곳에 선희가 들어온 것이었다.

선희는 자기 아버지로부터 북한산성 장사에 대한 이야기를 들었다고 했다. 선희가 아버지에게 들은 이야기는 내가 어머니께 들은 이야기와 거의 같은 맥락이었지만, 조금 달랐다. 금강산에 장사 부부가 살았는데, 어느 날 무슨 이유에서인지 장사 남편이 금강산을 떠나 북한산으로 건너왔다는 것이다. 장사 남편이 금강산을 떠난 이유는 부인 장사가 남편 몰래 밤마다 히말라야에 다녀오기 때문이라는 설도 있고, 밤마다 달나라에 갔다 오느라 남편을 돌보지 않았기 때문이라는 설도 있지만, 어느 것도 정확하지는 않다고 했다.

남편이 떠난 금강산에 남아 있던 장사 부인은 매일 구룡폭포 아래 댐을 쌓고 목욕을 하고 다시 허물면서 남편이 돌아오기를 기다렸지만, 장사 남편은 밤마다 북한산성을 허물고 다시 지으며 돌아가지 않았다는 것이다.

이제 서쪽으로 방향을 틀어야만 한다. 서쪽 등성이 정상까지 약 2,500미터 등반 루트가 있고, 아랫부분의 너비는 약 5킬로미터다. 로체는 정상에서 뻗어 내려오는 중앙 벽과 서쪽 등성이에서 최고점을 이루는 우측 하부 지역, 두 부분으로 나눌 수 있다. 두 개의 돌출된 꿀르와르(산 중턱의 협곡)는 상부 측면 전체의 중앙 벽을 가르고 있다. 선희는 지금 그 중앙 벽을 향해 발을 내딛고 있다. 나는 아무 말 없이 선희의 발자국을 따른다.

설산을 오르는 등반인은 대부분 검은 등산복을 입고 있다. 그게 눈 속에서 더 잘 보이기 때문이다. 조난을 당했을 때를 대비한 옷차림이다. 검은 등산복을 입은 사람들이 옐로우밴드를 줄지어 오르고 있다. 에베레스트는 러시아워다. 쉬면서 밑을 내려다보니 2,000미터짜리 미끄럼틀이다. 피켈이 있더라도 제동은 어림없는 일이다. 내 몸이 피켈이라면 좋겠다. 옆으로 산소통 하나가 미끄럼을 탄다. 통통통 잘도 떨어진다. 내 산소통을 만져본다. 다행히 잘 묶여 있다. 근데 저거 떨어뜨린 사람은 어쩌지? 걱정된다.

어찌어찌 꾸물꾸물 에베레스트와 로체가 갈라지는 곳까지 왔다. 선희와 은규 형이 기다리고 있다. 영동고팀의 승규 형도 있다. 내가 또 꼴찌다. 이런 체력으로 과연 로체를 정복할 수 있을지 걱정이다. 그러나 나는 기필코 로체에 오른다. 은규 형이 아무리 힘이 좋아도 결국 정상에는 내가 먼저 올라간다. 반드시 내가 먼저 올라간다.

에베레스트 북쪽 사면을 가로지르는 옐로우밴드가 보인다. 고정적인 에베레스트 등반 루트 초반 옐로우밴드. 옐로우밴드가 수백 명의 등반가들로 꽉 차 있다. 옐로우밴드처럼 로체의 등반 루트도 변하지 않는다면 얼마나 좋을까 싶지만 다 부질없는 생각이었다. 상황이 어떻게 변할지 마음을 단단히 먹어야만 한다. 어차피 매일 등반 루트가 바뀌기 때문에 로체 아닌가. 그래도 두려운 건 어쩔 수가 없다.

에베레스트의 북쪽 면 산기슭에 큰 동굴이 있는 듯, 사람들이 그 아치형 바위 속으로 들어가고 있다. 저 속으로 들어간 사람들은 어디로 나올까. 혹시 저 동굴 속에 에스컬레이터가 있어서 곧장 에베레스트 정상 바로 아래에 도착하는 것은 아닐까? 혹시 에베레스트 정상에는 벌써 전망대가 설치되어 있는 것은 아닐까? 혹시 저 동굴 속으로 들어가면 순간 이동을 하여 선희가 살았던 어딘가에 나도 도착할 수 있는 것은 아닐까? 저 속에 예티가 살고 있을까? 별의별 이상한 생각이 다 든다. 고산증의 한 가지 증세인가? 아니면 내가 미쳐가고 있는 것인가?

승규 형은 에베레스트로 간다. 나는 로체다. 로체, 내 힘으로 올라가야만 한다. 승규 형이 내게 물을 권한다. 물 한잔 얻어먹고 헤어졌다. 선희도 잘 가는 것 같고, 은규 형은 원래 괴물이니 걱정 없다. 다들 파이팅이다.

로체……

오늘 나는 선희를 가슴에 안고 로체를 정복한다. 기어이 정복하고 말리라. 이날을 위해 얼마나 많은 노력을 했던가. 선희를 따라 겨울에 대청봉에 오르던 때가 생각난다. 산에 대해서는 아무것도 모르던 나를 이끌고 선희는 가을 단풍을 보자며 대청봉으로 향했다. 그게 벌써 10년 전이라니. 그녀는 에베레스트보다 로체가 훨씬 예쁘다는 말을 여러 번 했었다.

아침 일찍 서울 금호동을 출발, 인제군 용대리 백담마을에서 버스를 타고 백담사 주차장에 도착한 시간이 오전 11시 반이었다. 백담사에서부터 연시암과 봉정암을 거쳐 소청대피소까지 올라갔다. 중간에 옥녀봉도 보고 쌍룡폭포 등 여러 개의 폭포도 지나면서 선희와 나는 얼마나 행복했던가. 느릿느릿 가을 단풍을 만끽하고 있었다. 지금은 그럴 여유가 전혀 없다. 앞선 선희를 놓치지 않기 위해서 사력을 다하고 있을 뿐이다.

봉정암을 거쳐 소청에 도착했을 때, 해는 이미 서산에 붉은 피를 내뿜으며 죽어가고 있었다. 봉정암에서 소청까지의 짧은 거리가 왠지 좀 길어진 것 같다고 선희는 말했다. 중간에 없던 바위가 있어 돌아오느라고 시간이 더 걸렸다고 말했지만, 단풍에 취했던 거라고 나는 생각했다. 산림 보호를 위해서 일부러 등반로를 조금 우회시킬 수는 있어도, 없던 바위가 생길 리는 없었다. 힘들어하는 나에게 선희가 거짓말하는 것이라고 생각했다. 나는 설악산 등반이 처음이었다. 단풍에 너무 홀려 있었다. 시간적으로 봐서는 소청에서 저녁을 먹고 잠을 자야 했으나, 우리가 예약한 숙소는 소청이 아니라 중청이었다. 할 수 없이 우리는 헤드 랜턴을 켠 채 중청으로 내달렸다. 소청에서 중청까지 1킬로미터 남짓 거리를 30분 만에 올랐다. 그리고 밤새도록 우리는 잠을 이루지 못했었다. 우리의 사랑은 해가 진 시간 내내 계속되었다.

에베레스트를 등에 지고 로체로 향한다. 하얀 에베레스트가 내 등을 덮고도 남을 것 같다. 옆으로 화이트 림보(White Limbo)라는 명칭이 붙어 있는 사면이 보인다. 하부는 깎아지른 듯한 암릉들로 구성되어 있는데, 이들은 만년설 사면에서 암벽까지 높이 솟아 있다. 500미터 높이의 암벽 상부 위로 만년설의 정상 돔이 솟아 있다.

만년설이 있는 곳은 본래 인간이 살기에 적합하지 않은 곳이다. 신화 속에는 인간을 창조한 신은 대부분 여자로 나온다. 인간을 창조한 신이 대부분 여자인 것은 아마도 여자가 아기를 낳기 때문일 것이라고 추측해본다. 신화란 본시 일정한 사실에 근거해 조금 과장되게 포장된 것이 아니던가. 여자는 따뜻한 것을 좋아한다. 그렇게 따지면 로체의 예티는 남자인 것이 분명하다. 지금 선희와 나는 차가운 설산을 오르고 있다. 어쩌면 인간이 설산에 오르는 것은, 특히 매일매일 그 루트가 바뀌는 로체를 오르는 것은, 신의 섭리에 어긋나는 일인지도 모른다.

에베레스트로 가는 길은 사람들이 새까맣게 줄 서서 가는데, 로체로 가는 사람은 아무도 없다. 우리 팀, 나와 선희와 은규 형은 뒬마와 두 명의 셰르파를 앞세우고 제4캠프에 도착했다. 제4캠프에는 아무도 없다. 우리 팀뿐이다. 혹시 다른 팀도 있었으면…… 하는 막연한 기대가 물거품이 되는 순간이다.

'그래 역시 없었구나.'

미치지 않고서야 누가 로체에 도전하겠는가, 하는 생각이 들었다. 그러나 가끔, 아주 가끔 선희처럼 미친 사람들이 있는 것이다. 그 미친 사람들에 의해 인류는 지구 곳곳의 오지 거의 전부를 정복했지 않은가.

제4캠프 도착 시간은 5시 반. 이곳까지 오는 데 열 시간이 걸렸다. 예상보다 한 시간이 더 걸렸다. 너무 오래 걸렸다. 걱정이다. 오늘 푹 자고 나면 괜찮아지겠지. 같이 올라온 셰르파 뒬마와 치링과 고르카가 텐트를 치기 시작한다. 텐트 안으로 들어간 우리 세 명을 셰르파들이 챙겨준다. 고맙다. SpO^2 측정기가 있어서 재어보니 69퍼센트다. 위험한 거 아닌가, 하는데 다들 수치가 비슷하다. 뒬마가 웃으며 엄살 피우지 말라 한다. 은규 형이 실실 웃으며 나를 겁쟁이라 놀린다. 이 상황에서 긴장하는 것이 당연한 듯한데, 은규 형이나 뒬마는 나를 어린애 취급한다. 선희만 안쓰러운 듯 나를 바라본다. 그러나 나를 편들어주는 말을 하지는 않는다. 저녁으로 비상식량과 컵라면을 먹었다. 조금 딱딱하긴 했지만 괜찮았다. 출발할 준비를 하고 나니 10시다. 내일 출발할 때까지 눈 좀 붙여야겠다.

내일 아침 출발 시간은 아침 7시 반이다. 저녁 9시까지 다시 돌아오려면 늦어도 7시 반에는 출발을 해야만 한다. 여섯 시간 정도는 잘 수 있다. 선희는 새벽 3시면 일어나 정상을 향한 등반 루트를 살필 것이다.

제4캠프에서 자본 적이 없는 나를 위해 산소를 틀어놓고 잤다. 산소가 많으니 잠을 푹 잘 것으로 생각했으나 아니었다. 어느새 텐트는 산소마스크에서 내뿜는 '취익 취익' 소리로 가득 차고 폭풍전야 같은 긴장감이 흘렀다.

어젯밤 잠을 설친 것은 산소가 부족해서만은 아닐 것이다. 여섯 명이 함께 자는 텐트의 갑갑함, 숙면을 위해 틀어놓은 산소 때문에 닫아놓은 텐트 문이 주는 답답함, 머릿속을 떠나지 않는 산소 부족이라는 생각, 그런 것들이 숙면을 방해하고 있었다. 그러나 잠 못 이루는 이유 중에 무엇보다도 중요한 것은 설렘과 두려움 때문이라는 것을 나는 안다. 로체를 정복한다는 생각에 잠들 수 없었던 것이다.

산소통의 지직거리는 소리는 계속된다. 오늘 잘 자야 내일 정상에 도달할 수 있다. 셰르파들이 무겁게 지고 온 산소를 이렇게 쓰고 있는데, 잠이 오지 않는다. 어쩌면 나는 견디지 못할지도 모른다. 선희는 아무 말이 없다. 무슨 말이든 해주면 좋을 텐데, 선희는 입을 꾹 다물고 있다. 답답하다.

덥다. 그래서 내복만 입고 누웠다. 그래도 여전히 더워서 침낭 지퍼를 연 채로 잠을 청한다. 산삼이라도 먹은 듯 잠이 오질 않는다. 여긴 분명히 온도가 영하 30도를 밑돈다. 침낭이 좋은가, 춥지 않다. 자다 깬 은규 형이 뒤척이는 게 보인다. 어쩌다 눈길이 마주치면 반갑기까지 하다. 새벽 4시까지는 산소를 틀어놓고 뒤척이다, 소리가 거슬려 잠그고 잠을 청했다. 그래도 잠들지 못하는 것은 마찬가지다. 형은 나름대로 잘 자고 있는 것 같지만, 느닷없이 두 눈을 크게 뜨고 벌떡 일어나 나를 쳐다보는 것을 보면, 형도 어쩔 수 없는 모양이다. 잘 자고 있는 것이 아니다. 그냥 참는 것이지. 셰르파들은 잘도 잔다. 선희는 쪼그려 앉아 골똘히 생각에 잠겨 있는 듯했다. 잠을 자지 않아도 되는 선희가 부럽다.

뒬마와 치링 그리고 고르카, 셰르파들만 잘도 잔다. 코까지 골며…… 편하게 자는 모습이다. 산소가 다 떨어져서 할 수 없이 텐트 문을 열었다. 오히려 갑갑함이 사라지고 잠들만 하다는 생각이 든다. 이상한 일이다. 금방 잠이 오는가 싶었는데, 오줌이 마렵다. 몸이 좀 편해지니 참았던 배뇨감이 급격하게 밀려온다. 어쩔 수 없이 일어나 텐트 밖으로 나간다. 밤 하늘에는 별이 반짝이고 있었다. 금호동 해병대산에서 보이는 별과 여기서 보이는 별은 왠지 다른 별인 것 같다. 별빛이 차갑게 느껴진다. 힘들다. 이렇게 힘들어서야 어떻게 로체에 오를 수 있단 말인가. 그래도 나는 로체에 가야만 한다.

왜 설인 예티는 에베레스트에 있지 않고 로체에 있는 것일까. 혹시 설인 예티가 한국의 북한산성에 있었다는 그 전설 속의 장사가 아닐까? 북한산성의 장사는 어느 날 갑자기 사라졌고 현대의 한국인은 누구도 그 장사를 본 적이 없다. 조선 시대 한양에 지진이 일어났을 때 북한산성이 일부 무너져 내렸고, 설인 예티는 무너진 산성을 다시 쌓았다. 그 이후 사람들 사이에 다시 힘센 장사에 대한 이야기가 회자되었고, 장사는 더 이상 북한산성을 헐고 쌓는 일을 하지 않았다. 어쩌면 그때 북한산의 장사가 히말라야로 넘어와 예티가 되었는지도 모른다.

선희가 로체에 온 것은 한국에서 지진이 일어났던 2006년 10월이었다. 지금부터 10년 전의 일이다. 서울의 지진은 그 누구도 예상하지 못한 일이었다.

어느 인터넷 기사에서 본 물곰이 생각났다. 치명적인 추위와 졸음이 쏟아져도 멀쩡한 동물이 있다고 했다. 플랑크톤을 잡아먹고 사는 몸길이 1.5밀리미터의 작은 동물 '물곰(water bear)'이 그것이다. 물곰의 DNA에는 유해한 활성 산소를 막는 유전자가 16벌이나 있는 것으로 밝혀졌다. 다른 동물에는 이 유전자가 보통 10벌 정도만 있다. 또 손상된 DNA를 수리

하는 유전자도 다른 동물은 1벌밖에 없지만 물곰은 4벌이나 있다.

물곰은 히말라야산맥에서 남극 빙하까지 지구 곳곳에서 900여 종이 발견됐다고 한다. 물이 없으면 신체 활동을 거의 중단한 채 일종의 가사 상태로 몇 년이나 견딘다. 물곰은 2007년 유럽우주기구(ESA)의 무인 우주선에 실려 우주도 다녀왔단다. 진공 상태에서 엄청난 우주 방사선에 노출돼 죽은 것처럼 보였지만 지구에서 물을 주자 다시 살아났다.

물곰은 밤마다 자기 몸을 구성하는 DNA를 파괴했다가 다시 만들기를 반복하는 것일까, 하는 생각까지 들었다. 아니면 DNA를 싸고 있는 Dsup를 반복 재생산하는 것일까? Dsup가 뭔지 모르지만, 아무튼 물곰에 관한 기사에 의하면, 일본 도쿄대 구니에다 다케카주 교수 연구진이 "극한의 환경에서 물곰의 DNA를 보호하는 '방패' 단백질을 찾아냈다"고 밝혔다. 그 방패 역할을 하는 것이 'Dsup'라는 보호 단백질이라고 했다. 방사선을 맞으면 혹은 혹독한 추위에 노출되면, 혹은 모든 것을 불태워버리는 수백 도의 뜨거운 불길을 만나면, 이 단백질이 DNA를 껴안듯 감싸서 보호한다는 것이다. Dsup 단백질을 만드는 유전자를 사람 신장 세포에 넣었더니 방사선으로 인한 세포 손상이 평소의 절반 수준으로 줄었다고 한다. 사람에게도 효과가 있다는 것을 발견한 것이다. 일본에서는 벌써 인체에 적용하기 시작한 모양이었다. 구니에다 교수와 함께 연구에 동참한 한국인 서정애 교수는 "미래에 우주 여행이나 방사선 치료, 방사선 오염 지역의 작업에서 사람의 몸을 보호하는 데 도움을 줄 수 있다"고 밝혔다. 잠이 오질 않으니 온갖 생각이 난무한다. 어떻게 해서든 살아남고 싶다는 본능이 강렬하다. 나는 반드시 살아남을 것이다. 내가 쓰러지면 선희가 나를 보듬어줄 것이다.

깜빡 잠이 들었나? 뒬마가 들어오더니 출발이란다. 잠들었던 게 분명하다. 시계를 보니 5시 50분이다. 드디어 19일이 된 것이다. 이제 정상 도전이다.

여기까지 왔는데 가는 데까진 가봐야 하지 않겠는가? 한국의 산에 오르면 소나무에서 퍼져 나오는 피톤치드 때문에 잠이 잘 온다는 이야기를 들은 적이 있다. 그러나 로체는 소나무는커녕 작은 풀조차도 허락하지 않는 오로지 돌과 눈만이 있는 만년 설산이다. 그런데 로체에 오르면 잠이 오는 이유는 무엇이란 말인가. 로체에서는 도대체 예측할 수 없는 일들투성이다.

이제 올라가야 한다. 해발 8,000미터 제4캠프에서의 잠은 쉽지 않았다. 7,200미터의 제3캠프에서 8,000미터의 제4캠프까지 일곱 시간 반이 걸렸다. 오늘은 여기서부터 500여 미터를 더 올라가야 한다. 물론 수직으로 500미터이니 실제 걷는 거리는 5킬로미터쯤으로 정상까지 아홉 시간을 잡았다. 산소

도 희박할 것이고, 어딘가에 크랙이 나타날지도 모르고 경사
는 더 가파를 것이었다. 그러나 거리가 짧으니 아홉 시간이면
충분히 가능할 것이다.

선희와 고르카는 제4캠프에 남는다. 여기서부터 은규 형과
나 그리고 치링과 될마, 넷이다.

어젯밤부터 나는 잠이 오지 않아 자다 깨다를 반복하며 아
침이 오길 기다렸다. 그러나 막상 아침이 되니 자다 깨다를
계속하더라도 더 눕고 싶다. 어찌 되었든 올라가야만 한다.
피곤하다. 하루만 더 쉬면 좋을 것 같지만 더 쉬면 더 피곤하
다. 이미 이곳은 산소가 베이스캠프의 70퍼센트 정도밖에 되
질 않는다. 은규 형이 물으면 컨디션 좋다고 말해야 한다. 혹
시 이제라도 포기할 수 있다는 이야기를 들을까 봐 겁나서인
가? 아니면, 나 스스로에 대한 최면인가. 에너지 드링크 3개,
에너지 젤 6개를 챙기고, 물에는 에너지 분말을 타고, 손가락
과 볼에는 동상 연고를 바르니 전쟁에 나서는 병사의 기분이
든다. 출발이다. 밖에 나왔는데 별로 춥지가 않다. 해발고도
8,000미터의 밤인데 왜 이러지? 얇은 장갑만 끼면 손가락이
조금 시리고, 위에 두꺼운 장갑을 끼면 덥다. 이유를 모르겠
지만 춥지 않다는 건 좋은 것이다.

나는 하루하루 내 삶을 재생산하고 있었다. 선희를 만났을
때 나는 고시 공부를 하고 있었다. 그때 나는 하루 18시간씩

공부를 했다. 운동이라고는 한 달에 한 번, 금호산악회를 찾아가 함께 서울 근교의 산을 오르는 것이 전부였다. 아침에 일어나 똥을 싸고, 밥을 먹고, 책을 봤다. 그리고 점심을 먹고, 세수를 하고 다시 책을 봤다. 저녁이면 커피를 마시고, 카페 밀레니엄에서 커피 서빙을 하면서 책을 봤다. 예상 문제를 풀어 쓰고, 다시 지우고, 똑같은 문제에 대한 해답을 다시 쓰기를 반복하고 있었다.

'연대채무의 부종성에 대하여 논하시오'라는 문제는 몇 번을 고쳐 썼는지 셀 수 없을 정도였다.

"채권채무관계는 한 개의 채권에 대하여 한 사람의 채무자가 있는 것이 일반적이다. 그러나 연대채무의 경우 연대책임이 결정되는 순간부터 하나의 채권에 두 사람의 채무자가 동시에 존재하게 된다. 채권자는 두 사람 중에 아무에게나 혹은 두 사람 모두에게 동시에 채무변제를 요구할 수 있다."

연대채무를 약정하는 것은 원 채무자의 삶 한구석에 연대채무자의 삶이 들러붙는 것을 말한다. 로체 정상 부근의 크랙처럼. 내 삶에 이미 깊숙이 파고든 선희처럼.

선희에게서 로체의 설인, 예티에 대한 이야기를 들은 것은 우습게도 5년 전, 북한산 밑자락에 있는 로체 모텔에서였다. 선희는 로체 등정에 실패한 그날 마주친 예티에 대한 이야기는 단 한 번도 한 적이 없었다. 그냥 잠깐 졸았더니 커다란 암벽이 앞을 가로막고 있어 실패했다고만 말했었다.

로체 모텔 지하 주차장에서 선희는 두 시간 동안 객실로 들어갈 것인가 말 것인가를 망설이고 있었다. 나는 그런 선희를 집요하게 끌고 들어가려고 갖은 노력을 다하고 있었다. 선희의 가슴을 더듬고 선희의 목과 입술에 끝없는 키스를 퍼부으며 들어가자고 꼬드기고 있었다. 이미 이 정도면 섹스를 한 것과 안 한 것의 차이가 없다는 말까지 했다. 객실에 들어간 선희는 망설일 때와는 전혀 다르게 나를 덮쳐왔고 오히려 내가 그만하자고, 이제 그만 잠을 자야 내일 집에 일찍 갈 수 있다고 다독여야만 했었다. 그때 선희가 내 작은 젖꼭지를 간질이며 로체 등반 실패 이야기를 했다.

　"정상 부근이었지. 이제 로체를 정복하는구나 싶었어. 그런데 잠이 쏟아지는 거야. 눈사태처럼. 도저히 참을 수 없었지."

　"그때가 몇 시쯤이었는데? 낮 아냐?"

　"아니, 저녁이었어. 이미 해는 지고 컴컴해지기 시작했지."

　"로체는 아침에 출발해서 오후 두세시에 정상에 도착해야 한다고 했잖아."

　"그랬지…… 그런데 그게 아니더라구. 분명히 여섯 시간…… 늦어도 일곱 시간이면 도착할 수 있는 거리였는데, 정상 부근까지, 정상 250미터 전방까지 도착했을 때에는 이미 해가 뉘엿뉘엿 서쪽 봉우리 밑으로 기울고 있었어."

　"그래서?"

"마음은 뛰어야 한다고 생각하는데 몸은 천근만근이고 눈꺼풀은 자꾸 내려오고…… 미치겠더라구. 그리고 어느 순간 블랙홀로 빠져들듯이 내 몸이 쑥 한정 없이 밑으로 떨어지는 거야. 그리고 깨어나 보니 하얀 털북숭이 거인이 어른거렸지……"

선희가 눈을 뜬 것은 밤 10시가 넘어서였다. 꿈속에서인 듯, 아니면 생시인 듯, 큰 털북숭이 거인 두 명이 돌을 이리저리 굴리고 있는 것을 보았다고 말했다. 정말로 선희가 가수면 상태에서 설인 예티의 등반 루트 변경 현장을 목격한 것인지도 몰랐다.

"언뜻 잠이 들었나 하고 눈을 떴을 때, 내 앞에서, 바로 앞에서 하얀 털북숭이 거인 두 명이 돌을 옮기고 있었어. 처음에는 백곰인가 했지. 그런데 분명 사람이 돌을 들어 옮기는 거야. 큰 돌을 둘이서 밀고 내 앞에 고정시켰지."

"정말 설인 예티였어?

"그래. 온몸이 전부 하얀 털로 뒤덮여 있었지. 얼굴도 털북숭이였어. 너 할리우드 영화배우 중에 숀 코너리를 제일 좋아한다고 했지? 그 숀 코너리가 1년쯤 면도를 안 한 상태를 상상하면 될 거야. 그런데 한 명은 얼굴에 별로 털이 없는 것 같았어."

"뭐?"

나는 그때 그 얼굴에 털이 없는 설인 예티가 혹시 여자가 아닐까 생각했다. 선희도 그런 것 같다고 말했다. 그 둘은 큰 돌을 밀어서 선희 앞에 세운 뒤, 그 돌 주위에 크고 작은 돌들을 이리저리 옮기고 채우고 하는 짓을 계속하고 있었다. 그들은 작업을 하면서 선희에게는 전혀 눈길도 주지 않았다. 선희가 있는 것을 모르는 것 같기도 했단다. 그 큰 돌을 들어 옮기는데, 전혀 힘든 내색도 없었다. 가끔 두 설인은 서로 보고 슬며시 웃기도 하고, 밤하늘을 가리키며 뭔가를 속삭이기도 했다. 바위를 옮긴 후에는 바위 위에 올라가 두 발로 쿵쿵 다지기도 했다. 얼음과 얼음 사이에 지렛대를 꼽고 힘주어 밀면서 크레바스를 만들고 이미 있던 크랙에는 눈을 가져다 메우는 일도 계속하고 있었다. 결국 어느 누구도 그 바위를 피해 정상으로 올라갈 수 없게 만든 후에야 그들은 바위 뒤로 사라졌다고 했다. 그들이 사라진 후에야 선희는 자리에서 일어날 수 있었다. 그전에는 몸을 움직일 수 없었다고 했다.

전설에 딱 맞는 이야기였다. 로체 정상 부근의 등반 루트가 매일 밤 바뀐다면 분명 누군가가 밤새워 노동을 해야만 될 것이었다. 아니면 로체는 어떤 인공적 장치로 수시로 변경되게 설계된 고지능의 외계인이 만든 우주선 기지이든가. 선희의 이야기는 선희가 누군가에게 들은, 아니 옛날부터 어른들이 아이들에게 들려주던 전설 같은 이야기라고 생각되기도 했다. 내가 어머니께 들은 이야기와 같은 종류의 이야기라 여겨졌다. 그만큼 좀 비현실적으로 느껴졌다는 말이다. 그러나 그

때 나는, 그녀의 말을 전적으로 공감하고 믿었다. 막 사랑을 확인한 자리였으니까.

사랑은 시간에 지고 마는 전쟁과 같다고 누군가 말했었는데 잘 기억나지 않는다. 아마 그 말은 선희가 했을 것이다. 그날.

선희가 내 눈을 쳐다본다. 아무 말도 없다 그냥 고개만 끄덕인다. 잘 다녀오라는 말이라는 것을 나는 안다. 그녀의 눈에서 설인 예티를 만나지 않길 바라는 마음을 읽을 수가 있다. 이제 정말 출발이다.

오늘과 내일의 경계는 무엇일까?

선희는 이 로체를 꼭 정복해야만 한다고 주장했다.

여기에서 로체 정상에 도전하는 우리 금호산악회 팀에 대하여 간단히 설명하는 것이 당신들의 이해에 도움이 될 것이다. 서울 금호동에는 금호산악회가 있고, 금호산악회에서는 2년 전 히말라야산맥의 로체를 등반하기로 결정했다. 에베레스트가 아닌 로체를 등정하기로 한 것은 이번 히말라야 원정에 돈을 댄 선희의 강력한 주장 때문이었다. 로체 등정을 조건으로 선희가 1억 원을 내놓았다. 그래서 12명의 금호팀이 구성되고 출발한 것이다. 원정대 5명, 지원대 7명, 이렇게 12명이다. 원정 대원 중 최재영 단장과 이혜영 권혁철 부단장은 지원대(지원 대장 오현금)와 함께 베이스캠프에 남기로 했고, 선희는 제4캠프까지 와서 정상 등반자인 은규 형과 나를 지원하기로 했다. 정상 등정 도전자 명단도 선희가 결정했다. 그렇게 로체 원정팀이 꾸려진 것이다.

매일 밤 등산 루트가 바뀌는 산. 아무도 정복하지 못한 산, 로체. 누군가가 밤마다 산 위의 돌을, 얼음을, 크레바스를 이리저리 바꿔치기하고 그 위에 눈을 뿌리는 이상한 산, 로체. 에베레스트 바로 옆에 있고 에베레스트보다는 300여 미터 낮지만(로체는 해발 8,516미터이다) 그동안 어느 누구도 정복하지 못한 산이다. 그런 의미에서 로체 등정은 의미가 컸다. 그만큼 위험성도 크지만 말이다.

선희는 5년 전 로체 정상을 250여 미터 앞두고 깜빡 잠이 들었다가 눈을 떠보니 거대한 암벽이 앞을 가로막고 있고 우회할 루트도 없어 결국 중도 포기하고 돌아왔다고 말했다. 잠들기 전에는 분명 정상이 눈앞에 있었다고 말했다. 선희가 로체 등정을 고집한 이유도 그 때문일 거라고 나는 짐작했다. 5년 전 베이스캠프에 있던 사람들은, 그때 선희가 죽은 줄 알았다고 했다. 아침 6시에 제4캠프를 출발해서 밤 10시까지 제4캠프로 돌아오지 못하면 죽었다고 간주해야만 했다. 그렇다. 로체에서 그 시간까지 돌아오지 못했다는 것은 영영 돌아오지 못한다는 것을 의미한다. 나도 밤 10시까지는 제4캠프로 돌아와야만 한다. 밤 10시가 넘으면 로체의 등산로는 새로 포맷되는 것이다. 그렇게 새로 만들어진 하산길을 찾는다는 것은 인간의 능력으로는 불가능한 일이다. 선희는 다음 날 아침에 돌아왔다. 선희는 무슨 귀신에라도 홀린 듯, 얼굴은 창백했고 한동안 말도 하지 못했다. 그냥 텐트 앞에 도착하여 퍽 하는 소리와 함께 텐트 위로 엎어졌다. 그의 손에는 까맣고 작은 돌이 쥐여 있었다. 아침 7시였다. 선희는 일주일 동안 꼼짝하지 못하고 멍하니 누워만 있었다.

산을 오른다. 끝없이 눈과 암석뿐이다. 눈 이외에 아무것도 없는 산을 오른다. 나는 바닥만 바라보며, 한 발짝 한 발짝 앞으로 내딛는다. 뒬마의 발자국을 따라 걷는다. 은규 형은 먼저 출발했다. 산소통과 연결된 마스크를 다시 점검한다. 산소가 조금씩 나오는 듯했다. 산소가 떨어지면 어떡하나, 하는 걱정이 든다. 뒤를 돌아보니 선희의 모습이 보이지 않는다. 어느덧 선희로부터 꽤 많이 멀어진 듯했다. 멀리 왔구나 싶다. 벌써 선희가 보고 싶어진다.

경사가 많이 가파르다. 로체는 오른쪽에 있었는데 계속 왼쪽으로만 올라간다. 제4캠프 위로 이렇게 길었던가? 정상이 이렇게 멀었던가? 그래도 하늘이 청명하다. 그만큼 로체의 등반로가 가파르다는 것을 더 세게 느끼게 된다.

산을 오른다. 로체를 오른다. 힘들게 뒬마의 발만 보며 한 발 한 발 앞으로 내딛는다. 눈과 얼음이 서걱거리며 내 발목을 잡는다. 그래도 나는 가야 한다. 얼음이 튄다. 아이젠이 얼음에 박혀 미끄러지지 않게 힘차게 발을 얼음에 내리찍는다. 힘들다. 얼마나 더 가야 하나. 뒬마에게 물어볼까 말까 한참을 망설였다. 은규 형은 치링과 함께 저 앞에 가고 있다. 하나 둘, 하나 둘, 왼발 오른발, 왼발 오른발. 아무 생각 없이 그냥 앞만 보고 발을 내딛는다.

　로체는 매일 밤 그 등반 루트가 바뀐다. 하루가 열리고 올라가는 길이 보인다. 거칠게 길 아닌 길이 내 앞에 나 있다. 누군가가 밤새 만들어놓은 것이 틀림없다. 밤에 일정한 시간을 자고 나면 어느 틈엔가 그 등반길은 바뀌어 있는 것이다. 어떤 날은 조금 바뀌어 있고 어떤 날은 전혀 다른 길이 만들어져 있다. 기존의 길은 사라지고 없다. 우리는 아침에 출발한다. 밤에 그 루트가 바뀌기 전에 정상에 도달해야 하는 것이다. 아니 낮에 정상에 도착하여 사진을 찍고 밤이 되기 전에 제4캠프까지 내려와야만 한다. 새벽에 희붐하게라도 로체 정상이 보이기 시작하면 우리는 제4캠프에서 망원경으로 등반로를 탐색한다. 그리고 아침 6시가 되면 출발을 한다.

　그 등반 루트를 누가 왜 바꾸는지는 알 수 없다. 예티일 거라는 것은 그냥 추측일 뿐이다. 잠을 자면서 꿈을 꾸면 등반 루트 변경 공사가 시작된다. 만약 등반을 하는 사람이 잠을 자지 않고 꿈을 꾸지 않으면 등반 루트는 바뀌지 않을 것이라고 말하는 사람도 있다. 그러나 그것은 틀린 말이다. 로체의 설인 예티는 어디엔가 숨어 있다가 밤 10시경이 되면, 아니 자정 즈음이 되면 밖으로 나와 로체에 있는 바위를 이리 굴리고 저리 굴리면서 등반길을 바꿔놓는다. 누군가가 말하는, 잠을 자지 않으면 등반로가 바뀌지 않는다는 말은 틀린 말이다

"예상보다 너무 느려. 빨리 올라와."

뒬마의 재촉이다. 도저히 얼마 남았느냐고 물을 수가 없다.

"헉, 헉!"

"휘이익."

"위잉, 윙!"

바람이 분다. 숨이 막혀 온다.

"헉, 헉, 헉."

일부러 숨소리를 좀 더 크게 내본다. 뒬마가 손이라도 잡아줄까? 선희는 내 손을 잡아주었는데, 뒬마는 그렇게 하지 않을 것 같다.

얼마나 남았느냐고 물으니, 뒬마는 한참 남았다고 한다. 록 클라이밍도 해야 한다고 겁을 준다. 그렇다고 포기할 수는 없다. 어쩌면 뒬마는 내가 일찌감치 포기하고 돌아가길 바라는지도 몰랐다. 뒬마가 쉴 때 스텝을 만들어 편히 쉬는 법을 익힌 뒤 쉬었다 전진하기를 계속한다. 아니 내가 뒬마를 놓치면 뒬마가 두 다리를 눈 속에 고정하고 나를 기다린다. 고개를 돌리거나 숙이면 마스크로 공기가 들어오지 않아 불편하긴 하지만 견딜 만하다. 뒬마의 발자국을 따라 올라가고, 뒬마가

내준 로프를 잡고 올라간다. 어센더에 의지하는 것도 손과 팔에 힘이 있을 때 가능한 일이라는 것을 새삼 깨닫는다. 경사도가 40도가 넘는 것 같다. 얼음 위의 가느다란 로프에 내 생명을 걸고 매달려 올라간다. 발에 힘이 빠져 있다. 이제 아이젠이 얼음 위에서 논다. 주위는 눈과 얼음 그리고 바위뿐이다. 어떤 생명체도 살 수 없는 환경, 그 눈 덮인 얼음 산을 나는 지금 올라가고 있는 것이다. 하나 둘, 하나 둘, 왼발 오른발, 왼발 오른발. 아무 생각 없이 그냥 발을 앞으로만 내민다.

내 앞에 가는 뙬마의 고개가 자꾸 끄덕거린다. 졸고 있는 것 같다. 떨어질까 무섭지도 않은지 뙬마를 걱정하는데, 앞에 무언가 불빛 같은 게 움직인 것 같다. 예티인가? 헛것이 보이는 것인가? 숨쉬기가 점점 힘들어진다. 이 산속에 산다는 예티는 숨을 쉬는 것일까?

힘들다. 갑자기 숨이 턱 막힌다. 뙬마에게 산소가 안 나오는 것 같다고 말한다. 모든 것을 뙬마에게 의존하는 것 같다. 그러나 산소통은 처음 써보는 것을 어떡하란 말인가. 뙬마가 얼핏 산소통을 들어보고 공기구멍에 코를 들이댄다.

"산소가 다 떨어졌네!"

"뭐? 무슨 말이야?"

"산소가 다 떨어졌다구."

뙬마의 표정이 일그러진다. 게이지가 3으로 맞춰져 있어서 다섯 시간밖에 못 썼다. 열 시간을 써야 하는데 두 배의 산소를 먹으며 올라온 것이었다. 어쩐지 견딜 만한 것 같더라니, 다 산소 덕분이었나 보다. 아침에 준비한 제4캠프의 고르카가 나를 위해서 일부러 그렇게 바꿔놨는지도 모르겠다는 생각이 들었다. 할 수 없다는 듯 뒬마가 산소통을 내게 내민다.

뒬마에게는 재앙이다.

1.5로 맞춰진 산소를 마신다. 갑갑하다. 이제까지 견딜 수 있었던 컨디션은 산소 덕분이었다. 경사는 더욱 가팔라진다. 죽을 맛이다. 그래도 올라가야만 한다. 예정보다 시간이 자꾸 지체되고 있다. 이제 뒬마는 무산소 등반이다.

문득 어머니가 생각난다.

어머니는 스테인리스 그릇 행상을 하셨다. 이틀 만에 돌아온 어머니는 우리에게 국수로 저녁을 먹인 후 옛날이야기를 해주시곤 했다. 어머니의 북한산 장수에 대한 전설 이야기가 다시 생각났다. 어머니는 옛날이야기를 하는 것을 좋아하셨다.

북한산성은 밤마다 누군가에 의해서 허물어지고 다시 축성된다는 것이 어머니가 말씀하신 전설의 내용이었다.

그 장수가 왜 산성을 허물었다 다시 쌓는지 알 길은 없다. 그러나 다 이유가 있을 것이다. 자기 나름대로의 이유가 있을 것이다. 나도 그렇다. 남들은 왜 나보고 로체에 도전하느냐고 만류했다. 로체 등정에 성공한 사람이 아무도 없다는 것을 그들은 알고 있었다. 해외 원정이 처음인 내가 로체에 오르겠다고 말하자 찬성을 한 사람은 선희뿐이었다. 선희는 내가 꼭 로체를 정복해야만 한다고 말했다. 그날. 로체 모텔에서……

"네가 꼭 로체 등정을 했으면 좋겠어."

"왜?"

"그냥…… 왠지 나는 다시는 로체 정복에 도전하지 못할 것 같아…… 그러니 니가 해야지."

"니가 로체 등정에 도전한다면 꼭 내가 함께 가서 보조 역할을 할게."

선희가 내 가슴에 얼굴을 묻고 있다가 고개를 쳐들고 나를 빤히 쳐다보며 말했다. 로체 모텔 416호 침대 위에서 막 세번째의 사정을 끝낸 뒤였다. 어머니의 북한산 장수 이야기는 남자가 큰일을 하려거든 여자를 믿어선 안 된다고 하면서 들려준 북한산 호랑이에 대한 전설을 이야기한 끝에 이어져 나온 얘기였다. 나는 선희를 믿고 있었다. 어머니의 북한산 호랑이 전설 이야기는 이렇다.

한 여인이 시집을 가서 아기를 낳는다. 이 아기가 엄마 뱃속에서 나오자마자 벌떡 일어나 여인에게 말한다.

"어머니, 저와의 약속을 꼭 지키세요. 저는 오늘 저 뒷산 북한산으로 들어갈 겁니다. 사람들에게는 제가 죽었다고 말하고 가묘를 쓰세요. 시집올 때 가져온 저 좁쌀베개를 집 뒷마당에 묻으면 됩니다. 제 무덤이라고 하고요. 10년 후에 제가 돌아올 때까지 아무에게도 이 이야기를 하면 안 됩니다."

그 뒤에 그 여인과 금방 태어난 아들 사이에 꽤 많은 대화가 있었고 어머니는 그 이야기도 소상히 재미있게 말씀하셨지만 구체적 대화가 기억나지 않는다.

아무튼 금방 태어난 아들은 그렇게 말하고는 홀연히 북한산으로 사라지는 것이 아닌가. 여인은 아들이 시키는 대로 하고 혼자 살아가고 있는데(그 여인이 남편도 없이 왜 혼자 살았는지는 어머니도 이야기해주지 않았다), 10년이 되기 꼭 한 달전 기어이 마을 아낙에게 그 이야기를 하고 만다. 마을 아낙의 꼬임에 넘어간 여인은 결국 좁쌀베개를 묻은 무덤을 파헤치게 된다. 무덤 속에서는 진시황의 무덤처럼 그 많은 좁쌀이 전부 군마와 병사가 되어 있었는데, 말발굽과 병졸의 발뒤꿈치가 아직 땅에서 떨어지질 않았다. 그리고 무덤에서 하얀 연기가 피어오르면서 군마와 병졸은 하나둘 쓰러진다. 얼마 후 군마와 병졸들은 모두 흙으로 되돌아간다. 그때 집 뒤 북한산에서 '어흐흥' 하는 소리와 함께 한 마리의 호랑이가 튀어나와 사람소리를 한다.

"어머니, 한 달만 더 참으시지, 그걸 못 참고…… 어머니……"

호랑이는 눈물을 뚝뚝 흘리며 원망의 눈초리로 여인을 바라보다 고개를 돌려 북한산으로 힘없이 돌아간다. 그리고 다시

는 나타나지 않고 여인은 눈물로 세월을 보내다 곧 죽고 만다
는 이야기.

그 이야기 끝에 어머니는 내게 여자를 조심하라고 말씀하
셨다. 여자는 모두 귀가 얇아 다른 이들의 꼬임에 쉽게 넘어
간다는 것이었다.

"절대로 여자에게는 비밀을 말하면 안 된다. 어떤 큰 결정
을 할 때에는 절대로 여자와 상의하지 말아라."

그게 어머니의 나에 대한 교육이었다. 그런데 나는 지금 선
희의 말을 믿고 로체 정상을 향해 올라가고 있다. 이렇게 힘
들 줄은 몰랐다. 이렇게 먼 줄도 몰랐다. 선희가 같이 왔으면
좋았을 텐데, 선희는 지금 제4캠프에 남아 있다. 선희가 원망
스럽다. 분명 제4캠프에서 로체 정상까지는 직선 높이로 520
미터밖에 되지 않는다. 벌써 오후 3시다. 지금쯤 정상에 도착
해 있어야 하는데 아직 정상이 눈에 들어오지도 않는다. 얼마
나 남은 것일까.

어쩌면 로체의 설인 예티도 낮에는 호랑이로 변하여 로체
와 에베레스트를 왔다 갔다 하는지도 모를 일이었다. 그리고
해가 지면, 호랑이로서의 하루가 끝나고, 다시 사람으로 바뀌
어 로체의 산을 자신의 정원으로 정리하는지도 모르지 않겠
는가. 아니라고, 절대로 그런 일은 있을 수 없다고 누가 말할
수 있단 말인가. 로체의 등반 루트가 밤마다 바뀌는 것을 어

떻게 설명할 수 있단 말인가.

설인이 호랑이에서 설인 예티로 바뀌는 것은 언제일까? 해가 지면 바뀌는 것일까? 아니면 영화 「엑스맨」에서 돌연변이들이 화가 나거나 고통을 느낄 때 변하는 것처럼 그런 외적 자극에 의해 변하는 것일까. 그도 아니면 자기가 변하고 싶을 때에는 언제나 변할 수 있는 것일까? 설인 예티가 로체 정상 부근에서 바위의 배치나 등반로를 변경하고 곳곳에 숨어 있는 크레바스를 메우고 다시 만드는 것은 무슨 이유 때문일까? 혹시 우리 인간이 로체의 일정 고도 이상을 오르면 호랑이가 설인이 되어 더 이상 오르지 못하게 길을 막아버리는 것은 아닐까?

숨이 가빠진다.

"마스크가 이상해!"

"괜찮은데 뭘……"

마스크가 이상하다고 하니 뒬마는 마스크를 확인도 하지 않고 괜찮다고 산소가 잘 나온다고 말한다.

"이상하다니깐?"

화를 내면 안 되는데 화가 난다. 뒬마는 자기 산소통을 나에게 준 사람이다. 그런 뒬마에게 화를 내다니 말도 안 된다. 나는 인간도 아니다. 뒬마가 나에게 소홀한 것도 다 산소통 때문일 수 있다. 내게는 목숨 같은 산소인데, 그걸 다 쓰고 세르파의 목숨 같은 산소통을 빼앗다니. 될마가 준 거라구? 주지 않았으면 나는 어떻게 했을까? 결국 될마가 줄 수밖에 없는 상황이었다. 자꾸 등정에 성공하지 못할 것 같은 불안감이 엄습한다. 살고 싶다. 왠지 죽을 것만 같다. 밑으로 굴러떨어지는 상상을 하게 된다. 펭귄에 관한 다큐멘터리를 본 적이 있다. 바위에 뛰어오르다 미끄러져 얼음판에서 뒹굴고, 얼음 위를 기우뚱거리며 걷고, 느닷없이 얼음이 깨지며 차가운 물속으로 빠지는 모습이 고스란히 담긴 다큐였다. 지금의 내 모습이 과연 펭귄과 얼마나 다를까, 하는 생각이 든다.

조금 가다 보니 쿨르와르가 나왔다. 4시다. 여기가 시작점이라고 생각하고 있었는데 여기까지 오는 데 아홉 시간 반이 걸렸다. 이미 에베레스트는 붉게 물들었다. 저녁 햇빛을 받은 에베레스트의 핏줄이 보인다. 세상의 꼭대기에서 일몰을 바라보는 사람들은 어떤 생각일까? 쿨르와르는 처음에는 눈만 보였는데 조금 올라가니 돌과 눈이 섞여 있었고 줄도 옛날에 쓰던 것밖에 없다. 옛날에 쓰던 밧줄이 아직도 남아 있다는 것이 이상하다. 어쩌면 옛날에는, 백여 년 전에는 로체를 등반하는 사람들이 많았는지도 모를 일이다. 백 년 전의 밧줄에 내 목숨을 걸고 나는 산을 오르고 있다. 줄에 매달려 쉬면 될마가 위험하다고 자꾸 뭐라 그런다. 위험한 건 알지만 힘들어 죽으나 줄이 끊어져 죽으나 죽는 건 마찬가지라는 생각이 드는 걸 어쩌란 말인가. 나는 계속 쉬면서 올라갔다. 그렇게 힘들게 올라가고 있는데 승규 형이 에베레스트 등정에 성공했다는 소식을 알려준다. 승규 형은 벌써 에베레스트 정상인데, 나는 에베레스트보다 300미터 낮은 로체의 중턱에서 헤매고 있다. 큰일이다. 아니다, 중턱은 넘어섰겠지? 8부 능선은 넘었을 것이라고 기대해본다. 승규 형이 에베레스트를 정복했으니 기뻐해야 하는데, 기쁨을 느낄 여유가 없는 것인지 기쁘지가 않다. 나도 올라가야 하는데 왠지 오르지 못할 것만 같은 두려움이 엄습한다. 올라가야 한다. 오르고 또 올라야 한다.

위를 쳐다본다.

앞에 큰 바위가 길을 가로막고 있다. 높이가 4미터쯤은 돼 보인다. 경사도가 80도 정도 되는 것 같고 눈과 얼음이 얇게 덮여 있다. 바위 사이의 크랙도 없다. 난감하다. 조금 전 뒬마가 조금만 더 올라가면 정상 등정이라고 격려해주었는데 낭패다. 우회 등반로가 있는지 찾아봐야 할 것 같다. 시간은 흘러가고 우리는 지쳐간다. 발걸음이 느려지기 시작했다. 벌써 이러면 안 되는데…… 은규 형이 바위 밑에 주저앉아 있다. 움푹 들어간 작은 공간으로 바람을 피할 수 있을 것 같다. 은규 형도 이곳에서 길이 막힌 모양이었다. 형의 얼굴이 하얗다.

"승재야, 나 너무 졸리다."

"나두 그래요, 힘내세요."

숨이 가쁘다. 다리에 힘이 없다. 은규 형 옆에 나도 같이 앉는다. 은규 형의 몸이 자꾸 내 쪽으로 쏠린다. 이제 정상이 얼마 남지 않았다. 조금만 더 올라가면 된다. 얼마나 존 것일까. 금세 손발이 찌르는 듯 아파온다. 너무 춥다. 정상에 올라가 사진을 찍어야 하는데, 자신이 없다. 사진을 찍기 위해선 장갑을 벗어야 한다. 정상에서 사진을 찍을 때 손가락은 어떻게 하지? 걱정이 된다. 은규 형이 다시 내게 어깨를 기대온다.

"어? 어? 형!"

"은규! 은규!"

은규 형이 골아떨어졌다. 뒬마와 치링이 은규 형의 뺨을 때린다. 그래도 형은 일어나질 못한다. 큰일이다. 여기서 자면 끝장이다. 졸음은 검은 그림자를 몰고 급격히 우리에게 진격해오고 있었다. 어느 틈에 졸음이라는 놈이 우리 주위를 포위하고 있었던 것이다. 우리는 그것을 알지 못했다. 힘든 노역과 로체의 시간이 쌓이면 찾아오는 졸음. 그 졸음은 우리에게 오늘을 끝내고 새로운 내일을 맞이하라고 강요한다. 새로운 내일은 없다. 새로운 내일은 정상 등정을 불가능하게 만든다. 그게 로체다. 잠들면 안 된다. 내일이면 불가능하다. 오늘이어야만 정상 등정이 가능하다.

오늘과 내일의 경계, 그 일정한 시간 동안의 수면이 어느 틈에 우리를 덮친 것이다. 이겨내야 한다고 생각한다. 그러나 선희를 이기지 못했듯, 이 졸음도 이기지 못할 것 같다. 문득 무슨 소리가 들린다.

"가자."

뒬마의 재촉이다.

"응?"

"내려가자구."

은규 형과 함께 이제 하산을 하자는 말이었다. 잠깐 잠이 들었던 모양이다. 더 이상의 정상 도전은 무리라는 것을 뒬마도 알고 나도 안다. 그러나…… 그러나 나는 그럴 수가 없다.

나보다는 은규 형이 정상 등정할 확률이 더 높았었다. 그런데 무슨 일인지 은규 형이 쓰러졌다. 나도 힘들다. 은규 형이 포기를 하면 나도 포기를 해야만 한다. 점점 내 정신도 몽롱해진다. 이럴 리가 없는데, 이럴 리가 없는데, 자꾸 몸이 찌부러진다. 머릿속으로는 이러면 안 되는데 이러면 안 되는데, 하고 정신을 차리자고 생각하지만 몸이 말을 듣지 않는다.

나를 쳐다보는 뒬마의 눈길이 조금 이상하다. 내 느낌이 그렇다는 것이다. 혹시 뒬마가 나를 밀면 어떻게 하지, 라는 쓸데없는 생각까지 Z기류처럼 내 머리를 빠르게 스친다. 숨이 막혀 죽으나, 떨어져 죽으나 죽기는 마찬가지라는 생각이 든다. 그러나 그럴 수는 없다. 나는 올라가야만 한다. 사람은 언젠가는 죽는다. 내가 산에서 죽지 않으면 사탕 먹다가 죽을 수도 있고, 늙어 죽을 수도 있다. 가장 맥없는 죽음 혹은 일반적인 죽음이 늙어 죽는 것이라면 그러고 싶지는 않다. 가장 멋없는 죽음은 무엇이고, 가장 멋있는 죽음은 또 무엇이란 말인가.

결국 은규 형은 치링이 깨워서 하산하기로 했다. 선희에게는 무전으로 은규 형이 하산한다고 알려줬다. 나는 계속 올라가기로 한다. 될마에게 미안하다.

이제 나뿐이다. 정상 등반을 위해 다시 일어서야만 한다. 그런데 힘이 없다. 모든 것이 선명하지 않고 희붐하다.

숨이 막혀온다. 산소가 안 나오는 것 같다.

예티가 정말 있다면 그들의 폐 구조는 어떻게 되어 있을지 궁금하다. 웃기는 일이다. 산소 부족으로 헐떡이며 예티의 폐 구조를 생각하다니. 그 시간에 빨리 위로 올라가야만 한다. 올라가면 올라갈수록 산소는 점점 더 희박해질 것이다. 산소통의 공기구멍이 얼어 있다. 내가 숨을 쉬지 않았으면 공기구멍도 막히지 않았을 것이다. 대신 내가 숨 막혀 죽어버렸겠지만…… 산소. 어젯밤에도 산소가 문제였다.

치직 치이익.

어젯밤의 그 지겨운 소리가 그렇게 될 줄은 몰랐다. 손으로 별짓을 다 해보았지만 얼음이 안 녹는다. 입으로 뜨거운 바람을 쐬여보지만 오히려 막힌 얼음덩이만 커질 뿐이다. 지금 내가 할 수 있는 일은 무엇일까? 여기서 내려가야 하나? 나에겐 마지막 원정인데 이렇게 포기할 수는 없다. 다행히 장갑에 핫팩이 들어 있다. 핫팩으로 산소통 흡입구를 녹인다. 그제야 공기가 들어온다. 산소가 아니라 그냥 공기다. 산소가 부족한 공기다. 산소가 떨어진 것 같다. 에너지 드링크와 에너지 젤을 먹는다. 그래도 힘은 나지 않는다. 이제부터 나도 무산소 등반이다. 우모 지퍼가 있는 곳이 얼어 드링크 빼기가 힘들다. 별로 춥진 않은데 옷이 얼다니 이상하다. 다시 뒬마가 이제 포기하고 내려가자고 한다.

5시가 넘었다. 승규 형을 생각하며 에베레스트를 보니 에베레스트를 가로지르는 핏줄들이 흐릿하다. 옐로우밴드가 레드밴드를 거쳐 그레이밴드가 되어 있다. 벌써 해가 지고 어두컴컴해진 것인가? 그 많은 사람들은 어디 가고 옐로우밴드에는 단 한 사람도 없다. 포기해서 내려갔거나 이미 정상 등정 후 하산했거나 둘 중 하나다. 아직까지 옐로우밴드를 오르고 있다면 그것은 자살행위다. 혹시 히말라야가 예티인가, 하는 생각이 든다. 지쳐서 드링크를 먹으려고 하는데 나오지 않는다. 입구에 언 얼음을 깨니 속에 물이 조금 들어 있다. 이게 마지막 물이다. 하나…… 둘…… 하나…… 둘…… 왼발…… 오른발…… 왼발…… 오른발…… 다시 천천히 처절하게 발을 앞으로 내민다. 선희를 향해 앞으로 발을 뗀다.

그렇게 다시 한 시간을 간 것 같지만 가도 가도 정상이 나오지 않는다. 이미 나의 체력은 바닥이 났고, 입에서는 단내가 나다 못해 뙤내가 난다.

뙬마 말로는 정상까지 30~40분 정도 남았을 것이라 한다. 뙬마도 여기까지 올라온 것은 처음이라 한다. 이제 그만 돌아가자고 하는 말이다. 솔직히 나도 정상이고 뭐고 아무런 생각도 없다. 그래도 나는 가야 한다고 우긴다. 줄이 없는 사면이 나왔다. 떨어지면 제4캠프까지 바로 간다. 2,000미터다. 뙬마에게 올라가서 줄을 고정시켜달라고 했다. 죽을 것만 같다. 뙬마가 다시 내 눈을 쏘아보며 말한다.

"그만 내려가자. 나는 등정보다 내 목숨이 중요하다구. 내의사도 물어보고 가야 하는 거 아니야?"

"클라이머가 올라가자고 하면 가이드는 올라가야 하는 거아냐?"

"나도 무섭다고! 해가 진 후 로체 정상 부근에 있어본 적이 없단 말이야!"

"그래도 나는 가야 한단 말이야, 선희하고 약속했다구."

뙬마는 내 말은 들은 척도 하지 않고 그냥 내려가려고 한다. 어떻게 하든 뙬마를 잡아야 한다. 그런데 뙬마의 그 눈이 좀 전과 다르다. 좀 전에 나를 노려보던 그 눈이 아니다. 두려움에 떨며 애원하는 눈이다. 어머니가 들려주신 북한산의 호랑이가 된 아기를 쳐다보는 그 여인의 눈이다. 장수가 되지 못하고 호랑이가 되어 눈물을 흘리는 아들을 바라보는 여인의 눈길이 어떠했는지 어머니가 설명을 하지는 않았지만, 분

명 그 여인의 눈이 지금 뒬마의 눈과 같았을 것이라는 생각이
들었다.

뒬마를 보내면 나는 죽는다.

선희의 얼굴이 떠오른다. 선희에게 가고 싶다. 내 힘으로
가고 싶다. 지금 나는 셰르파의 손을 빌려 올라가려는 것이
다. 뒬마의 손에 이끌려 올라간다 해도 그곳에 선희는 없다.
그냥 히말라야산맥의 한 봉우리 로체가 있을 뿐. 내가 등정하
고 싶은 곳은 그런 곳이 아니다. 선희가 있어야만 한다. 선희
가 그곳에 있기 위해서는 나 혼자 힘으로 로체에 가야만 한
다. 뒬마는 선희가 아니다.

우리나라에도 설인 비슷한 전설이 있다고 어머니는 말씀하
셨다.

북한산을 지키는 장사가 있는데, 그 장사는 낮에는 북한산
에서 금강산까지 한 번 다녀오는 것으로 운동을 대신하면서
이 한반도를 지키고 있고, 밤에는 어제 쌓은 산성을 허물고
다시 쌓는 일을 한다고 했다. 그 호랑이가 왜 한반도를 지키
는지, 왜 밤에 사람으로 바뀌는지는 아무도 모른다고 했다.

힘이 장사인 그는 히말라야산맥이 고향인데, 금강산에 구
경 왔다가 히말라야 신에게 발각이 되어 히말라야로 돌아가
지 못하고 금강산에 살았다. 조선 중기쯤 어느 왕이 고려 시

대의 산성을 바탕으로 새로 확장 축성한 북한산성이 완성되자 그 장사는 금강산에서 북한산으로 이주하여 살았다고 한다. 그때부터 밤마다 북한산성을 허물었다 다시 쌓는 놀이를 했다는 것이다.

장사는 밤마다 북한산 숲속에서 나와 북한산과 인왕산을 잇는 북한산성을 해체했다가 다시 쌓는데, 그 재조립 과정에서 가끔 돌의 위치가 뒤바뀌는 경우가 있었다고 했다.

북한산성을 축성할 때에도 사람들은 수없이 죽어갔을 것이었다. 중국의 만리장성을 건축할 때, 죽은 인부가 200만 명이 넘는다는 말을 들은 적이 있지만, 정확한 수치는 아니다. 언젠가 본 일본 만화에는 이집트의 피라미드를 만드는 곳에서 돌에 압착되어 죽어가는 소년의 모습이 그려져 있었다. 그 끔찍한 일이 북한산성이라고 벌어지지 말란 법은 없다. 산성에 쌓인 돌들 중에는 가끔 광주 김씨, 논골 박씨, 충주 도장골 정씨 등 고향과 이름이 새겨져 있는 경우가 있었는데, 그 이름이 새겨진 돌의 위치가 바뀐다는 것이었다. 이름이 거꾸로 쓰여 있는 경우도 있었는데, 그것은 분명 누군가가 성을 허물고 다시 쌓다가 뒤집어서 올려놓은 결과라고 했다. 그 장사가 왜 북한산성을 밤마다 허물고 다시 쌓는지 그 이유는 알 수 없지만 이해는 되었다. 어머니는 우리들의 삶이 그 장사의 하룻밤과 다를 게 없다는 알 수 없는 말을 하시곤 했다. 하룻밤의 인생.

오늘과 내일의 경계는 무엇이고 우리 인생에서 그 하루는 무엇을 의미하는 것일까 종종 머리를 굴려봤지만 알 수 없는 노릇이었다. 그러고 보니 가끔 주위에서 날 보고 왜 산에 가느냐고 묻는 사람들이 있었다. 나는 남들이 대답하는 것처럼 그냥 산이 있어서 산에 오른다고 말했다. 그 대답이 과연 상대방에게 이해가 될지 모르겠다. 나도 그 말이 무슨 말인지 잘 모르겠는데, 남이 어떻게 알겠는가. 그래도 나는 늘 산에 오른다.

"지직, 지지직, 승…… 우웅, 웅, 승…… 재…… 우웅……"
선희로부터 무전이 왔다.

선희의 무전 소리는 계속해서 웅웅거렸고, 그 웅웅거림이 무슨 뜻인지 나는 알았다. 선희는 내가 꼭 정상을 등정하길 바라고 있는 것이다. 선희는 일부러 무전기에 입을 붙이고 말을 했고 그 말소리는 선희의 숨소리와 함께 내게 웅웅거림으로 들려왔다. 그것은 베이스캠프에서 들었던 빙하의 '쩡' 하고 깨지는 소리와 비슷했다. 그 '쩡' 하는 소리 끝에 내 가슴이 "쩌엉" 하고 울렸고 나는 내가 살아 있음을 느꼈다. 그리고 죽음의 공포를 느꼈다. 갈라진 빙하 틈으로 한정 없이 떨어지는 느낌을 받았다. 선희의 무전은 오로지 웅웅거림에 불과했지만, 그 웅웅거림은 내 가슴을 거세게 몰아붙이는 어머니의 그 이야기같이 내 가슴을 짓눌렀다. 어머니가 내게 북한산의 장사 이야기를 해준 날, 어머니는 장사를 잘해서 기분이 좋았단다. 어머니는 스테인리스 그릇과 놋그릇을 맞바꾸는 장사를 했는데, 스테인리스 그릇 한 개를 놋그릇 서너 개 혹은 십여 개와 바꿔 왔다. 장사 이문이 많이 남는 날은 네 개의 스테인리스 그릇과 맞바꾼 수십 개의 놋그릇 때문에 더 힘들었다고 했다.

"노예도 그런 노예는 없을 거이다. 무거운 놋그릇을 머리에 이고 버스가 지나가는 길까지 하염없이 걷곤 했었지. 한참을 그렇게 걷다 보면 머리를 받치고 있는 목이 가슴께로 '푹' 주저앉는 느낌을 받아. 그러면 가슴이 먹먹해지고 아무런 생각도 나질 않아…… 그냥…… 그냥 걷는 거지. 왜 그런 생활을 했나 몰라……"

어쩌면 뒬마도 어머니의 그 심정일는지도 모른다.

"그러다가 저기 먼 발치에 사람이 오는 것이 보이면 길바닥에 그 머리에 이고 있는 놋그릇을 패대기치고 들어간 목을 주무르곤 했지……"

에베레스트 셰르파보다 두 배의 임금을 주고 데려온 뒬마와 치링이었다. 뒬마로서는 일찍 하산한 치링이 부러웠을 수도 있다. 아니, 목숨이…… 정말로 죽을지 모른다는 두려움이 몸속에 똬리를 틀고 숨어 있다가 고개를 삐죽이 내민 것일지도 모른다.

경사 70도의 사면을 맨손으로 올라가라 하는 나는 과연 어떤 인간인가. 올라가고 싶으면 내가 올라가면 된다. 그런데 비겁하게 뒬마에게 올라가란다. 그러다 뒬마가 미끄러져 죽

으면 나는 포기할 심산이었겠지…… 설사면과 이어진 40미
터쯤 되는 언덕이 보이고 언뜻 누군가 보인 것 같았다. 정상
이 얼마 남지 않았음을 알 수 있었다. 목이 마르다. 정상에 가
야 하는데 지금 당장은 물부터 먹고 싶다. 이미 마실 물은 떨
어졌다. 눈을 집어 먹는다. 입이 얼얼하다. 어쩔 수 없이 다시
올라가려는데 누군가 줄을 내려준다.

될마다.

'고맙다. 될마, 정말 정말 고맙다.'

선희를 처음 만났던 날이 생각난다. 도봉산에서였다. 우회
해서 올라가는 길이 있음에도 나는 암벽을 기어오르는 중이
었다. 기껏해야 10미터 정도만 올라가면 되는 돌덩이를 100
여 미터 돌아가는 것이 싫었다. 경사도는 50도? 좀 더 가팔라
야 60도 정도인 암벽이었다. 5미터쯤 올라갔을 때 나는 다리
가 후들거려 더 이상 올라가지 못하고 바위에 두 손을 밀착시
킨 채 멈춰 서고 말았다. 내려갈 수도 올라갈 수도 없었다. 미
끄러지면 5미터만이 아니고 천리만길 아래로 구를 수도 있는
상황이었다. 그때 위에서 밧줄이 내려왔다. 선희였다.

될마가 내려준 밧줄에 어센더를 걸고 힘을 주었다. 순간 손
에 힘이 빠지면서 미끄러지고 만다.

"앵커어어어어……"

한 7미터를 미끄러져 떨어진 것 같다. 죽을 수도 있는 상황
이었는데 다행히 중간에 피켈에 뭔가가 걸려 멈춰 섰다. 아무

런 생각도 들지 않는다. 눈을 뜨니 키 큰 사람이 물병을 준다. 가물가물하다. 사람인지 귀신인지 모르겠다. 그냥 그가 주는 물을 받아먹었다. 다시 뒬마가 옆에 있다. 내가 왜 이러고 있지, 하는 생각이 들었다. 도대체 누가 죽음을 예측할 수 있단 말인가. 하긴, 어쩌면 우리는 오늘 아침, 19일 오전 6시에 출발하면서 이미 반쯤은 죽어 있었는지도 모른다. 베이스캠프에 들어와 첫날 밤을 텐트에서 자면서 이미 죽기 시작했던 것도 같다. 왼쪽 산에서 눈사태가 나면 우리는 고개를 휙 돌리며 바라보고, 그 파괴력에 치를 떨면서도 동시에 그곳으로부터 멀리 떨어진 곳에 있다는 사실에 안도했다. 오른쪽 산에서 '쩡' 하고 눈사태가 나면 우리는 다시 고개를 휙 오른쪽으로 돌려 바라보고, 그 파괴력에 몸을 떨면서 동시에 그곳으로부터 조금 더 멀리 떨어진 곳에 있다는 사실에 안도했다. 그러나 그날, 밤이 깊어 침낭 속에서 안식을 청하는 고요한 순간, '쩡' 하며 등 아래 빙하가 갈라지는 소리를 들어본 사람은 안다. 그 심연에서 들려오는 소리. 외면할 자유조차 허락하지 않는, 감을 수 있는 눈꺼풀조차 없이, 뚫려 있는 귓구멍으로 내 허락도 없이 가슴 한복판에 스며드는 그 '쩡' 하는 죽음의 소리에 치를 떨면서도 어쩔 수 없이 익숙해지는 그것 말이다. 예측을 불허하는 아이스폴 지대를 오직 확률에 대한 기대만으로 통과해야 한다는 사실을 깨달았을 때, 이미 우리는 메피스토펠레스에게 영혼을 넘긴 것이다. 생명의 게임을 시작한 것이다. 죽기 시작했던 것이다. 이곳 8,500미터는, 우리가 어렴풋이 인정한 우리 각자의 죽음이라는 게 너무도 당연하게 느껴지는 곳이다.

이미 내 체력은 한계에 도달했고, 나는 나의 등반을 하는 것이 아니라 셰르파에게 의지해서 등반을 하고 있다. 나는 누구를 위해 무엇을 위해 이 등반을 계속하는가? 나의 등반은 누군가에게 의지한 순간 이미 끝났다. 산은 나의 한계를 시험하는 것인데 남에게 의지하여 올라가는 것이 무슨 소용이란 말인가?

나는 될마에게 내려가라고 한다. 될마가 이번에는 내 눈을 보지 못한다. 고개를 외로 틀고 아래를 내려다보는 될마의 모습이 조금은 쓸쓸해 보인다.

'될마, 자신을 비겁하다고 생각하지 않아도 된다. 여기까지다. 너의 역할은 여기까지다. 나머지는 내가 알아서 할 일이다. 그냥 내려가든 계속 올라가든.'

셰르파 될마와 함께 내려가기는 싫었다. 그거야말로 비겁하다는 생각이 든다. 될마는 이제 30~40미터만 가면 정상일 것 같다고 말한다. 조금 전 밧줄을 묶기 위해 바위 위로 올라가 정상을 보았다고 했다. 자기도 남겠다고, 내가 내려가지 않으면 자기도 함께 올라가겠다고 말한다. 나는 될마에게 그냥 내려가라고 한다. 입으로는 자기도 남겠다는 될마, 그러나 사실은 내려가고 싶다는 것을 눈으로 말하고 있었다. 뒬마에게 먼저 내려가라고 다시 말한다. 나는 조금만 더 쉬었다 가겠다고 말한다.

결국 뒬마도 내려갔다. 뒬마도 알았을 것이다. 내가 더 올라갈 것을. 그러면 죽는다는 것을……

이제 정말 나 혼자다.

50미터 앞에 있는 로체. 정상 50미터 앞에서 내가 이런 말을 하게 될 줄은 꿈에도 몰랐다. 그렇다. 꿈에도 몰랐었다는 말은 결국 그 꿈에도 생각하지 않았던 일이 일어나고 말았다는 뜻이다. 나는 내려가야만 한다. 아니 올라가야만 한다. 50미터만 올라가면 된다. 그런데 자꾸 머리에서는 내려가라고 말한다. 어떻게 해야만 하나……

지금의 돌아섬은 어쩌면 내가 평생 짊어지고 가야 할 짐이 될지도 모른다.

선희에게 무전을 한다. 선희가 받지 않는다. 어쩌면 무전기가 먹통이 되었는지도 모를 일이다.

"휘이잉."

갑자기 바람이 거세게 분다. 사면에 바짝 붙어 있는데 바람이 불면 몸이 흔들린다. 죽을 수도 있겠다. 그러나 사람이 그리 쉽게 죽진 않을 것이다. 미끄러져 떨어진 7미터를 우선 오르자고 나를 다독인다. 좀 전에 올랐던 내 발자국이 있다. 그리고 내가 미끄러지면서 만든 길게 이어진 등 자국도 있다. 발자국을 따라 걷는다. 한 발 걷고 다시 위를 보고, 또 한 발 걷고 다시 위를 본다. 될마가 내려준 밧줄은 아직도 저 앞에 있다. 저걸 잡고 올라가야 한다. 금호동에는 해병대산까지 올라가는 60도 경사로 가파르게 만들어진 계단이 있다. 가끔은 그 계단을 오르며 밑을 내려다본다. 짧은 120개의 계단. 지금 내가 오르는 이 길도 그 정도 될 것이다. 삼십 걸음만 걸으면 다시 될마가 던져준 밧줄을 잡을 수가 있다.

될마는 떠나고 될마가 던져준 밧줄이 남아 있다.

될마의 밧줄을 움켜쥔다.

자고 싶다. 자고 나면 내일이 열려 있을지도 모른다. 새로운 내일이 있을 것이다. 잠이 쏟아진다. 모든 것이 가물거리고 의식도 서서히 잠드는 것 같다. 이게 죽는 것일까? 내 영혼이 내 옆에 있나?

사람으로는 살 수 없을 것만 같다. 살기 위해서는 물곰이라도 되고 싶다. 그러나 내가 북한산성의 장사가 되어 밤마다 북한산성을 헐었다 다시 세우는 일 이외에 할 일이 없는 사람이 되는 일은 있어도, 결코 물범은 될 수 없을 것이다. 그런데 자꾸 내 몸이 눈 속으로 파고드는 것만 같다. 내 몸이 자꾸 작아지면서 눈 속으로 묻히는 느낌이다. 잠이 몰려온다.

뒤돌아서는 것은 결국 내 몫이다.

산은, 로체는 내가 뒤돌아서도 이곳에 남아 있을 것이다.

다시 오면 그때도 로체는 이곳에 서 있을 것이다. 다시 오면 된다. 아니다. 이런 어줍잖은 논리로 합리화해서는 안 된다. 이번에 포기하면, 다음에도 포기할 수밖에 없을 것이다. 그 누구도 다시 못 온다. 나도 그럴 것이다, 출발할 때 분명히 이것이 마지막 도전이라고 생각하지 않았던가. 선희는 지금 제4캠프에 있다. 다시 뒬마의 밧줄을 잡고 기어오른다. 힘들지만 어센더에 힘을 주어 조금씩 조금씩 올라간다. 하나…… 둘…… 하나…… 둘……

뒬마의 밧줄에 의지해 바위를 오르니 바로 눈앞에 로체 정상이 있다. 잠깐 눈앞에 무슨 큰 발자국 같은 것이 보인다. 내 얼굴이 자꾸 그쪽으로 내려간다. 아니, 발자국이 서서히 내 얼굴로 올라온다. 이대로 죽는 것일까.

로체. 로체는 내가 지금 내려가도 이곳 히말라야에 계속 있을 것이다. 지구가 폭발하기 전까지, 절대로 다른 곳으로 이동하지 않을 것이다. 그러나 내가 과연 다시 올 수 있을까? 로체는 믿어도 나는 믿지 못하는……

난 죽을 거다. 그래, 언젠가는 죽겠지.

오늘과 내일의 경계, 삶과 죽음의 경계. 그곳에 로체가 있다. 바로 눈앞이다.

"우르르르…… 쿠쿠쿠쿠쿠……"

이상한 소리가 들려왔다. 눈이 번쩍 뜨인다. 왼쪽 귀밑에서 우르릉거리는 소리가 들린다. 잠깐 졸았나 보다. 눈길을 왼쪽으로 돌린다. 에베레스트를 향한 로체의 서쪽 사면에서 눈이 쏟아져 내린다. 눈사태다. 어둠 속에서도 눈이 쏟아져 내리는 것은 선명하게 보인다. 내가 끌어안고 있는 바위가 흔들린다. 다시 바닥 깊은 곳에서 '쩌엉!' 하는 소리가 들려오는 것 같다. 발 아래쪽의 눈들도 함께 아래로 미끄러지고 있다. 바로 내 발밑 조금 전 내가 미끄러졌던 부분부터다. 뛸마의 밧줄이 흔들린다.

"우르르르…… 콰쾅……"

바윗덩이도 함께 쓸려 내려가는 것 같다. 심연까지 밀려드는 저 소리, 우르릉 거리는 산의 울음, '쩡!' 하고 가슴 깊숙이 울리는 저 소리, 베이스캠프에서 들었던 그 소름 끼치는 소리를 로체에서 듣는다. 그 오싹한 소리를 이곳 로체 정상에서 들을 줄은 생각지도 못했다. '쩌엉!' 하는 소리. 저 아래 지구 한가운데에서부터 발원하여 울려오는 죽음의 소리.

나는 죽을 것이다. 그래, 죽을 것이다.

이곳에서 죽을 것이다. 혹시 이곳에서 죽지 않는다고 해도 언젠가는 어디에선가 죽을 것이다. 사탕을 먹다가 죽을 수도 있고, 늙어 병사할 수도 있고, 배가 침몰하여 죽을 수도 있고, 물대포를 맞아 죽을 수도 있다. 그러나 지금 저 눈 대포를 맞아 죽고 싶지는 않다.

살고 싶다.

나는 물곰이 되어서라도 살고 싶다.

그저 살고 싶은 것이다. 수많은 암벽과 절벽과 크랙이 있는 이 로체에서 내가 살아남는 방법은 물곰이 되는 것이라고 나는 생각한다.

치명적인 추위와 졸음이 쏟아져도 멀쩡한 동물이 있다. 플랑크톤을 잡아먹고 사는 몸길이 1.5밀리미터의 작은 동물 물곰이 그것이다. 곤충에 가깝지만 생김새가 마치 물속을 헤엄치는 곰 같다. 그 물곰이 되어서라도 살고 싶다.

사위가 조용해졌다. 얼마나 지났을까.

제4캠프는 괜찮은가? 선희에게 무전을 쳐야만 한다.

"지직! 우웅! 스……"

선희와 연락이 되지 않는다. 이미 해가 진 지 한참이 되었다. 아무것도 보이지 않는다. 헤드 랜턴에 의지해 주위를 살펴도 온통 하얀 눈뿐이다. 시계를 보니 밤 12시다. 이제 다시 새날이 오고 있는 것이다. 언제 눈사태가 있었느냐는 듯 조용하다. 저 눈 속에 선희가 있을까? 물곰이 있을까? 설인 예티가 있을까?

수많은 눈 알갱이들이 서서히 커지면서 예티로 변하여 내게로 다가오고 있는 것 같다. 예티가 눈물을 흘리며 내 앞에 서 있는 것 같다. 어쩌면 선희도 죽었을 것이다. 내가, 나 혼자만 살아남을 이유가 없다.

"……"

그래도…… 살고 싶다.

영하 30도의 이곳 로체에서 내가 살아남는 방법은 물곰이 되거나 설인이 되는 방법뿐일지 모른다. 1.5밀리미터의 물곰이 되거나, 5미터의 예티가 되거나.

1미터 73센티의 평범한 인간 정승재가 도저히 24시간을 버틸 수 없는 로체다.

아니다, 내가 물곰이 된다는 것은 죽은 내 살점을 물곰이 뜯어먹고 내 DNA가 물곰의 몸 일부가 되어 남아 있는 것에 불과하다. 내가 1.5밀리미터의 동물이 되어 살아남아서 무슨 의미가 있겠는가. 차라리 예티에게 잡아먹혀 5미터의 거인의 몸 일부분이 된다면 수용할 수 있을지 모르지만 1.5밀리미터의 벌레 일부가 된다니 말도 안 되는 일이다.

나는 정승재다.

사람 정승재다.

선희의 애인 정승재다.

내가 1.5밀리미터의 물곰이 된다니 말도 안 되는 일이다.

다시 일어서자.

하나 둘, 하나 둘, 왼발 오른발, 왼발 오른발……

그냥 아무 생각도 없이 나는 앞으로만 나아간다. 저 앞에 로체 정상이 있다.

사랑은 시간에 지고 마는 전쟁과 같다고 누가 말했던가. 아아, 하루가 너무 길다.

독재자의 딸

#1 승재

시작은 늘 천천히 진행한다.

아무도 없는, 그림 하나만 걸려 있는 작은 방이다. 「빅뱅은 스켈레톤을 타고」라는 제목의 그림 속 주인공은 헬멧을 쓰고 있다. 얼굴을 감춘 것이다. 책상도 없이 그림 하나만 걸려 있는 작고 고요한 방에서 나는 작업을 시작한다. 자동화기 걸개를 설치하고 그 위에 M14 저격용 라이플을 설치한다. 조용히 움직이고 있지만 절도 있는 동작이다. 그림 속 헬멧을 쓰고 질주하는 사나이가 누구인지 모르듯이 내가 누구인지 묻지 말라. 비밀이다. 작업은 천천히 그리고 조용하게 은밀히 진행되어야만 한다. 공기의 흐름조차도 느낄 수 있을 정도로 정밀하게 수행되어야만 한다. 끝내야 할 때 끝내는 것, 그것이 중요하다. 그리스 바닷가 늪지대의 뱀처럼 조용히 움직여야 한다.

나는 지금 독재자의 별장을 주시하고 있다.

나는 돌이다. 나는 정지해 있다. 아주 천천히 습관처럼 나는 얼음을 먹는다. 천천히 천천히 은밀하게 얼음을 먹는다. 그렇게 하면 아무도 내 입김을 볼 수 없다. 나는 추운 겨울에 두 시간째 독재자가 나타나길 기다리고 있다. 분명히 오늘 별장에 들어온다고 했다. 내게는 단 한 발의 총알이 있을 뿐이다.* 나는 아주 조심스럽게 독재자의 심장을 겨냥한다. 그의 심장이 뛰는 것을 멈추게 해야 한다. 그의 독재를 멈춰 서게 해야 한다.

그는 나의 적인가?

그의 적은 누구인가?

나는 선희에게 "악당인가요?"라고 가방 안에 들어 있을 표

---

* 이 문장은 영화 「에너미 엣 더 게이트」(장자크 아노 감독, 2001. 조셉 파인즈와 주드 로가 주연했다)의 주인공 바실리가 어릴 적 사격 연습을 하면서 되풀이해서 읊조리는 대사를 변형한 것이다. 아주 조금 바꿨다. 에너미 엣 더 게이트, 문 앞의 적이라니. 내 적은 늘 내 앞에 있는 것이다. 아주 가까이……

적에 대해 물었다.

선희는 "누군가에게는……"이라고 말끝을 흐렸다.

선희 앞에만 서면 나는 왜 작아지는가. 누군가의 사랑하는 아버지가 누군가에게는 적이 될 수 있는 것이다. 누군가의 사랑하는 아버지는 누군가의 은인이 될 수도 있다. 다중적 얼굴, 그것이 인간이다.

"나는 누구의 적인가?"

산속에서 늑대는 3년을 살고, 당나귀는 9년을 산다. 그 이유는 단 하나다. 산에서 당나귀는 늑대보다 더 쓸모가 있는 것이다. 나는 쓸모가 있어야 한다.

실현할 수 없는 미래를 꿈꾼다는 것은 슬픈 일이다. 아니다, 희망은 생존의 불가결적 근거다. 나는 숲속에서 가장 늙은 당나귀가 되고 싶다. 독재자의 집무실과 내가 숨어 있는 건물의 거리는 직선거리로 250미터.

내가 이 거리에서 독재자의 심장에 정확히 총알을 쏴서 박을 수 있을까?

#2 선희

시작은 늘 천천히 진행되었다.

아무도 없는 방에서 나는 홀로 계획을 짜고 진행했다. 방 안에는 그림 두 개가 걸려 있다. 하나는 내가 그린 그림이다.

「Once upon a time」.

얼굴이 뭉개진 그림. 눈과 코와 입이 없는 자화상. 「Once upon a time」. 나는 누구인가…… 그 어느 누구하고도 상의하지 않았다. 천천히 그리고 조용하게 은밀히 진행되어야만 했다. 감정의 흐름조차도 느낄 수 없을 정도로 정밀하게. 그리하여 여기까지 왔다. 후회하면 안 된다.

벽에는 또 하나의 그림이 걸려 있다. 천경자의 그림 「뱀」. 뱀이 떼거지로 뭉쳐 있는 그림이다. 그녀가 왜 뱀 그림을 자주 그렸는지에 대해서는 여러 가지 이야기가 있다. 삶이 너무나 고통스럽고 괴로워서, 그 슬픔과 괴로움을 잊기 위해서, 라는 이야기도 있고, 그녀의 고향에는 유난히 뱀이 많아 뱀을 친근하게 느꼈다는 이야기도 있다. 심지어 그녀의 애인이 뱀띠였다는 설도 있다.[*] 그녀의 명작 「미인도」에 등장하는 여인의 눈도 유난히 뱀의 눈을 많이 닮았다고 나는 느꼈다.

내 눈은 누구의 눈을 닮은 것일까? 아버지의 눈인가?

지금 내게 필요한 것은 뱀의 간교함과 은밀함이다. 지난 1년 동안 나는 그리스 늪지대의 파이썬처럼 조용히 움직여왔다. 많은 이들의 눈을 속이기 위해 얼마나 많은 노력을 기울여왔던가. 남을 속이는 일은, 특히 속마음을 숨기는 것은 정말로 어려운 일이다.

---

[*] 어디에서 분명히 읽은 내용이다. 그런데 근거를 찾을 수가 없다. 당신들이 찾아보는 방법밖에 없다. 독자가 깨어 있으면 문학은 발전한다.

밤하늘에 붉은 달이 떠 있든, 늑대의 울음소리가 들리든, 그런 것은 중요한 것이 아니다. 나는 늘 혼자였고 지금도 혼자라는 사실이 중요한 것이다. 그러나 이번 일만큼은 혼자서는 불가능하다. 그들이 필요하다. 러시아 갱이 보증하는 암살자였지만, 나는 그들이 누구인지 모른다. 아니 그들이 단수인지 복수인지도 모른다. 그 괴물만 죽이면 된다. 나는 그 괴물을 죽일 암살자가 누구인지 모른다. 중간 연락책만 알 뿐이다. 중간 연락책, 그의 이름은 승재다. 내 마음대로 암살자의 이름은 '에이스'라 해두기로 했다.

에이스.

"그가 절대로 실패하지 않는 '에이스'이길……"

오늘 밤 연락책 승재가 올 것이다. 조용한 이 방이 아니라 시끄럽고 현란한 문나이트로 올 것이다. 중간 연락책 승재가 문나이트에 드나들 수 있다면 승재는 달이 뜬 밤에 일을 한다는 점에서 나와 닮았다. 나는 무희다. 춤추는 무희다. 밤에는 클럽 문나이트에서 춤을 추는 무희이고, 낮에는 깊은 감옥에 갇혀 있는 공주다. 달이 뜬 밤에 일을 한다는 점에서 승재와 나는 닮았다.

내 존재의 가치가 발휘되는 밤.

승재도 그러길 기대해본다. 승재가 낮에도 의미 있는 삶을 산다면, 그건 내가 좀 억울하다. 승재도 낮에는 무기력한 사람이면 좋겠다. 아니다, 승재가 중간 연락책 역할을 잘하려면 완벽하게 이중생활을 해야만 한다. 에이스에게도 철저히 신분을 숨겨야 한다. 연결 고리가 명확해서는 안 된다. 내가 승재의 얼굴을 모르듯, 승재도 나를 몰라야 한다. 다만 알 수 있는 것은 『처음 시작하는 파이썬』이라는 책과 그 책 위에 교묘하게 붙여진 X자 모양의 검은 테이프가 시그널이라는 사실이다. 승재가 나에게 X자 모양의 검은 테이프가 붙은 『처음 시작하는 파이썬』을 넘겨주면 나는 승재에게 가방을 넘겨주게 되어 있다.

그 가방 안에 무엇이 들어 있는지 묻지 말라. 그것은 오로지 나와 에이스만 알아야 한다. 승재, 너도 알면 안 된다.

에이스뿐만 아니라, 승재도 당신들도 이 네 가지만 기억하면 된다.

첫번째, 질문을 하지 말 것.

두번째, 사적인 감정은 버릴 것.

세번째, 흔적을 남기지 말 것.

네번째, 끝내야 할 때를 알 것.

이것이 내가 이번 일을 기획할 때부터 지켜온 철칙이다. 이 원칙이 무너지면 모든 것이 무너진다. 이번 일만큼은 반드시 성공해야만 한다. 나 이외는 어느 누구도 해결할 수 없는 일이다.

#3 승재

독재자는 왜 사람을 죽이는 것일까?

독재자의 집무실을 망원렌즈로 살펴본다. 독재자는 자리에 없다. 아무도 없는 빈방에 불이 환하게 켜져 있다.

모든 것이 깨끗하게 잘 정리되어 있는 집무실이다. 어떠한 흐트러짐도 용납하지 않는 집무실이다.

어쩌면 나는 탈출을 시도하고 있는지도 모른다. 이른 아침 잠이 깨었다. 하늘이 파랗다 못해 검푸른, 세상이 모두 검푸른 안개 속에 있는 듯한 깊고 푸른 아침 5시 37분이다. 언제부터 이런 생활이 시작된 것일까?

처음 감옥에 들어가 맞은 아침. 세상이 온통 파란빛이라는 느낌을 받으며 눈을 떴던 그날 아침. 나는 기어이 그곳에서 탈출하리라 다짐했었다. 아니 그날 이후로 나는 이 세상으로부터 탈출을 꿈꿨는지도 모른다. 그렇다. 아침에 눈을 뜰 때마다, 나는 이 세상에서 벗어나고 싶었다. 깊고 푸른 교도소의 벽 쪽으로 나 있는 작은 창. 그 창을 가로막고 있는 여섯 개의 녹슨 창살. 내 앞에는 오직 붉게 녹슨 창살과 그 뒤에 끝 모르게 멀리까지 막혀 있는 담장이 있을 뿐이었다. 창살 밖 어디에도 내가 서 있을 곳은 없는 듯했다.

그러나 녹슨 철창 사이로 파고드는 그 푸른빛으로 내 몸이 파랗게 변하면, 나도 하늘을 날 수 있을 것 같은 느낌이 들었다. 아래로 끌어당기는 이 무거운 힘으로부터 벗어날 수 있을 것이라 생각되었다. 푸른색 철창은 군데군데 거무죽죽하게 칠이 벗겨져 있었다. 몇 개 남지 않은 벗겨진 페인트가 너덜거리며 반짝이고 있었다. 바람에 나부끼며 반짝이는 벗겨진 페인트 조각은 중력과 공기의 마찰력 사이에서 갈등을 하고 있는 듯했다. 시간이 매일매일 그렇게 흘러갔고, 밤이면 시간의 속도는 그 바람의 세기만큼 반비례해 느려졌다. 바람이 강해지면 중력은 약해졌고, 중력이 강해지면 바람이 약해졌다. 바람은 밤의 제왕인 듯했다. 밤이면 모든 중력은 어디론가 사라지고 나는 날개를 단 바닷새처럼 상상의 날개를 편다. 아침이 되면 푸른 기운이 밀려들었다. 어쩌면 이곳은 푸른 바이러스로 가득 찬 공간일지도 모른다.

　그 푸르름이 작은 감방을 가득 채우는 아침이면 나는, 외로움을 떨쳐버리기라도 하려는 듯 모든 힘을 다 소모할 때까지, 녹슨 철창을 잡고 절벽 밖 허공을 향에 고함을 질렀다.

　"아아아!"

　나는 고함을 지르며 이 푸름은 분명히 어떤 병균의 일종일 것이라고 확신했다. 내가 이곳에서 푸르름 속에 장기간, 그러니까 서너 시간 이상을 잠겨 있으면 도저히 외로움에서 빠져나올 수 없는 어떤 우울증 비슷한 병에 걸릴 것이라는 두려움에 나는 휩싸여 있었다. 우울증하고는 뭔가 다르고 오히려 외로움에 가깝지만 그것을 외로움증이라고 말할 수는 없다. 세상 어느 누구도 외로움증이라는 병명을 입에 올리지 않는다는 사실을 나는 알고 있다. 그러나 그런 상태를 외로움증 말고 다른 어떤 말로 설명할 수 있단 말인가.

　내가 처음 그곳에서 눈을 뜬 날 아침도 이랬다. 녹슨 철창과 그 녹슨 철창의 몇 개 안 남은 페인트 껍데기, 파란 하늘. 푸르스름한 무언가로 가득 찬 공기. 그런 것들이 이 작은 감방을 구성하고 있었다. 그리고 참을 수 없는 중력이 이 모든 것을 얽어매고 있었다. 아침이면 중력은 기지개를 펴면서 내 온몸을 아래로 아래로 끌어당겼다. 바람은 어디로 갔는지 사라지고 없었다. 아침이면 온 우주의 모든 푸른 기운들이 지구의 중력에 이끌려 내 방 안으로 밀려들곤 했다. 그 푸른 기운은 너무도 두꺼워 바람조차 멈추게 하고, 시간의 흐름을 느끼는 내 감각조차도 마비시키는 것이었다.
　이 녹슨 철창만 빠져나간다면 아래로 아래로 중력의 힘을 빌려 내려갈 수 있을 것이었고, 그렇게 중력에 내 몸을 맡기면 시간을 뛰어넘을 수 있을 것이라 생각되었다. 물론 용기가 필요한 일이었다. 고소공포증도 이겨내야 할 과제였다. 붉게 녹슨 창살은 여전히 나의 탈출을 가로막고 있었다. 그러나 나를 외로움 속으로 무한정 끌어당기는 저 중력을 어찌 거부할 수 있단 말인가.

중력은 시간을 뛰어넘을 수 있다고 누가 말했던가.

창가에 커다란 책상과 회전의자가 보인다. 그 앞에 긴 회의
용 탁자가 있다. 탁자 양쪽에 의자가 7개씩 총 14개가 가지런
히 놓여 있다. 총 15명이 회의를 할 수 있는 규모다. 별장의
집무실이 이 정도면 본청의 집무실은 어떠할까…… 회의용
탁자 위에 노랑나비가 한 마리 앉아 있다. 죽은 것인가? 아니
다, 살아 있다. 앉은 채로 조용히 날개를 들어 올렸다 내렸다
를 반복하고 있다. 저 노랑나비는 어디서 날아 들어온 것일
까?

선희가 건넨 가방 안에는 독재자의 사진과 일정이 적혀 있
는 종이가 들어 있었다. 오늘 저녁이면 독재자가 이곳에 올
것이다.

집무용 책상에는 몇 권의 책과 노트북 하나, 그리고 서류
더미가 놓여 있다. 오른쪽 맨 끝에 가족사진인 듯, 사진이 들
어 있는 액자가 있다. 망원렌즈를 다시 확대 조정해본다. 점
차로 확대되는 사진.

독재자와 그의 아내 그리고 외동딸 사진이다. 사진의 얼굴
이 어떻게 생겼는지는 정확하지 않다. 내가 저 독재자를 죽이
면 남는 두 여자는 어떻게 되는 것일까?

벽에는 코를 높이 치켜든 코끼리 그림이 걸려 있다. 코끼리
는 부의 상징이라고 한다.

이 방에도 그림이 하나 걸려 있다. 직진하는 붉은 불길을 뒤에 두고 튀어 나오는 얼음 썰매를 탄 남자. 그의 얼굴은 헬멧으로 가려져 있다. 누구인지 확인할 수는 없지만 남자라는 것은 금방 알아차릴 수가 있다. 왜 그런지는 모른다. 그냥 남자여야만 할 것 같다. 그림 제목이 「빅뱅은 스켈레톤을 타고」이다.

모든 것이 정지되어 있는 방. 이 방 안에 오직 그림 속의 남자만이 붉은 화염을 배경으로 해서 앞으로 질주하고 있다. 마치 사내를 이 우주로 내보내기 위해 큰 폭발이라도 일어난 듯, 사내 뒤의 아무것도 없는 빈 공간에서 갑자기 무엇인가 폭발한 듯, 검은 배경에 파란 불꽃과 그 파란 불꽃 가운데 붉은 불기둥이 사방으로 확장되는 모습이다. 생명체란 오직 앞으로 질주하는 헬멧 쓴 사내뿐이다.

그림을 그린 작가는 이렇게 말하고 있다.

인간의 질주 본능은 언제부터일까?
우리는 왜 앞으로 앞으로 전진만을 희망하는 것일까?
인류는 끝없이 앞으로 전진하고 발전하길 갈망한다.
그 갈증의 시작은 무엇일까?
그 질주의 결말은 무엇일까?
인간의 질주 본능을 가장 잘 표현하는 운동 경기는 스켈레톤이다.

얼음 썰매 타기.
어쩌면 우리 인간의 삶은 얼음 썰매 타기인지도 모른다.
옛날 옛날 누군가는
인간은 호랑이 등에 올라탄 존재라 말했지만
나는 안다.
인간은 얼음 썰매를 타고 질주하는 존재라는 것을.

예술은 그런 것이라고 이해하자.

#4 선희

우주의 시작은 빅뱅부터라고들 말한다. 마오쩌둥은 모든 권력은 총구에서 나온다고 했다. 총구에서 시작된 정권은 결국 총구로 끝날 것이다.

이현세의 만화인데, 설까치가 낙엽이 떨어지는 나무 밑에 쓰러져 있고, 그 옆에 "모든 권력은 총구에서 나온다"라는 글이 큼지막하게 쓰여 있는 만화를 본 적이 있다. 만화 제목은 잊었지만, 그 만화의 끝 장면이었다. 이현세의 만화 중 내가 가장 좋아하는 것은 『지옥의 링』이었다. 동양 챔피언 설까치가 세계 챔피언 도전에서 뇌진탕으로 쓰러져 죽어가는 만화였다. 까치는 링에 오를 때마다 지옥에 들어가는 것만큼 고통스러웠다고 고백한다. 그러나 엄지의 관심을 받을 수 있는 방법으로 까치가 할 수 있는 것은 '지옥의 링'에 올라가는 방법 뿐이었다고 고백한다. 어쩌면 아버지도 그런지 모른다. 아니다. 이렇게 마음이 약해지면 안 된다. 아버지는 죽어야 한다.

시작하는 것에는 모두 끝이 있는 것이다. 이번 일도 그렇다.

모든 것에는 시작점이 있고 결국 끝나는 점도 있기 마련이다. 나는 그렇게 믿는다.

그러나 정말 그럴까? 그걸 어떻게 장담할 수 있단 말인가. 혹시 시작은, 어떤 것이 끝났기 때문에 가능한 것이 아닐까? 인간들이 어떤 일이 끝나는 지점에서 새로운 다짐을 하기 위해 시작이라는 말을 만들어낸 건 아닐까?

시작은 뭐고 끝은 또 뭐란 말인가.

그런 것이 있기나 한 것일까? 시작은 늘 천천히 시작되는 것이고, 끝은 어느 날 갑자기 느닷없이 닥친다. 끝이 갑자기 오는 것이라면, 시작과 끝의 차이는 시간의 빠름과 느림의 차이인지도 모른다.

시간이 과연 일직선일까? 시작과 끝이 연결되어 있다면 모든 것은 돌고 도는 것일까?

승재가 오는 날이다.

나는 지금 승재를 기다리고 있다. 아니 클럽 문나이트에서 춤을 추고 있다. 춤추는 무희라는 말이다. 춤추는 배우가 자살을 했다. 그녀는 신인 배우라고 했다. 그녀가 자살을 한 것은 독재자 때문이라는 것을 나는 안다. 그것을 알게 된 순간 독재자가 괴물처럼 보였다. 정치적인 여러 문제로 정적을 죽일 때는 느끼지 못했던 감정이었다.

승재는 누구일까? 나는 그에 대해서 아는 것이 없다. 내가 아는 것은 그가 에이스에게 내가 죽여달라고 할 남자의 사진과 일정이 들어 있는 가방을 전달할 것이라는 사실뿐이다. 그가 누구의 중개인인지 나는 알지 못한다. 에이스는 해낼 수 있을까? 나에게서 돈을 받아갈 자가 누구인지 묻지 말아야 한다. 비밀이다.

다음 사항을 명심하자.

절대로 질문을 하지 말 것.

얼굴도 모르는 어떤 남자에게 독재자의 사진과 일정을 알려주는 것이 과연 옳은 일일까? 안전할까? 승재와 에이스의 관계는 어떤 것일까?

승재가 왔다. 그는 가면을 쓰고 있다. 클럽 문나이트의 오늘 컨셉이 하필이면 가면무도회다. 오는 손님들은 전부 다 입구에서 가면을 쓴다. 나는 가면을 쓰지 못했다. 무희들은 가면을 쓸 수 없다. 다행히 화장이 짙으니 알아보지 못할 것이다. 이곳 사람들처럼. 어쩌면 승재가 누구인지 모르는 것이 더 좋을 수도 있다. 어떻게 하든지 조용히 끝내야만 한다. 승재가 누구에게 전달을 하든 그것은 문제가 되지 않는다.

그는 누구일까? 자꾸 의심이 든다. 왜 이런 의심이 드는지 알 수가 없다. 승재가 오는 날이 하필이면 왜 오늘인지 모르겠다. 운명이란 이런 것인가?

악당인가요?

승재가 묻는다. 조금 이상하다. 이런 질문을 하다니.

자꾸 의심이 든다. 차라리 승재가 에이스였으면 좋았을는지도 모른다는 생각이 든다. 여러 사람이 개입하면 곤란하다. 아니다. 중개인에 불과한 승재 입장에서는 물을 수도 있다. 심부름꾼다운 질문이다.

"누군가에게는……"

이라고 답을 해준다. 누가 악당이고 누가 선한 사람이란 말인가. 아무래도 승재는 그냥 보통의 중개인은 아닌 것 같은 느낌이 든다. 이 느낌이 무엇인지 모르겠다. 명심해야 한다.

사적 감정을 버릴 것.

흔적을 남기지 말 것.

#5 승재

선희를 만나러 가야 한다. 선희에게 『처음 시작하는 파이썬』을 넘겨줘야 한다. '파이썬'…… 이 책은 무엇에 대한 글일까? 갑자기 궁금증이 폭발한다. 그러나 그런 것을 알려고 하면 안 된다. 그래도 알고 싶은 마음을 어쩔 수가 없다. 파이썬이라는 말이 무엇일까? 책 중간쯤을 펼친다.

titanic-df["Cabî titanic-df ["Cabin'], stri : 1]

print(titanic dfl 'Cabin 'l.head(3))

[Output]

Name: Cabin, dtype: object

머신러닝 알고리즘을 적용해 예측을 수행하기 전에 데이터를 먼저 탐색해보겠습니다. 첫번째로 어떤 유형의 승객이 생존 확률이 높았는지 확인해보겠습니다. 제임스 카메론의 영화인 「타이타닉」에서도 나왔듯이

바다에서 사고가 날 경우 여성과 아이들, 그리고 노약자가 제일 먼저 구조 대상입니다(Women and Children First), 그리고 아마도 부자나 유명인이 다음 구조 대상이었을 것입니다. 안타깝게도 삼등실에 탄 많은 가난한 이는 타이타닉호와 운명을 함께했을 겁니다. 성별이 생존 확률에 어떤 영향을 미쳤는지, 성별에 따른 생존자 수를 비교해보겠습니다.

titanic df.groupby(['Sex', 'Survived'])f 'Survived'].
count()

*[Output]**

무엇인가를 분석하는 책인가 보다. 파이썬은 왕뱀이라는

* 전철민, 『파이썬 머신러닝 완벽가이드』, 유니북스, 132쪽.

뜻이라는데, 뭘 분석한다는 것인지 알 수가 없다.

하늘은 잿빛이고 거리는 황량하다. 바람이 거세게 불고 있다. 미세먼지와 바이러스로 길에는 사람들이 거의 없다. 폐허처럼. 가끔 지나치는 사람들도 모두 마스크를 쓰고 있어서 얼굴을 알아볼 수가 없다. 서민들의 삶이란 그런 것이다. '승재'만의 자율적인 삶이 아니라, 국민이라는 이름의 타율적 획일적 삶만이 허용된다. 각각의 얼굴은 알 필요가 없다. 볼 수 있는 것은 오로지 눈뿐이다. 눈조차도 검은 선글라스로 가린 이들이 대부분이다. 눈을 가리지 않은 이들도 뱀처럼 가느다란 실눈을 움푹 들어간 눈두덩 밑으로 감추고 있다. 회색의 거리. 불 꺼진 상점 사이로 쓰레기들이 바람에 흩날리고 있는 거리. 나는 그 길을 걸어 선희에게로 간다. 물속 같은 깊은 침묵 속에서 단 한 발의 총탄으로 누군가의 목숨을 빼앗아야만 한다. 누군가의 목숨을 빼앗는다는 것은 슬픈 일이다.

이번 일을 하겠느냐고 러시아로부터 연락을 받은 날 밤부터 같은 꿈을 꾸고 있다. 하얀 옷을 입은 여인의 눈 속으로 빨려 들어가는 꿈이다.

내가 살아남을 확률은 얼마나 될까? 이번 일은 중요한 일이다. 마지막이 되어야만 한다. 이제 이 생활을 끝내야 한다. 새로운 삶을 꿈꿔왔지만, 내 삶은 늘 이 모양이었다. 아니다, 이렇게 나약해지면 안 된다. 확률이라는 것은 미래에 대한 예측이다. 지나고 나면 그 확률이라는 것은 더 이상 확률이 아니다. 그냥 이미 발생한 과거의 사실일 뿐이다.

100퍼센트 맞았거나 100퍼센트 틀렸거나…… 둘 중 하나다.

100퍼센트 살아남기 위해서는 준비가 철저해야 한다. 그래야 살아남을 수 있다. 그렇다. 나는 여태껏 100퍼센트 살아남았다. 그러니 앞으로도 살아남을 것이다. 과거는 미래를 예측하게 해준다. 누군가를 암살한다는 것은 모든 상황을 가정해서 계획을 짜고 미래를 예측해야만 가능하다.

과거는 좋은 것이다. 모든 것이 명확하다. 아직까지 내가 살아 있다는 것은 지난 수 년 동안의 암살을 무사히 치렀고, 그때의 생존 확률은 100퍼센트였다는 말이다. 과거가 그것을 증명하고 있다. 미래? 그것을 누가 장담할 수 있단 말인가.

아인슈타인은 세계선 이론에서 '우리 인간들의 인생이 변할 수 있는 범위는 한정되어 있다'는 것을 증명해냈다고 한다. 시간 여행도 가능할지도 모른다는 생각을 나는 갖고 있었다. 아인슈타인의 말이 맞을까? 정말일까? 내 운명은 정말로 정해져 있는 것일까? 그렇지 않다고 나는 확신한다. 내 운명은 내가 정한다.

#6 선희

어제저녁 TV에서 이상한 장면을 보고 말았다.

수십 명의 젊은이들이 다섯 명의 헌병 감시 아래 군사재판을 받고 있는 장면이었다.

그때 한 마리의 노랑나비가 창문을 통해 재판정에 날아 들어왔다. 나비는 총을 들고 있는 다섯 명의 헌병과 푸른 수의를 입고 있는 수십 명의 젊은이들 사이를 유유히 날아다닌다. 그리고 다시 밖으로 나가기 위해 유리창으로 돌진하는 것이었다. 나비는 유리에 머리를 부딪히고 떨어졌다가 다시 날아올라 유리창으로 또다시 돌진하기를 반복하고 있었다. 그 나비가 '나'인 것처럼 느껴졌다.

그때 왜 그랬는지 모르겠지만, 한 젊은이가, 얼굴이 초췌한 한 젊은이가, 군사재판을 받고 있는 한 젊은 피고인이 천천히 자리에서 일어나 떨어지는 나비를 잡아 창문 밖으로 날려 보내주는 것이었다. 창문 밖으로 나비를 탈출시킨 그 젊은이는 두 손을 꼭 마주 잡고 다시 천천히 자기 자리로 돌아갔다. 마치 무엇인가를 간절히 간구하는 수도자의 모습처럼.

TV에서 그 장면을 보는 순간, 나는 나비가 젊은이의 도움으로 재판정을 빠져나가듯, 그 젊은이도 재판정에서 무죄 선고를 받고 방면되기를 기도했다. 어쩌면 에이스가 이번 임무를 무사히 마치고 탈출할 수 있기를 기도했는지도 모를 일이었다. 내면 깊숙이에서는 배후에 내가 있다는 것이 밝혀지지 않길 바랐을 것이다.

#7 승재

문나이트는 화려했다. 무희들은 무대에서 춤을 추었고 서빙을 하는 여성들은 모두 비키니 차림이었다. 무대의 서치라이트는 문나이트를 붉게 물들이고 있었고 사람들은 육중한 몸을 흔들고 있었다. 이런 곳에서 내게 암살 지령이 담긴 가방을 넘긴다는 것은 왠지 잘 어울린다는 생각이 들었다. 누구에게 선희를 찾아달라고 해야 할지 망설여졌다. 사람들은 무엇에 홀린 듯 움직였고, 그 몸들의 움직임은 일정한 리듬을 타고 있었다. 물고기가 바다를 헤엄치듯, 유유히 가까워졌다가 멀어졌고 다시 가까워지는 것 같았다. 서빙을 하는 남자와 여자들 이외에는 모두 하얀 가면을 쓰고 있었다. 나도 입구에 들어설 때 웨이터는 내게 하얀 가면을 건넸다. 쓰라는 의미를 금방 알아챌 수 있었다. 선희가 내 얼굴을 모른다면 그것은 더 좋은 일일 수도 있었다.

모든 것은 『처음 시작하는 파이썬』으로 통했다. 나는 책을 들고 있었다.

"선희?"

짤막하게 물었다. 검정색 양복을 입은 덩치였다. 무대 옆쪽의 커튼 앞이었다. 머리가 짧은 덩치는 뭔가 찜찜하다는 듯 나를 한참 쳐다보다가 커튼 뒤로 사라졌다. 뒤통수가 근지러웠다. 뒤돌아 주위를 둘러보았지만, 수상쩍은 사람은 없었다.

덩치가 커튼 뒤로 일반인들이 들어오는 것을 막고 있었는지도 모른다. 커튼 뒤에서는 어떤 소리도 들려오지 않았다. 무대에서는 시끄러운 음악이 계속되고 있었다.

선희가 가방을 들고 나타났다. 어디에서 본 듯한 얼굴이다. 자연이다. 독재자의 딸 자연이다. 그녀가 왜 여기에 있단 말인가. 뭔가 이상하다. 아무리 화장을 짙게 했어도 나는 알 수 있다. 내가 그녀를 얼마나 좋아하는지 당신들은 모를 것이다.

결국 일어날 일은 일어나고 마는 것이다. 자연이를 이곳에서 만나게 되리라고는 상상도 못했다. 자연이가 독재자의 딸로 TV에 등장할 때부터 나는 자연이를 사랑하게 되고 말 것이라는 것을 알았다. 그 이유가 무엇인지는 알 수가 없다. 그냥 그랬다. 자연이의 그 눈. 서늘하지만 싸늘하지 않은 그 움푹 들어간 눈. 나는 자연이의 눈에서 알 수 없는 슬픔을 보았다. 아니 미래를 보았다. 웅숭깊은 그 눈은 나의 미래를 이야기하고 있는 것 같았다. 나를 향한 그 슬픈 사랑의 눈. 왜 자연이는 그런 눈을 가지고 있었던 것일까? 많은 군중들 위에 우뚝 솟은 단상에 서 있는 자연이의 그 눈.

내가 X자 모양의 검은 테이프가 붙은 『처음 시작하는 파이썬』을 넘겨주자 선희는 내게 가방을 주었다. 아무 말도 하지 않는 선희.

가방을 넘겨주며 나를 쳐다보는 그 눈. 가방을 넘겨받을 때 손잡이 부근에서 손이 스쳤다. 손등에 스친 그녀의 손길은 몹

시도 떨리고 있었다. 나에 대한 연민인지, 가방 속의 인물에 대한 연민인지 알 수가 없었다. 가방 속의 인물은 누구일까? 왠지 불안하다. 가방 속의 그가 죽거나 내가 죽거나 둘 중의 하나. 가방 속의 목표물과 나, 둘 중 한 명은 반드시 죽는다. 혹은 둘 다 죽거나.

둘 다 사는 방법은 없다.

내가 아니길……

혹시 선희가 독재자의 딸 자연이가 아닌 것은 아닐까? 권력자의 딸이 야간에 술집의 무희로 일을 한다는 것은 뭔가 이상하다. 그런데 나는 왜 선희를 본 순간 독재자의 딸 자연이라고 단정 지은 것일까? 독재자의 딸을 직접 만나본 적은 없으니 선희가 독재자의 딸 자연이가 아닐 가능성도 있다. 독재자의 딸이 뭐가 부족해서 이런 일에 말려들었겠는가. 그러나 왠지 선희는 독재자의 딸 자연이인 것 같다. 뭔가 일이 틀어지고 있다.

#8 선희

아버지를 넘겼다.

모두들 그랬다. 아버지는 독재자라고.

승재에게도 슬쩍 물어봤다. 대답이 없다. 내가 독재자의 딸인 걸 아는 눈치다. 나는 독재자의 딸 '자연'이다. 부정할 수는 없는 사실이다. 독재자의 딸……

　아버지가 정권을 잡기 위해 어떤 일을 벌였는지는 나도 알고 있다. 그는 쿠데타를 일으켰고 많은 국민을 학살했다. 어쩌면 나는 그 죗값을 치르기 위해서 러시아 갱을 통해서라도 아버지를 제거하려는 것인지도 모른다. 아니다. 내가 이렇게까지 하는 이유는 그 신인 배우의 자살 때문이다.

　하나를 버려야만 다른 하나를 취할 수 있는 것이다.

　내가 아버지를 버리면 무엇을 얻을 수 있을까……

　명심하자,

　사적 감정을 버릴 것.

#9 승재

　또 꿈을 꾸었다.

　반복되는 그 꿈.

　한 여인이 앞서가고 있다. 하얀 옷을 입은 소녀다. 무슨 이유에서인지 나는 그녀를 뒤따른다. 내가 사랑하는 여인인 것 같다. 그때 네 명의 괴한이 나타나 나를 빠르게 지나쳐 그녀에게로 달려간다. 직감적으로 괴한들이 그녀를 해치려 한다는 것을 깨닫는다. 나는 주머니의 총을 빼 들어 그들에게 발사한다. 두 명이 쓰러지고 나머지 두 명이 나를 향해 총을 쏘며 달려든다. 그 두 명과 내가 총질과 주먹질을 동시에 하며 격투를 벌인다. 그런 상황에서도 그녀는 앞만 보고 즐거운 듯 깡충거리며 앞으로 나아간다. 한 놈을 쓰러뜨리고 확인 사살을 하자 나머지 한 명이 도망을 친다. 내게 등을 돌리고 그녀에게로 돌진한다. 다시 나의 권총에서는 총알이 발사된다.

'탕' 하는 소리와 함께 붉은 화염이 온 세상을 뒤덮고 그 붉은 화염 속에서 총알이 튀어나온다. 그 순간, 모든 것이 정지되고 발사된 총알은 서서히 놈의 머리를 향해 날아간다. 놈의 머리는 고정된 듯 멈춰 서 있다. 움직이는 것은 오로지 총알뿐이다. 붉은 주홍의 불길과 하얀 연기도 정지되어 있다. 모든 것이 정지된 순간, 총알 혼자만 앞으로 나아간다. 앞서가고 있는 선희는 두 발이 땅에서 떨어진 채 공중에 떠 있다. 놈의 머리에 도달한 총알은 정확히 뒤통수를 뚫고 지나가고 그와 동시에 놈의 머리에서 피가 튀어 오른다. 놈의 몸은 서서히 아래로 엎어지고 놈의 머리에서 튀어나온 피가 위로 솟구치더니 슬로비디오처럼 천천히 아주 천천히 그녀를 향해 날아간다. 그리고 그녀의 하얀 어깨에 후두둑 붉은 피가 흩뿌려진다. 하얀 블라우스에 안착한 피가 서서히 퍼지면서 그녀의 옷은 빨간색으로 변한다. 시간은 다시 빠르게 흐르기 시작한다.

그녀의 다리가 서서히 땅을 디디며 몸을 뒤쪽으로 돌리는데 얼굴부터 내 쪽으로 향하고 몸도 따라서 내 쪽으로 돈다. 그녀의 눈과 내 눈이 마주친다. 그녀의 눈동자는 점점 커지면서 나를 덮친다. 세상의 모든 것을 빨아들일 기세다. 나는 급격히 그녀의 눈동자 속으로 빨려 들어간다. 그녀의 눈동자가 깊다. 끝없는 동굴 속 낭떠러지로 곤두박질친다. 온몸에 전율이 흐른다. 두려움은 점점 커지고 이것이 꿈이었으면 하는 생각이 들 즈음, 잠에서 깨어난다.

꿈이다.

벌써 몇 번째 같은 꿈을 꾸었다.

시작은 늘 천천히 진행한다.

아무도 없는 방에서 나는 작업을 시작한다. 천천히 그리고 조용하게 은밀히 진행되어야만 한다. 공기의 흐름조차도 느낄 수 있을 정도로 정밀하게 수행되어야만 했다. 늪지대의 그리스 뱀처럼 조용히 움직여야 한다. 내가 있는 방 오른쪽에 걸려 있는 그림은 여전히 선명하다.

그림이 오른쪽에 있다는 것은 내가 그림의 왼쪽에 있다는 말과 동일하다.

#10 선희

코끼리 그림은 늘 코를 하늘로 향하고 있다. 아버지의 고개는 늘 뻣뻣했다. 하늘을 향해 10도쯤 치켜올려져 있었다. 그래서 실제보다 콧구멍이 조금 크게 보였다. 어쩌면 아버지의 폭정도 조금은 과장되어 있는지도 모른다.

좌익이니 우익이니 하는 것은 잘 모른다. 그러나 나는 아버지가 한 일을 알고 있다. 피해를 입은 신인 여배우와 같은 여자로서 아버지를 도저히 용서할 수가 없다. 결국 여기까지 오고 말았다. 권력을 향한 질주는 여기까지다. 질주의 끝까지 온 것이다. 아버지가 그 자리까지 올라가기 위해 노력한 것은 인정한다. 목숨을 걸었다는 것도 안다. 그러나 여기까지다.

목숨을 걸었다고 해서 남의 목숨을 빼앗을 권리가 있는 것은 아니다.

#11 승재

목표물은 독재자였다.

선희가 자기 아버지를 죽여달라고 한 것이다. 자신의 아버지의 이력과 사진 그리고 별장에 언제 언제 가는지 일정을 알려주었다. 선희는 심부름꾼이 아니라 의뢰자였다. 내가 중개인이 아니라 당사자인 것처럼. 아니다. 어쩌면 선희는 자연이가 아닐지도 모른다.

은밀하게 조용히 처리하려면 직접 처리하는 것이 제일 안전한 방법이다. 물론 직접 처리하는 것이 모두 가능한 것은 아니다.

자연이 이런 생활을 하고 있는 줄 몰랐다. 자연이는 그냥 독재자의 딸일 뿐이라고 생각했었다. 아무것도 모르는 궁궐 속의 공주로만 생각했었다. 선희가 이 일을 하기 위해 무희가 되었을까? 그게 가능한 일인가? 어쩌면 선희는 독재자의 딸 자연이가 아닐 수도 있다.

솔직히 내가 홍길동이었으면 좋겠다는 생각을 했었다. 독 재자를 나도 죽이고 싶었다는 것이다. 독재자를 죽이는 일이 라면 임무를 완수한 후 탈출은 별로 의미 없는 일이라고 생각 했다. 죽어도 좋은 일이다.

선희를 사랑하게 되다니 말도 안 된다.

선희가 독재자의 딸이라는 이유만으로 내가 그녀를 사랑한 다면 그것은 사랑이 아니라 연민이다. 선희의 삶을 자꾸 엿보 게 된다. 선희가 퇴근하는 새벽 4시 나는 밤마다 선희의 뒤를 밟는다. 나는 왜 밤마다 선희의 퇴근길을 뒤쫓는 것일까?

"당신을 만나 행복해요. 사랑해요."

고개를 숙이고 앞서가는 선희. 나는 그녀를 바라본다. 갑자 기 두 놈이 나를 향해 달려든다. 한 놈은 도끼를 들고 한 놈 은 칼을 들고 나에게 달려든다. 으슥한 골목으로 들어온 것 이 잘못이었다. 아니다. 내가 그런 것이 아니다. 선희가 선택 한 길이었다. 선희는 왜 이 골목을 좋아하는 것일까? 공교롭 게도 강도를 만난 것이다. 골목길로 들어섰다고 해서 무조건 강도를 만난다는 것은 아니다. 다만 큰길, 사람들이 북적이는 곳보다는 강도를 만날 확률이 조금, 아주 조금 높을 뿐이다. 0.01퍼센트의 확률도 없었던 사건이 발생하고 보니 100퍼센트의 현실이 되고 만다. 나는 몸을 왼쪽으로 슬며시 비틀고 놈의 발을 걸어 넘어뜨린다. 한 놈이 나뒹굴며 비명을 지르고, 뒤의 놈이 욕을 하며 칼을 휘두른다. 씨팔놈이— 나는 주머니에서 권총을 꺼내 들고 발사한다.

"탕!"

총소리에 비둘기들이 후드득 날아오른다. 선희가 고개를 내 쪽으로 돌린다. 순간적으로 일어난 일이 슬로비디오처럼 느리게 느껴진다.

머리에 총을 맞은 놈의 피가 튀어 오른다.

2014년, 나는 그를 죽였다.

베트남 호안끼엠 호수에서 유람선을 타고 있는 목표물이었다. 그는 갱단의 두목이었고 죽어 마땅한 놈이었다. 조용히 나도 유람선을 타고 있었다. 내가 타고 있는 유람선은 꽃다발로 뱃머리가 장식되어 있었고 나는 꽃다발 속에 총을 숨겨두었다. 그가 타고 있는 3인용 유람선의 엔진을 정확히 겨누었다. 그가 타고 있던 유람선은 강물 깊숙이 침몰했다.

#12 선희

승재가 권총을 들고 있다. 내 이럴 줄 알았다. 올 것이 오고야 만 것이다. 아버지를 죽일 남자를 사랑하게 되다니……
아니, 사랑하는 남자에게 아버지를 죽여달라고 부탁을 했다
니…… 승재는 단순한 중개인이 아니었다. 그가 암살범인 것
이다. 그렇다면 승재는 내가 내 아버지를 죽여달라고 의뢰한
것을 안다는 것이다.

어찌해야 한단 말인가.

4월 16일 『더 타임즈』 등에 따르면 프랑스와 독일, 미국,
영국 등의 연구진은 적 저격수의 위치를 GPS를 통해 확인하
는 기술 개발에 주력하고 있다. 이 기술의 원리는 총성의 충
격파를 감지해 저격수의 위치를 식별하는 방식이다. 이미 미
군과 한국에 보급돼 실전에서 사용하고 있는 청력보호장치
(TCAPS)가 핵심 장비이다. 병사들이 착용한 TCAPS에 내장
된 이어폰이 충격파를 감지해 거리를 환산하고 방향을 찾아
낸다. 연구진은 이 과정이 1초도 안 걸린다고 자신한다. 이를
통해 잡아낸 저격수의 정확한 위치는 병사들이 소지한 스마
트폰에 자동 표기된다. 병사들은 GPS를 통해 그 지역에 집중
사격을 하거나 포탄 미사일을 발사해 저격수를 단숨에 제거
할 수 있다.*

별장에서 250미터 떨어져 있는 저격 장소. 그곳의 총성이
아버지의 별장까지 메아리치는 데 얼마의 시간이 걸릴까. 1
초도 안 걸린다. 승재의 위치가 발각될 가능성은 없다. 승재

---

* '보이지 않는 공포' 저격수 위치식별장비 곧 실용화, news1, 2019. 5. 14. 23:04.

가 그곳에서 총을 발사하면 아버지가 죽은 후 0.8초 정도가
지나서야 소리가 들릴 것이다. 그러므로 1초도 안 걸리고, 승
재의 위치도 발각될 가능성은 없다. 다행이다. 그러나 결국
잡힐 것이다. 이런 장비가 없더라도 승재는 잡힐 것이다.

#13 승재

선희의 아버지를 죽이면 나는 어떻게 되는 것일까. 나는 탈
출할 수 있을까? 설혹 탈출할 수 있다 하더라도 선희의 얼굴
을 어떻게 볼 수 있단 말인가. 선희는 왜 나에게 이런 주문을
하는 것일까.

나는 프로다. 그래, 나는 반드시 성공할 것이다. 가방 속의
독재자는 죽을 것이다. 그다음. 내가 그 장소에서 무사히 탈
출할 수 있을까? 아니면 탈출에 실패해 결국 나도 죽임을 당
할 것인가. 둘 중에 한 명은 최소한 죽어야만 한다.

총알은 초당 1,000미터를 넘게 날아간다. 그와 나와의 거
리는 250미터. 총알은 소리보다도 빠르다. 4배나 빠르다. 우
리의 삶처럼 빠르다. 그 속도는 고통을 수반하지 못한다. 고
통은 천천히 진행되는 것이다. 현재의 고통만이 있을 뿐이다.
흘러간 과거는 너무 빠르게 지나갔고, 지나간 과거는 추억이
다. 고통은 사라지고 아련함만 남는다. 총에 의한 타살은 고
통을 수반하지 않는다는 장점이 있다. 고통을 담을 틈이 없

다. 기다림만이 고통이 있을 뿐이다. 총탄에 맞아 죽는다는 것은 고통 없는 죽음을 뜻한다. 그에게 고통 없이 죽음을 맞이할 자격이 있을까? 저격수를 잡을 수 있는 장비 개발 보도가 왜 4월 16일이었는지 모르겠다. 살아남은 자의 고통은 어찌한단 말인가. 과연 내가 인간으로서 삶을 살아갈 수 있을까? 이런 직업을 가진 나는 '악당'임이 분명하다. 나는 선(善)을 위해서 방아쇠를 당긴다고 하지만, '악당'임에 틀림없다.

"악당인가요?"

"누군가에게는……"

둘 다 갖고 싶은 것은 욕심이다. 살인자와 인간, 나는 둘 중의 하나를 선택해야 한다. 그것은 선희도 마찬가지다. 우리 둘은 고통을 안고 살아야만 한다. 누군가를 죽이고 나서도 인간답게 살겠다는 것은 이기적 욕심에 불과하다. 결코 그렇게 될 수는 없는 것이다. 누군가에게는 선인이지만 다른 누군가에게는 악당이 될 수밖에 없는 것이다.

세상에 윈윈(win-win)이란 없다. 승자와 패자가 있을 뿐이다.

이렇게 오래 긴장하고 기다리다 보면 몸이 나른해지고 졸음이 쏟아진다. 그리고 성욕이 솟구치는 것을 느낄 수가 있다. 전날 술을 많이 먹고 잠을 자면 다음 날 숙취가 남아 있어 꼼지락거리기도 싫은데, 나도 모르게 슬며시 방아쇠를 잡

듯 페니스를 잡고 조몰락거리게 된다. 그리고 기어이 사정을 해야만 하는 상황에 도달한다. 어쩌면 그것은 마지막 순간에 목표물이 나타나고 나도 모르게 방아쇠를 당기는 것과 같은 것인지도 모른다.

집무실 코끼리 그림이 흔들, 조금 움직인다.

우리 집에도 코끼리 그림이 있었다. 금호동 집을 떠나 망원동에 자리 잡았을 때 내가 사들고 간 그림이었다. 누가 그린 그림인지는 알 수가 없다. 코끼리가 길게 코를 늘어뜨리고 강물 위를 걷는 그림이었다.

어머니는 코끼리 그림이 불길하다고 말했다. 인도에서는 코끼리가 코를 늘어뜨리고 있는 그림을 불길한 그림으로 치부한다는 것이었다. 코끼리가 부의 상징 혹은 행운의 상징이 되기 위해서는 코를 높이 치켜들어야만 한다. 높은 곳을 지향해야만 한다. 깃발을 치켜든 노동자들처럼. 그러나 나는 그 높은 곳으로 달리기 위해서 얼마나 많은 희생이 따라야 하는지 안다. 그러고 보니 코끼리 상품 매장의 거의 모든 코끼리들은 코를 치켜들고 있었다. 치켜든 코끼리 코를 보면 '크어엉' 하는 코끼리의 울부짖음이 생각났다.

모든 것은 은밀하게 조용히 진행되어야만 한다.

코끼리가 코를 늘어뜨리고 있다는 것은 평화를 의미한다. 불길한 것이 아니다. 그 평화 속에서 나의 임무를 조용히 수

행해야만 한다. 아무도 모르게 진행되어야 하는 것이다. 아무도 모르는 비밀이 있을까? 비밀은 지켜지기 위해서 존재하는 것이라지만, 어쩌면 폭로되기 위해서 존재하는 것인지도 모른다.

문이 열리고 독재자가 들어온다.

나는 페니스를 어루만지듯 방아쇠를 당긴다.

"탕!"

#14 다시 승재

시간이란 상대적인 것이다. 옳고 그름도 상대적인 것이다. 절대적인 것은 아무것도 없다.

모든 것이 정지되어 있는 상태에서 발사되는 총알. 어디에선가 날아온 총알이 유리창을 깨뜨리고 한 남자에게로 빠르게 진격한다. 깨어진 유리 조각은 허공에 정지되어 있고 크게 놀란 두 눈을 가진 남자의 입이 벌어져 있다. 그 입속으로 파고드는 총알. 그리고 남자의 뒤통수에서 튀어나오는 총알은 이미 허공에 떠 있는 수많은 핏방울 사이를 가로지른다. 다시 그 핏방울은 위로 솟구쳐 어느 틈엔가 내 어깨에 내려앉는다. 검은 외투에 끈적한 피가 스며들고 내 몸도 붉게 변한다. 뒤에 누군가가 있다. 누군가가 뒤에 있다는 것은 그 누군가의 앞에 내가 있다는 말과 같은 말이다. 뒤돌아보아야 하는데 몸을 움직일 수가 없다. 내 뒤에 누가 있는 것일까?

"당신을 만나서 행복했어요. 사랑해요."

그것은 미래인가? 아니면 현재인가. 그것도 아니면 과거의
편린인가.

지구 깊은 곳에는
외계인이 산다

오늘도 나는 탈출을 시도하고 있었다.

아니, '탈출을 시도하고 있었다'가 아니라, '탈출을 시도하고 있다'고 말해야 옳다. 인간 세상에서도 나는 탈출을 시도했었고, 때마침 스노든이 나를 찾아와 외계인이 있는 곳으로 가자는 말에 두말 않고 스노든을 이끌고 이곳, 외계인의 세계에 들어왔다. 지구 한가운데의 핵이 액체 상태의 철근이라는 말은 거짓말이다. 지구 가운데에는 외계인이 산다.

모든 것이 반짝이는 금속 덩이였던 이곳이 어느 틈엔지 돌로 변하고 나는 돌을 캐는 석공이 되어 있다. 이곳에서도 나는 다시 탈출을 꿈꾸고 있다.

벌레 구멍!

웜홀을 통과한 이후, 스노든과 나는 하얀 철벽 앞에 버려졌다. 강고한 철벽이 우리 둘의 앞을 가로막고 있었다. 스노든과 내가 끌려온 곳은 반짝거리는 금속 절벽에 붙어 있는 열쇠 구멍처럼 생긴 터널 앞이었다. 우리를 그곳까지 끌고 온 자들은 분명히 그 보랏빛 외계인들이었는데, 어느 틈엔지 그들은 사라지고 없었다. 나와 스노든은 우두커니 그 금속 절벽을 바라보고 서 있었다. 금속 절벽은 하늘 끝까지 맞닿아 있는 듯 그 높이를 가늠할 수 없었는데, 하얀 스테인리스 강철처럼 강고해 보였다. 매우 현대적이며 외계적으로 보이는 그 절벽이 고풍스럽게 느껴지는 것은 열쇠 구멍처럼 생긴 동굴 입구가 금속 절벽에 그려진 커다란 풍경화 속 오두막집 현관문의 열쇠 구멍이라는 점 때문이었다. 금속 절벽에 그려진 풍경화는 너무도 커서 전체 풍경이 어떤 모습인지 알 수 없을 정도였지만, 그 그림은 상당히 오래전에 그려진 것이 분명하다는 것을 느낌으로 알 수 있었다. 그러나 그 벽화는 황금처럼 여전히 빛나고 있었고, 녹슨 흔적은 전혀 없었다. 심지어는 그림 물감으로 강철 벽면에 그림을 그린 것인지, 아니면 주물로 아예 풍경화까지 일체화한 것인지 구별할 수 없을 지경이었다. 그때 무언가가 내 어깨에 내려앉는 것이었다. 그것은 하얀 까마귀였다. 아니 하얀 로봇 까마귀였다. 왼쪽 가슴이 묵직해졌다. 까마귀를 하얀 금속으로 만든 그들의 심리를 나는 이해할 수 없었다. 까마귀는 검은색이어야 마땅한 것 아닌가? 그러나 분명 그 로봇 새는 까마귀의 형체를 갖고 있었고, 우는 소리도 까마귀와 비슷했다. 문제는 색깔이 빛을 반사하는 하얀색이었고, 재질은 금속이었다는 것이다. 어머님이 팔고 다니던 그릇과 같은 스테인리스 강철이었다. 나는 그 하얀 로봇 까마귀를 '스뎅'이라 부르기로 했다. '스뎅'은 어머니를 생각나게 하는 이름이었다. 스노든의 어깨 위에도 그 스뎅은 앉아 있었다.

스뎅이 어깨 위에 내려앉자마자 우리 둘은 무엇에라도 이끌린 듯 동굴 속으로 걸어 들어갔다. 어머니는 시골의 노인들에게 반짝이는 스테인리스 그릇을 주고 녹슨 놋그릇으로 바꿔오는 보따리 장사를 했다. 그렇게 가벼운 스테인리스 그릇을 가져가서 무거운 놋그릇으로 바꿔와 번 돈으로 산 집이 금호동 달동네의 그 집이었다.

언제쯤 이런 생활에서 벗어날 수 있을까. 얼마나 더 이런 생활을 해야 새로운 세상에서 살아볼 수 있을까.

컨베이어 벨트 위를 흐르는 택배 물건을 분류하며 그런 생각을 했다. 어머니가 물려준 금호동 집이 팔리면 이런 생활을 벗어날 수 있을까? 벨트 위에 얹혀 일정한 장소로 옮겨지는 물건과 그 물건을 나르는 내가 다를 것이 없다는 생각이 들었다. 반복되는 일상. 벌써 5년째 나는 똑같은 일을 하고 있다. 아니 똑같은 하루하루를 보낸다. 어제의 내 삶과 오늘의 내 삶이 다를 것이 없다면 더 살 이유가 무엇일까? 매일매일 반복되는 삶이 과연 인간다운 삶일까?

나는 인간이고 싶다.

늘 이런 생각을 하며 살았다. 그러니 내가 탈출을 시도한다는 것은 당연한 일이라고 생각한다. 어제저녁 라디오에서 어느 목사님이 설교하는 것을 잠깐 들었다. 마지막 몇 개 남은 택배 물건을 배달하기 위해서 골목길을 올라가던 중이었다.

"컨베이어벨트에 자동차 부품 대신 사람이 올라서면 러닝머신이 되고 무빙워크가 됩니다. 인생의 벨트 위에서 어떤 이는 러닝 머신의 삶을, 어떤 이는 컨베이어벨트의 삶을 살아갑니다……"

더 듣고 싶었지만, 내비게이션이 목적지에 도착했음을 알려주었기 때문에 나는 탑차에서 내려야만 했다. 컨베이어벨트에서 사는 사람은 어떤 사람이고 러닝 머신에서 사는 사람은 어떤 모습일까? 나는 러닝 머신 위를 달리는 사람일까? 모든 사람들의 운명은 정해져 있는 것일까? 오르막 골목에 차를 세우고, 바퀴 뒤에 나무쐐기를 받치고, 다시 차 문을 열고 신정동 2014-416호로 배달되는 물건을 꺼낸다. 라디오에서는 다시 목사님의 설교가 계속되고 있었다.

"하나님께서 이미 우리들의……"

더 들을 필요도 없고, 더 들을 시간도 없다. 쾅 하고 소리가 나도록 세게 차 문을 닫았다. 차 옆에서 모이를 먹던 까만 비둘기 두 마리가 푸드득 날아올랐다.

7월 초의 는개비 오는 날이었다. 나는 금호동 해병대산 우
둠지에 있는 작은 집 앞에 있었다. 타고 온 마을버스는 이미
사라진 지 오래였다. 금호동 산 1344번지에 있는 무허가 건
물 앞이었다. 죽은 어머니로부터 물려받은 유일한 재산. 재개
발을 앞둔 비어 있는 집. 어머니는 이 집을 사기 위해 정말 지
옥 같은 생활을 했다고 말했다.

"노예도 그런 노예는 없을 거이다. 무거운 놋그릇을 머리에
이고 하염없이 걷곤 했었지. 한참을 걷다 보면 머리를 받치고
있는 목이 가슴께로 푹 주저앉는 느낌을 받아. 그러면 가슴이
먹먹해지고 아무런 생각도 나지 않아. 그냥 걷는 것이었어.
왜 그런 생활을 했을까……"

그렇게 살다 간 어머니의 집이었다. 이 집에 또 내가 와 있
는 것이었다. 대한민국에 아직도 이런 집이 있다는 것을 이해
하지 못하는 사람들이 많지만, 엄연히 존재하는 집이다. 대
지 13평에 방이 4개, 부엌이 2개, 그리고 마당에 있는 화장실.
화장실이 마당에 있다는 말은 마당도 있다는 것이 된다. 배산
임수란 이런 것. 앞으로는 멀리 한강이 보이고 뒤로는 바위로
막힌 집. 동굴처럼 생긴 집이었다. 지하철이나 버스는 더러워
서 탈 수 없다는 아이에게 이런 집이 있다는 것을 이야기하면
믿을까? 아무튼 이런 집이 있다는 것을 믿지 못하는 사람이

있다 하더라도, 어머니는 얼마 전까지 이 집에서 살았다. 정말이다. 물론 나는 결혼한 이후 이 집에서 살지 않았다.

"왜냐구? 당신 같으면 살겠냐?"

그랬던 내가 오늘 이 집 앞에 와 있는 것이다. 그 이유는 비만 오면 금호동으로 향하는 내 습성 탓이기도 했지만, 비가오는 날에는 벌레 구멍이 더 잘 열린다는 이유도 있었다. 즉, 나는 이 지구를 또 떠나고 싶었던 것이다. 이런 생각을 하고 있을 때 갑자기 에드워드 스노든이 내 앞에 나타났다. 땅에서 솟아난 듯, 하늘에서 떨어진 듯, 느닷없이 그가 나타났다. 스노든은 검은색 양복을 입고 있었다. 나는 그의 얼굴을 본 적이 없었지만, 단박에 그가 누구인지 알 수 있었다. 스노든이 자기가 그 유명한 우주의 폭로자 에드워드 스노든이라고 자기 자신을 소개한 것도 아니었다. 그런데 어떻게 알 수 있었느냐고 묻는다면 나는 할 말이 없다. 어떻게 내가 그를 알아보았는지는 설명할 길이 없다. 그냥 저절로 알았다. 하늘에서 떨어지는 물방울이 빗물인지, 아니면 누군가가 뿌린 물벼락인지 알 수 있는 것처럼. TV에서 신원 미상의 한 여인이 교통사고로 죽었다는 뉴스를 보았을 때, 직감적으로 그 여인이 내 어머니란 것을 알 수 있었던 것처럼.

전날부터 내린 비였지만, 양은 많지 않아서 골목 밑으로 흐르는 하수구에서도 물소리는 들려오지 않았다. 내가 어렸을 적, 이곳 금호동에 살 때에는 비가 그친 후 도랑을 따라 녹슨 못, 녹슨 깡통, 녹슨 동전 등 녹이 슨 쇠붙이를 줍곤 했었다. 해병대산에서 흐르는 물줄기도 그 하수구를 통해 한강으로 흘러들고 있을 것이었다. 해병대산에는 아직도 군대가 주둔하고 있다. 나는 그 군대가 해병대인지 육군인지 알지 못한다. 물소리가 들리지 않는 것으로 보아 간밤에 내린 비는 그냥 땅을 적실 정도였고, 땅 깊숙이 스며들어 땅속의 어떤 생명체에게 수분을 공급할 수 있을 정도는 아니라고 생각되었다. 물론 그 작은 도랑은 이제 포장된 하수구로 변해 있었지만, 나는 뚜껑 없는 도랑을 여전히 기억한다.

미국 국가안보국(NSA)의 감시 프로그램을 폭로한 스노든이 지구 한가운데에 지하 도시가 존재한다고 폭로한 것은 벌써 1년 전의 일이었다. 그러나 나는 이미 40년 전에, 지구 한가운데에는 핵이라는 무거운 물질이 아닌, 외계인이 살고 있을 것이라고 추측했었다. 그렇지 않고서야 하늘에서 쏟아지는 빗물이 땅속으로 스며들 수도 없는 것이었고, 땅속에서 물이 솟구쳐 올라올 수도 없었다. 지구 내부에 외계인이 살고 있다고 폭로한 이후 스노든은 미국 정보부의 집요한 추적을 피해 도망 다니고 있었다. 그들을 따돌리고 세계를 떠돌던 스노든이 갑자기 금호동 내 집 앞에 나타난 것이다. 그는 내가 지하 도시로 통하는 벌레 구멍을 알고 있다는 것을 안다고 말했다. 나는 그렇지 않다고 강변했지만, 그는 이미 내가 벌레 구멍을 통해 과거의 나와 미래의 나를 만나고 온 것을 알고 있었다. 나는 그 사실을 어느 누구에게도 말한 적이 없었다.

결국 나는 또다시 벌레 구멍으로 뛰어들어야만 한다. 이번에는 나 혼자가 아니고 에드워드 스노든과 함께였다. 그 이유는 여러분들도 추측할 수 있을 것이다. 스노든에 따르면 미국은 이미 외계인들의 존재에 대해 알고 있었고, 미국 대통령은 매일매일 그들에 대한 보고를 받고 있다는 것이다. 미국인들은 왜 그런 사실을 자신들만 알고 있어야 한다고 생각한 것일까. 어쩌면 그들은 이미 지구 핵에서 살고 있는 외계인들과 모종의 결탁을 하고 있었을 가능성도 있다. 그런 일은 절대로 없다고 어떻게 단언할 수 있단 말인가. 하긴 우리는 국가 기밀이라는 이유로 많은 것들을 알지 못하고 있다. 중요한 정치인들만 국가 기밀을 알고 있는 것이 사실이다. 그런데 민주주의 국가에서 주인인 국민은 모르고 공복(公僕)인 정치인들만 아는 비밀이 있다는 것이 말이 된다고 생각하는가? 외계인의 존재도 미국인들 모두가 알고 있는 것이 아니라, 미국의 중요 정치인과 국가안보국에 종사하는 고위직들만 알고 있다. 어처구니없는 일이지만 이게 현실이다.

이러한 증거를 찾아내서 모든 사람들에게 알리기 위해서라도 외계인의 세계에 가야만 한다고 스노든이 말했다. 문제는 내가 알고 있는 그 벌레 구멍 속의 세계에는 외계인이 없었다는 사실이다. 과거의 내가 있었고 미래의 내가 있을 뿐이었다. 즉, 벌레 구멍은 지구인의 과거와 미래를 보는 시간 여행의 통로였는데, 스노든은 그것을 외계인이 사는 세상으로 가는 통로라 믿었다. 그는 믿음의 문제라고 했다. 그동안 내가 시간 여행을 할 뿐 공간 이동을 하지 못한 것은 내 관심이 오로지 나 자신의 삶에만 집중되어 있었기 때문이라는 것이다. 스노든은 자신과 함께 살고 있는 모든 생명체에 관심을 갖고 있다면, 타인의 삶, 심지어는 외계인의 삶도 볼 수 있다고 설명했다. 그럴 것도 같았다. 그렇다면 나는 나 이외의 다른 사람들의 삶에 관심이 없었던가? 그렇지 않다고 늘 자부해왔다. 꽃동네에도 정기적으로 기부를 하고 있었고, 지하철에서 가짜 시각 장애인을 만날 때마다, 동전 하나라도 넘겨주어야 마음이 편한 사람이 나였다. 그것만으로는 부족했다는 뜻인가? 하기야, 2,000명이 안 되는 사람을 수용하고 있는 꽃동네의 한 해 운영비가 260억 원이 넘는다는 기사를 보고, 그 많은 돈을 다 어디에 쓰느냐면서, 1인당 1,300만 원의 생활비를 도출하고, 나는 꽃동네의 수용자들보다도 못한 생활을 하고 있구나, 하고 분개했다. 스노든이 나타나지 않았다 하더라도, 또다시 벌레 구멍으로 뛰어들 각오가 되어 있긴 했었다. 어쩌면 내가 오늘 이곳 금호동에 온 것은 아들 때문인지도 모른다. 아니 나 자신에 대한 질문 때문이었을 것이다. 어제 R마트에서 아르바이트하는 아들놈이 집에 늦게 들어와서 제 엄마에게 한다는 말이, "K마트에서 일할 때에는 엄마한테도 여사님이라 불러야 해?"였다. 핏기가 빠르게 빠져나가고 얼굴이 노랗게 변하면서 아내는 힘없이 싱크대 앞으로 무너지고 있었다. 아내는 여전히 K마트의 캐셔다.

K마트에서 일하기 전까지 아내에게 소망이 하나 있었다. 그것은 자기가 아줌마가 아닌 여사님으로 대접받고 싶다는 것이었다. 아내는 종종 여사님! 혹은 사모님! 이라고 불리길 바랐다. 그도 아니면 선희 씨! 라고 누군가 불러주면 얼마나 좋겠느냐며 나를 쳐다보곤 했다. 작은 건설회사에서 경리 직원이었던 아내가 사모님 혹은 여사님이라 불릴 이유는 없었다. 그냥 미스 박, 아니면 박씨 아줌마였다. 나는 아내를 꼭 선희 씨! 라고 불렀지만, 내가 부르는 이름은 중요하지 않았다. 아내의 소원은 엉뚱한 데서 이루어졌다. 10년 전 세계적 금융위기 때 건설회사가 부도가 나고, K마트에 재취업을 하면서 아내는 미스 박에서 여사님으로 승격했다. 월급은 반대로 반으로 줄어 있었다. 아내는 '여사님'이라는 호칭이 이렇게 비참한 것인 줄 예전에는 몰랐다고 출근 첫날 집에 돌아와 말했다.

그때 나는 아내의 얼굴에서 죽은 어머니의 얼굴을 보았다. 반짝반짝 빛나는 스테인리스 그릇을 머리에 인, 핏기 없는 그 얼굴을. 나는 어머니가 그릇을 담은 보따리를 머리에 인 것은 보았지만, 하얀 스테인리스 그릇을 바라보고 있는 어머니의 얼굴은 본 적이 없었다. 어머니는 그릇에 흠집이 날 것을 두려워했었다. 아마도 스테인리스 그릇을 들고 설명하는 어머니의 창백한 얼굴은 불쌍해서라도 그릇을 사줘야만 될 것 같은 연민을 유발하기에 충분했으리라.

사실 스노든이 외계인의 존재를 폭로했을 때, 당연한 일이라고 나는 생각했다. 외계인이 존재하는 것도 당연한 일이고, 그 사실을 인간들 중에서 중요한 권력을 갖고 있는 자들은 알고 있다는 것도 당연하다고 생각했고, 그 사실을 숨기고 있는 것은 권력자들의 음모이므로 그것을 밝혀내 공표하는 것도 당연하다고 생각했다. 그러므로 나는 기꺼이 스노든을 숨겨줄 의향이 있었다. 가장 안전한 방법은 과거이든 미래이든 현재가 아닌 다른 세상에 숨기는 것이었다. 스노든의 말대로 그외계인들이 살고 있는 곳에 숨기는 것도 하나의 방법이었다. 물론 그 외계인들이 미국 정부와 은밀한 계약을 맺고 있어서, 그들이 스노든을 미국 정부에 넘겨줄지도 모른다는 의구심이 아예 없었던 것은 아니다. 그러나 우리는 벌레 구멍으로 뛰어들어야만 했다. 만약 지구 내부에 있는 외계인들과 지구를 지배하는 정치인들 사이에 어떤 밀약이 존재한다 해도 우리는 가야만 했다. 더 이상 지구에서 스노든이 숨을 곳은 없었고, 나는 더 이상 지구에서 견딜 수 없는 지경까지 내몰렸다. 아니 인간들이 사는 장소에서는 스노든이 숨을 곳이 없다고 말해야 옳았다. 나는 더 이상 인간들과의 경쟁에서 이길 수 없음을 알고 있었다. 우리가 지금 숨을 곳으로 선정한 곳은 인간들이 살지 않는 외계인의 세상이지만, 그곳은 지구 내부다. 그러니 지구 밖으로 나가 숨는다는 표현도 옳지 않다. 내가 왜 이렇게 논리를 따지는지 모르겠다. 외계인들이 살고 있는 곳이 지구 내부이든 지구에서 수억 광년 떨어져 있는 외계이든 무슨 상관이란 말인가. 어차피 인간이 도달할 수 없는 곳이라면 아마존강의 어느 유역이든 태양계 밖의 어느 행성이든 매한가지인걸, 자꾸 이렇게 따지는 이유는 무엇인가? 혹시 정신병은 아닐까 의심되기도 한다. 벌레 구멍의 존재도 의심스럽기는 마찬가지다. 도대체가 '벌레 구멍'이라니……

스노든과 나는 금호동 집 안으로 들어갔다. 작은 나무 대문을 밀고 들어서자 좁은 마당에서 바퀴벌레들이 사방으로 흩어졌다. 두 팔을 벌리면 양쪽 벽에 손이 닿는 좁은 폭에, 일곱 걸음을 걸으면 부엌에 다다르는 작은 앞마당이었다. 화장실 문을 열자 곰팡내가 훅 밀려왔다. 부엌 옆에 붙은 화장실에는 아직도 검은 연탄이 쌓여 있었다. 연탄을 치우자 벌레 구멍이 나타났다. 우리는 그 벌레 구멍, 웜홀로 뛰어들었다. 아인슈타인-로슨 다리. 혹시 아인슈타인도 벌레 구멍을 통해 외계를 다녀온 것은 아니었을까? 아인슈타인은 32명의 애인을 두고 있었는데, 죽을 때까지 모두들 자기만이 유일한 아인슈타인의 애인인 것으로 알고 있었다고 하니, 머리는 참 좋았던 것 같다. 벌레 구멍의 그 끈적끈적한 점액질이 다시 느껴졌다. 아인슈타인도 이런 느낌을 느꼈을까? 온몸이 근질거리고, 오줌을 쌀 것 같은 그 간지러움은 참기 힘든 쾌감 혹은 고통이었다. 그 이상야릇한 점액질은 벌레 구멍을 빠져나오면 어느 틈엔가 공기 속으로 증발하여 사우나를 하고 나온 것 같은 가뿐한 몸 상태를 만들어주곤 한다.

우리가 둥글고 긴 웜홀에서 빠져나와 도착한 곳에는 정말로 외계인이 존재했다. 키가 5미터쯤 되어 보이는 커다란 보라색 외계인이 매끄럽게 레이저로 조각된 듯한 금속 건물 앞에서 우리를 기다리고 있었던 것이다. 그 뒤에 미국의 백색 국가안보국 사람들이 두 손을 공손히 맞잡고 머리를 조아리며 서 있었다.

웃기는 것은 그 보라색 외계인들의 머리가 반은 잘려 있었다는 것이다. 뇌를 일부 도려내어 딴 곳에 보관이라도 한 듯, 머리 오른쪽이 움푹 파여 있었던 것이다. 그 떼어낸 뇌는 어디에 보관하는지 궁금했다.

건물 뒤에는 레이저빔이 현란하게 움직이고 있었고, 도시의 모든 도로와 건물은 은빛을 내뿜고 있는 금속이었다. 은빛 도로 옆의 운하 위를 빛처럼 빨리 뭔가가 움직이고 있었다. 운하의 물은 잔잔했다.

"오호! 이게 누구신가? 그 유명한 스노든이 아니신가?"

그들은 스노든을 이미 알고 있다는 듯 말했다.

나를 쳐다보는 스노든의 얼굴이 갑자기 노랗게 변하는 것을 나는 분명히 보았다. 스노든의 얼굴이 노랗게 변함과 동시에 땅 밑에서 요란한 굴착기 소리가 들려왔다.

"뚜두두두두, 뚜두, 뚜두두두두, 뚜두, 뚜두두……"

외계인들도 굴착기를 사용한다는 사실이 생경했다. 돌을 깨는 듯한 그 굴착기의 소리가 먼저였는지, 스노든의 얼굴이 노랗게 변한 것이 먼저였는지 알 수 없을 정도로 둘은 거의 동시에 발생한 일이었다.

사실 동굴이라고 하면 틀린 말이었다. 그곳은 풍경화에서 오두막집으로 들어가는 문이었으므로, 출입구라고 말해야 옳았다. 그럼에도 불구하고 내가 그곳을 동굴이라고 말할 수밖에 없는 이유는 이렇다. 입구에 들어서자마자 곧바로 발아래에 있던 무빙 로드가 움직이기 시작했고, 한참을…… 아니 숫자로 표현을 하면, 한 10분쯤? 그쯤 될 것이다. 그렇게 움직인 다음에야 작업장에 우리가 도착할 수 있었으니 그것은 동굴이라 표현해야 마땅했다. 벌레 구멍을 통과하는 시간보다도 훨씬 길게 느껴졌다. 작업장에는 수많은 굴착기가 있었고, 수많은 사람들이 있었다. 그들은 돌을 부수고 잘랐고, 다시 굴을 파고, 돌을 나르고, 돌을 쌓았다. 모두 돌을 가지고 일을 했다. 작업장의 천장은 돔처럼 둥글게 생겼고, 지붕에서 물방울이 하나둘 떨어져 내렸다. 바닥에는 작은 호수가 만들어져 있었는데, 인공 호수 같았다. 그러나 물속에는 어떤 생물체도 살지 않는 듯 고요했다. 작업장 안에는 외계인들이 없었다. 모두 인간들이었다. 그 인간들 어깨에는 모두 '스뎅'이 한 마리씩 앉아 있었다.

만화에서처럼 인간들은 기계적으로 돌을 캐고, 부수고, 자르고, 파고, 나르고, 쌓기를 반복했다. 돌을 캐는 인간은 계속해서 돌을 캐고만 있었고, 돌을 부수는 인간은 계속해서 돌을 부수고만 있었고, 돌을 자르는 인간은 계속해서 돌을 자르고만 있었고, 돌을 파내는 인간은 계속해서 돌을 파내고만 있었고, 돌을 나르는 인간은 계속해서 돌을 나르고만 있었고, 돌을 쌓는 인간은 계속해서 돌을 쌓기만 했다. 어떤 구조물을 만드는지 커다란 돌을 이리저리 짜 맞추는 공간에서 한 인간이 미처 빠져나오기도 전에 다음번의 돌이 밀고 들어왔을 때, 그들은 작업을 멈추지 못했다. 아니, 멈추지 않았다. 빠져나오지 못한 인간은 돌과 돌 사이에 끼어 서서히 압착되어 흔적도 없이 사라졌다. 살이 터지고 뼈가 으스러졌지만 그것들은 모두 접착제인 양 돌과 돌 사이에서 사라져 보이지 않았고, 오로지 돌 사이로 흘러내리는 붉은 피만이 앞선 사고를 알려주는 증거인 양 흔적을 남겼다. 커다란 돌은 그냥 그렇게 한 인간을 짓이기며 건축물의 작은 부속품이 되어 사라졌다. 조금 지나자 그 인간을 내리눌러 압착한 돌이 어느 것인지 구분할 수 없을 정도로 많은 돌들이 또 그 위로 쌓여갔다.

왜 작업을 멈추지 않았느냐고 외치며 스노든 쪽으로 고개를 돌렸을 때, 스노든은 어디로 갔는지 보이지 않았다. 스노든이 사라진 것이었다. 왼쪽 어깨에 앉아 있던 스뎅이 까악 소리를 지르며 내 왼쪽 뺨을 쪼았다. 모든 것이 갑자기 붉게 변했다. 휘젓는 내 손길에 날아올랐던 스뎅은 다시 내 왼쪽 어깨로 내려앉았다. 다시, 뭔가 멍한 기분이 들었다. 스노든이 없어졌다는 사실과 동료의 죽음을 아무런 느낌도 없이 그냥 바라보면서 하던 일을 계속하는 인간에 대한 두려움과, 왼쪽 가슴을 누르는 뭔가 이상한 묵직한 그 느낌 때문에 나는 잠시 멍하니 하늘을 바라보았다. 하늘은 보이지 않고 돔 모양의 천장이 내 눈길을 차단했다. 내 눈은 더 이상의 먼 곳으로 전진하지 못했다. 천장에는 크고 작은 수많은 돌고드름이 이상한 그림을 연출하고 있었다. 미켈란젤로의 「천지창조」를 옮겨놓은 듯, 벌거벗은 남자가 구름 속의 늙은이와 손가락을 맞추는 듯한 형상을 띠기도 했고, 그 옆에는 여러 명의 나체 남녀가 서 있는 듯한 모습이 보이기도 했다. 그림 속 등장인물들의 머리 모양을 유심히 찾아보았지만, 외계인들처럼 머리 한쪽이 움푹 패였는지 아닌지는 희미해서 확인할 수가 없었다. 미켈란젤로가 천장에 그림을 그릴 때에는, 아마도 사다리를 타고 고개를 한껏 뒤로 젖힌 채 작업을 했을 것이다. 고개를 젖히고 천장을 바라보고 있는 얼굴에 물방울이 하나 뚝 떨어졌다.

어머니는 비가 새는 집에서 희망을 찾곤 했다. 금호동 달동네의 그 집은 우리에게 기적을 가져다줄 것이라고 생각했다. 그러나 그 생각은 틀렸다. 처음 금호동 달동네가 재개발지구로 지정되었을 때 어머니는 환호했지만, 우리 집은 재개발지구에서 빠져 있었다. 경계선에서 불과 10여 미터 떨어져 있었다. 그리고 10년이 지나서야 우리 집이 포함된 지역이 재개발지구로 지정되었지만 이제는 사업성이 떨어진다는 이유로 공사는 진척되지 못했다. 벌써 7년째 우리 집은 비어 있는 채로 방치되었다. 어머니가 교통사고로 죽은 곳은 청계천변이었다. 어머니가 그곳에 어떤 이유로 갔는지는 알 수 없었다. 다만 청계천과 어머니를 연결할 수 있는 것은 어머니가 그릇 장사를 포기한 후, 청계천의 직물 공장에서 염색공으로 일했다는 사실뿐이었다.

비가 새는 지붕에 비닐을 덮기 위해 지붕 위로 올라갔을 때의 그 공포를 나는 잊을 수가 없다. 지금도 높은 고층에서 아래를 내려다보면 무섭다. 선희는 그런 내가 우습다고 말했다. 처음에는 내가 자기를 놀린다고 생각을 했단다.

나는 선반을 타고 돌고드름을 자르고 있다. 웃기는 것은 처음 이곳에 내가 스노든과 왔을 때에는 모든 건물이며 길과 땅이 깨끗한 홈 하나 없는 매끄러운 금속으로 이루어져 있었는데, 지금 내가 일하고 있는 곳에는 금속이란 전혀 없고 오로지 돌만 있다는 사실이었다. 나는 미켈란젤로처럼 고개를 뒤로 젖힌 채 돌고드름에 정을 대고 망치로 정을 내리친다. 내 엉덩이를 받치고 있는 선반도 차가운 돌이다. 그 돌을 묶고 있는 줄은 무엇으로 만들었는지 모르지만, 돌은 아닌 것 같다. 그렇다고 쇠줄도 아니다. 아주 가느다란 검은 실을 겹겹이 땋은 것인데, 인간의 머리카락이 아닌가 의심되었지만, 그 말을 입 밖으로 내뱉지는 못했다. 어쩌면 머리카락인데, 내가 그럴 리가 없다는 선입관을 가지고 있기 때문에 머리카락이라는 사실을 인정하지 못하는 것일지도 모른다. 아무튼 나는 여전히 돌고드름을 자르고 있었던 것이다. 언젠가 나는 웜홀에 빠져, 내가 골방에 갇혀 돌을 자르고 있는 모습을 본 적이 있었다. 그러나 지금은 천장에 매달려서 돌고드름을 자르고 있었다. 왼쪽 어깨에는 여전히 스뎅이 앉아 있었다. 돌을 자르는 일은 이상하리만치 내 영혼을 맑게 해주는 느낌이었다.

영혼이 맑다고 하는 것은 어떤 상태를 말하는 것일까. 만약 그것이 인간의 양심 혹은 측은지심을 말한다면 지금 내 영혼의 상태는 맑은 것이 아니다. 그럼 나는 왜 그렇게 표현할 수밖에 없는 것일까. 아마도 지금 내 영혼의 상태는 무아지경이라 해야 마땅할 것이었다. 돌고드름에 정을 얹고 망치로 한 번 때리면, 쩡! 하고 돌이 울리면서 소리를 냈다. 그러면 왼쪽 어깨에 올려져 있는 스뎅은 리듬에 맞춰서 까악! 하고 한 번 울었다. 정 소리에 맞춰 스뎅이 까악! 하고 노래를 하는 것인지, 스뎅의 까악! 하는 노랫소리에 맞춰 내가 돌고드름에 정을 대고 망치를 내려치는 것인지 알 수 없는 노릇이었다. 그러나 그런 노동은 중독성이 있어서 한번 시작하면 좀처럼 멈출 수가 없었다. 재미있었다. 아니, 그러한 행위는 지극히 당연한 일이었고, 다른 생각을 할 수 없었다. 스뎅의 노랫소리에 맞춰 망치를 내려칠 때에는 아무런 생각도 나지 않았고 어떤 통증도 없었다. 바로 옆에서도 돌고드름을 따고 있었지만 그들의 어깨 위에 있는 스뎅은 노래하지 않았다. 그러고 보니 그들의 망치질은 소리 나지 않는 망치질이었다. 오로지 내 어깨 위의 스뎅만 노래를 했고, 내가 내리치는 망치와 정에서만 소리가 났다. 아무리 생각해도 이해할 수 없는 인식의 한계였다. 돌고드름을 잘라내면 그 사이에서 물이 나오는 것도 이해할 수 없기는 마찬가지였다. 스뎅의 노랫소리는 사이렌 소리와 함께 멈췄고, 나의 돌고드름 채취 작업도 끝이 났다. 나를 들어 올렸던 돌 선반이 스르르 아래로 내려가고 우리는 무빙로드를 타고 알 수 없는 동굴 속으로 다시 들어갔다. 동굴을 5분 정도 지나가자 넓은 광장이 나왔다. 그곳에는 이미 많은 인간들이 모여 있었다. 우리는 우리와 조금도 다르지 않은 인간들이 완장을 차고 나누어주는 급식을 먹고, 그냥 그 광장에서 넝마를 깔고 덮고 잠을 청했다. 나는 도저히 잠이 오지 않아 엎치락뒤치락했지만, 나를 제외한, 우리들? 그들이라 말해야 옳은 표현일까, 아무튼 다른 사람들은 너무도 편안히 그곳에서 잠을 잤다. 눕기 무섭게 그들은 잠 속으로 빠져들었다. 그들은 천장에서 돌고드름을 따는 일도 돌을 나르는 일도 돌을 다듬는 일도 모두 기계처럼 능숙하게 해냈다. 모두들 그곳이 제자리인 양 행동했다. 나만 빼고.

그들도 나처럼 처음에는 당황했을 것이고, 분노했을 것이고 불편해했을 것이고, 두려워했을 것이고, 탈출을 시도했을 것이었다. 그러다 점점 익숙해졌겠지. 나도 익숙해지려나? 그들은 익숙하다 못해 이미 이곳이 그들의 삶 전부가 되어 있는 것 같았다. 다시 인간들이 지배하는 지구 표면으로 돌아간다면 이들은 견디지 못할 것이다. 나는 이곳이, 외계인들의 통제 아래 스뎅의 까악거리는 소리를 듣는 것이 너무도 불편하다. 불편하다 못해 불안하다. 스노든은 음식을 배급하는 자들 속에서 완장을 차고 있었다. 그는 어떻게 완장을 찬 배급자가 될 수 있었을까. 나를 보았을 때의 그 묘한 눈길은 무엇을 의미하는 것이었을까? 혹시 스노든은 외계인과 지구 표면의 인간들 사이를 연결하는 이중 첩자가 아닐까?

선희는 K마트에서 완장을 찬 본부 직원들의 눈치를 보며 일을 했고, 화장실에 가고 싶어도 교대 시간까지는 오줌을 참으며 일을 했다. 아들은 관리자님들과 여사님들 사이에서 자신이 무슨 일을 하는지도 모르는 채 시간당 8천 원을 받는다는 즐거움에 열심히 일을 한다고 말했다. 아들이 처음 매장에 들어섰을 때에도 관리자님은 알아서 나타나고 알아서 일을 시키고 알아서 퇴근을 시켰다. 어머니는 달랐다. 빛나는 스테인리스 주발 다섯 개를 혼자서 사서 머리에 이고, 자기가 알아서 경기도 이천으로. 조금 더 내려가면 고향 근처인 충북 음성까지 시외버스를 타고 가서, 스테인리스 주발 1개와 놋그릇 5개, 혹은 조금 더 어수룩한 사람에게는 놋그릇 10개를 맞바꾸어 머리에 이고 서울로 돌아왔다. 그때의 스테인리스 그릇은 6개월이 지나면 까맣게 녹이 슬었다. 놋그릇의 푸른 녹은 수세미로 닦였지만, 스테인리스의 까만 녹은 수세미로 제거할 수 없었다. 어머니는 한 번 간 마을에는 절대로 다시 들르지 않는 영민함도 가지고 있었다.

다음 날에도, 또 다음 날에도 나는 그곳에 이미 와 있는 인간들과 함께 무빙 로드를 탔고, 돌고드름을 잘랐고, 완장 찬 사내들이 주는 밥을 먹었고, 잠을 잤다. 늘 내 곁에는 스뎅이 함께했다. 스뎅의 까악거리는 소리도 계속되었고, 나는 그 소리에 맞춰 돌을 쪼았다. 그렇게 될 즈음 나는 돌고드름에서 흘러나오는 물을 받아먹으며 스뎅에게도 물을 먹였다. 물은 여전히 위에서 아래로 떨어졌다. 지구 한가운데에도 위아래가 있고, 중력이 있다는 것은 도대체 어찌 된 영문인지 알 수 없는 일이었다. 초등학교 때 내가 생각을 했었거나, 선생님이 그렇게 알려주었거나 둘 중 하나겠지만, 땅을 계속 파서 지구 한가운데를 통과해서 지구 반대편까지 뚫으면, 그 구멍으로 뛰어들어도 지구 반대 방향으로 떨어지지 않고 지구 한가운데에 멈춰 설 것이라고 생각한 적이 있었다. 아! 그 생각은 지금도 맞는 이야기가 아닌가? 잘 모르겠다. 아무튼 나는 돌고드름을 자르면서 어머니를 생각했고, 아들을 생각했고, 아내를 생각했고, 나 자신을 생각했다. 그렇게 또 세월이 흐르고 있었다. 돌고드름에서 떨어지는 물을 먹으면서 어머니를 생각했고, 아들을 생각했고, 아내를 생각했고, 나 자신을 생각했다. 스뎅에게 물을 먹이면서 어머니를 생각했고, 아들을 생각했고, 아내를 생각했고, 나 자신을 생각했다. 돌고드름에서 떨어지는 물이 많을 때에는 더 많이 어머니를 생각했고, 더 많이 아들을 생각했고, 더 많이 아내를 생각했고, 더 많이 나 자신을 생각했다. 돌고드름에서 떨어지는 물이 적을 때에는 어머니를 조금 생각했고, 아들을 조금 생각했고, 아내를 조금 생각했고, 나 자신을 조금만 생각했다. 천장에서 떨어지는 물이 많을 때에는 비가 오는 듯도 했지만, 눈이 오는 날은 없었고, 꽃이 피는 날도 없었다. 어느 날 스뎅의 목에 까만 녹이 슬더니 이놈이 울지를 않았다. 나는 열심히 녹슨 부위를 옷으로 문대고, 돌로 긁고 했지만 녹은 사라지지 않았다. 녹슨 스뎅을 움켜쥐고 돌 선반에서 내려왔을 때에는 주위에 아무도 없었다. 그들은 모두 어디로 사라진 것일까. 무빙 로드도 사라졌다. 거대한 금속 절벽 밑에 어느 틈엔지 녹슨 구멍이 생겨나 있었고, 그곳으로 물이 흘러들고 있었다. 동굴 속의 모든 물들이 갑자기 불어난 듯 아침 햇살에 물안개가 진군하듯 동굴 밖으로 밀려 나가, 금속 절벽 밑으로 빠져나갔다. 장마철의 금호동 하수구처럼 물은 넘쳐났고, 그 소리에 나는 어머니를 생각했고, 아들을 생각했고, 선희를 생각했고, 나 자신을 생각했고, 금호동을 생각했다. 물은 광장 바닥을 점령하고 그들을 집어삼켰고, 호수를 물속에 가라앉히고, 내 몸까지도 점령한 듯 내 몸을 휘감았다.

다시 금호동이었다. 스노든은 어디에 갔는지 없었다. 집 뒤로 마을 사람들을 가득 태운 마을버스가 나를 기다리고 서 있었다. 버스에 타고 있는 사람들의 머리가 반은 잘려 나간 듯 움푹 패어 있었다.

추정 혹은 치정

8월의 늦은 오후였다. 이미 해가 붉은 기운을 숨기고 서산으로 기운 지 한참이 되었으니 밤이라고 말해도 무방했다.

밤은 늘 어김없이 나에게 찾아왔고, 나는 늘 밤이 되길 기다렸다.

늘.

어느 누구에게도 간섭받지 않을 수 있는 밤. 어느 누구에게도 들키지 않고 살 수 있는 밤. 비루한 나의 행태를 남들에게 숨길 수 있는 밤. 음기가 온 세상을 뒤덮는 그 밤.

어릴 적, 음의 기운이 사방을 꽉 메운 그 반지하 골방에서 벌거벗은 나는 어머니 옆에서 방바닥을 기었다. 병든 넙치가 수족관 바닥에 납작 엎드려 있는 것처럼. 하루 온종일을 그렇게 있기도 했다. 나는 지금도 밤이 되면 아랫도리를 발치께로 내리고 불을 끈 상태로 엎드려 있곤 한다. 내 온몸이 침대 바닥에 딱 붙어 있는 자세로. 아무도 볼 수 없는 불 꺼진 내 방에서 나는, 소주를 홀짝이며, 붉은 얼굴로 흥분한 가슴의 벌름거림으로 내 몸과 침대 시트 사이에 공기가 침입할 틈을 하나라도 허락할 수 없다는 듯이, 배를 바짝 붙이고 엎드려 있는 것이다. 그렇게 침대 위를 기고 있는 것이 나는 좋았다. 그러나 나는 그렇게 내가 침대 위를 기는 것이 부끄러웠다. 그래서 그 부끄러운 것을 감춰주는 밤이 좋았다. 나는 밤이면 침대 위를 길 수 있었다.

해 넘어간 학과 사무실에서 우리 세 명은, 다음 날 아침 교육부에 보고해야만 하는 교육역량강화사업 결과 보고서를 검토하며 학과장으로부터의 전화를 기다리고 있었다. 벌써 세 시간째였다. 우리는, 그러니까 우리 세 명의 겸임교수는 부도 위기를 맞은 대기업의 간부처럼 오늘도 학교에서 밤을 샐 각오를 하고 있었다. 두 명은 성이 정씨요, 한 명은 성이 남씨였다.

내가 농담처럼 혹은 자조적으로

"나는 시간 강사일 때부터 정 교수였어."

라고 말했고, 또 다른 정 교수는

"나두."

라고 했다. 그러면 남 교수도 웃으면서 장단을 맞추듯,

"난 항상 남의 교수였어. 내 삶은 늘 남의 것이었지."

라고 읊조렸다.

　사실 겸임교수는 강의하는 일 이외에 학교의 행정 업무를 할 의무가 없었다. 겸임교수란 말은 본업이 다른 직장에 있고 학교에서는 시간 강의만 하는 사람을 일컫는 말이었다. 남 교수가 담배를 피워 물었다. 학교의 모든 건물은 금연 건물이었다.

　담배를 피워 문 남 교수 옆에서 고개를 갸우뚱 오른쪽으로 기울이고 어깨를 축 늘어뜨린 채 앉아 보고서를 뒤적거리던 정 교수가 문득 무엇이라도 생각난 듯 양복 안주머니에서 낡은 사진 한 장을 꺼내 들여다보았다. 무슨 사진인가 궁금해 내가 빠끔히 그쪽으로 고개를 빼고 훔쳐보는 시늉을 하자, 그가 겸연쩍은 듯 피식 웃으며 말했다.

　"제 어머님 사진이에요."

　정 교수는 자기 어머니 사진이라고 말했지만 내가 느끼기에 그 사진은 정 교수 사진이었다. 유년기의 그의 모습이 찍혀 있는 사진. 네 살 전후로 추정되는 아이의 사진이었는데,

　"네 살 정도로 추정되는 남자아이. 추정이라……"

　여기서 잠깐 추정에 대해서 말해야겠다. 그러니까 내 어머

니가 나를 안고 찍은 사진이 갑자기 생각난 것은 그 추정이라는 말 때문이었다. 결코 정 교수와 그 어머니의 사진 때문에 내가 태어나고 불과 이틀 만에 찍은 사진이 생각난 것이 아니라는 말이다. 어쩌면 정 교수의 어릴 적 사진이 흉측스럽게 느껴진 것은 사진 자체가 그토록 흉측스러워서가 아니라 나를 안고 있는 엄마의 사진이 생각났기 때문인지도 모른다.

아무튼 정 교수의 네 살 정도로 추정되는 그때의 사진은, 낡은 체크무늬 바지를 입은 아이가 쪼그리고 앉아 빨래를 하는 엄마 옆에 서서 고개를 왼쪽으로 갸우뚱 기울이고 웃고 있는 사진이었다. 그런데 그 웃음이 기묘했다. 웃는 모습이라면 마땅히 즐거워 보여야 하는데 오히려 조금 우는 것 같은, 혹은 조금 혐오스럽게 느껴지는 모습이었다. 시간이 거꾸로 흘러가는 사람의 일대기를 그린 영화가 있었다. 금방 태어난 아기의 얼굴이 바싹 늙어 있는 그런 얼굴이었다.

이렇게 느끼면서 나는 언젠가 보았던 내 사진, 어머니가 나를 안고 찍은 사진을 떠올리고 있었다. 어릴 적 사진은 모두 왜 어머니와 함께 찍은 사진이 대부분인지 모르겠다. 나는 아버지와 함께 찍은 사진이 없다. 내 기억으로는 그렇다.

다시 보아도 정 교수의 그 어릴 적 사진은 여전히 흉측스럽긴 마찬가지였다. 그냥 보통 사람들이라면, 그리고 특별히 그 사진의 주인공에게 화가 나 있지 않은 사람이라면, 지나가는 말투로 심드렁하게 '예쁜 엄마와 귀염둥이 아들'이 함께 찍은 사진이라고 말할 수도 있는 사진이었다. 그러나 조금만 예민한 사람이라면, 조금이라도 미적 감각이 있는 사람이라면, 충분히 알아챌 수 있을 것이다. 그 사진 속 아이의 웃음에는 뭔가 기분 나쁜 기운이 흐른다는 것을, 정말 섬뜩한 느낌을 가질 수밖에 없다는 것을, 사진을 내던져버릴 만큼 으스스한 느낌이 든다는 것을.

언젠가 꿈속에서 본 내 늙은 모습은 참으로 어이없는 모습이었다.

꼼지락꼼지락거리는 벌레 내장 같은 동굴 속 골방에 한 사내가 앉아 있는 장면인데, 그 사내가 바로 나였다. 나이를 짐작할 수도 없을 정도로 늙은 사내가 컨베이어벨트 앞에 앉아 있는 장면. 머리는 희끗희끗했다. 그곳은 검은 그림자가 꽉 들어차 있어 어떤 곳인지 도저히 가늠할 수 없는 곳이었다. 창문도 없고 밖으로 뚫린 구멍이라곤 오직 바닥의 삼분의 일을 차지하는 컨베이어벨트가 지나가는 구멍뿐이었다. 그곳에서 사내는 돌을 자르고 있었다. 천장에서 솟아 내려오는 돌고드름을 잘랐다. 이상한 것은 그뿐이 아니었다. 늙은 사내의 얼굴은 이상하리만치 크게 클로즈업되어 있었고, 이마는 불툭 튀어나온 모습이었다. 주름이 가로로 딱 두 줄이 그어져 있는데 그 주름살은 중간에 끊어짐이 없이 왼쪽에서 오른쪽까지 이어져 있고, 눈썹은 호랑이 눈썹처럼 양쪽 끝이 길게 하늘로 솟구쳐 있고, 눈은 쌍꺼풀이 없는 째진 눈으로 가자미

눈깔 같았다. 코도 입도 인중도 모두 평범한 사람들과는 달랐다.

그럼에도 불구하고, 나는 그 이상한 얼굴을 하고 있는 그 사내가 늙은 '나'라는 것을 알 수 있었다. 그냥 느낌이 그랬다. 또 그럼에도 불구하고, 이상한 것은 내 얼굴이 어떻게 생겼을까 하고 생각을 해보면 전체를 아우를 수 없다는 점이다. 각각의 모양은 알겠는데 전체를 조합할 수 없다니, 이상한 일이었다. 사내를 향해 내리꽂히는 종유석은 그 움직임까지도 기억되고 있었다. 종유석은 자라는 모습이 보일 정도로 빨리 자라나고 있었다. 문어의 길고 많은 다리 같기도 했고, 이상한 나라의 동물을 잡아먹는 푸른 줄기의 나무 가닥 같기도 했다. 사내가 잠시라도 쉴라치면 그 돌고드름은 사내의 정수리를 찌를 듯 내리꽂히고 있었다. 아슬아슬했다. 사내 옆에는 돌침대 하나와, 흩어져 나뒹굴고 있는 몇 개의 망치와 옷가지, 땀에 전 수건 한 묶음, 머리가 잘린 채 눈을 부릅뜨고 있는 돌하르방처럼 보이는 돌고드름 한 개가 있었다. 그리고 부스러진 돌가루가 사방에 흩뿌려져 있었다.

사내는 삐쩍 마른 몸에 작업복을 걸치고 있었다. 그것은 입고 있다기보다는 차라리 걸치고 있다는 말이 옳았다. 잔뜩 쪼그라들었는지 키도 무척 작아 보였다. 기묘하게 일그러져 있어 웃고 있는 것인지 울고 있는 것인지, 아니면 찡그리고 있는 것인지 구분이 되지 않는 얼굴이었다. 말하자면 쭈그리고 앉아 한 손에는 망치를, 다른 한 손에는 정을 들고 그대로 죽어갈 것 같은, 정말 기분 나쁘고 불길한 냄새를 풍기는 얼굴이었다.

정 교수는 아직도 얼굴이 그 모양이었다. 늘 표정 없는 얼굴로 포커페이스를 잘 유지하고 있었지만 불만이 가득해 보이는 얼굴이었다. 그는 아직도 인천 송현동 수도국산 마을에 살고 있었다. 그런 면에서 정 교수는 나와 닮은 점이 많았다.

내가 살았던 여러 집들 중 하나가 금호동에 있었다. 서울의 유명한 달동네였다. 마당에 서면 멀리 미사리에서 압구정으로 밀려드는 한강이 보이던 집. 정 교수는, 아니 나는, 정씨 성을 가진 늙은 임시직 공무원의 어린 아들인 나는, 늦은 오후에 그 한강 물을 내려다보는 것으로 하루를 마감했다. 강물은 볼 때마다 모양이 달랐다. 어떤 날은 커다란 이무기가 사내아이를 향해 돌진하는 것 같았고, 어떤 날은 시멘트 바닥 위에 뒹구는 말라비틀어진 지렁이 같기도 했다. 또 어떤 날은 지면을 깨뜨리며 솟구치는 하얀 용처럼 보이기도 했다. 그 하얀 강은, 또는 그 푸른 강은 범접할 수 없는 날개를 활짝 벌리고 날아오르는 시조새가 되어 어린 사내의 가슴을 뛰게 하는 어떤 존재 같기도 했다. 사내의 운명을 혹은 인간들의 일상을 조종하는 조물주의 기다란 손가락 같기도 했다. 이상한 일이었다, 그럼에도 불구하고 나는 그 집에서 아침에 한강을 내려다본 기억이 없었다. 한강을 내려다본 것은 저녁뿐이었다. 서쪽 하늘로 붉은 해가 기울 때, 동쪽 방향의 그 한강은 검은빛을 내고 있었고, 겨울 저녁 단단히 언 한강은 붉은 기운 없이 하얀 빛을 더욱 창백하게 만들고 있었다. 동쪽의 그 하얀 강은 서쪽의 지는 해를 향해 줄달음치고 있었다. 그 길목에 한 사내아이가 막걸리 주전자를 들고 서 있었다. 아버지는 막걸리 심부름을 꼭 나에게 시켰다.

어제 아침 최종 보고서를 작성하기 위해 학교에 들어올 때, 나에겐 차 트렁크에 먹다 남은 조니워커 반 병이 있었다. 그것을 꺼내 들었을 때, 강사 생활을 오래 한 두 교수가 조언을 해주었다.

"아이쿠 안 돼요!"

"응?"

"가지고 들어가지 말아요. 일을 할 때 술병이 옆에 있는 것을 학과장님이 보시면 싫어하십니다. 야간작업 하루이틀 할 것도 아닌데 처음부터 습관을 들여야만 해요."

나는 술병을 그냥 차 트렁크에 두기로 했다. 그러나 야간작업을 하면서 술도 먹을 수 없다는 것은 내겐 고문과 다를 바 없는 일이었다. 술도 먹지 못한다면, 이 고달픈 현실을 어떻게 견딜 수 있단 말인가. 하긴 나는 남들의 말을 거역하지 못하는 습성이 있다. 군대에 가서도 스물여덟 살짜리 신병이었던 나는 스물한 살짜리 고참 PX병의 말에 속아서 필요도 없는 시계를 샀다. 그날 이후로 나는 훈련소에서 아무리 배가 고파도 빵을 사 먹을 수가 없었다. 그러나 어찌 된 일인지 담배는 공짜로 주면서 피우는 걸 장려했다. 학교에서도 담배는 피울 수 있었다. 아무리 지독한 학과장도 담배까지 뭐라고 하지는 않았다. 그러나 담배를 피울 때 그가 학과 사무실에 들어오면, 너구리를 잡아라, 너구리를 잡아! 라고 소리쳤고, 우리 셋은 약속이나 한 것처럼 자리에서 일어나 담배를 비벼 끄고, 손사래를 쳐 연기를 흩어놓았다. 나는 정 교수와 남 교수에 비하면 내 주장을 내세우는 편이라고 생각했지만, 기실 나도 그들과 같은 부류였다.

남 교수의 담배가 필터까지 1센티 정도 가까이 남을 때까지 타들어 갔을 즈음, 내 휴대폰이 울렸다. 학과장일 터였다.

잘생긴 남자였다. 남들이 보는 앞에서는 우리 세 명이 정말 열심히 한다며 칭찬을 했지만, 남들이 없을 때에는 잘리기 싫으면 더 해야 한다고 악다구니하는 이중인격자였다.

언제부터인가 드라마 남자 주인공은 재벌 3세다. 잘생기고 똑똑한데다가 여자 주인공만 지고지순하게 사랑하고 성격도 좋다. 여자 주인공은 주로 가난한 집안에서 태어나 억척스럽게 자라났거나 고아원 출신이다. 그런 여자가 무척 착하고, 능력도 있긴 있다. 아니다. 능력은 없다. 그냥 너무 착해서 맨날 당하기만 한다. 그런 여자를 남자 주인공은 사랑한다. 그러나 나는 안다. 재벌 3세가 얼마나 이중적인지를. 그 재벌 3

세는 곧 여자를 버릴 것이다. 물론 드라마는 그렇지 않고 해피엔딩으로 끝나겠지만. 그래, 드라마는 늘 그렇게 구닥다리다. 옛날이야기다. 현실은 최첨단 최극단을 달리고 있는데 드라마는 늘 그렇다. 가난한 자들에게 희망 고문을 줄 뿐이다. 학과장을 보면 알 수 있는 것이다. 드라마는 드라마일 뿐이라는 것을.

이런 '신데렐라형' 드라마가 옛날이라고 없었던 것은 아니다. 조선 시대 작품 「춘향전」도 따지고 보면 이런 부류다. 양반인 이몽룡이 천민인 성춘향과 결혼하는 이야기이니 말이다. 그렇지만 요즘은 당최 재벌이 나오지 않는 드라마를 찾는 것이 불가능할 정도로 상황이 심각해졌다. 이 드라마를 켜도 재벌, 저 드라마를 봐도 재벌…… 대한민국 젊은 남성의 절반은 재벌 3세가 아닐까 싶을 만큼 남자 주인공은 재벌 3세인 실장님, 팀장님, 학과장님, 전무님이다.

그래도 훌륭한 현대 소설의 주인공은 노숙자이거나 거렁뱅이이거나 혹은 난쟁이들이었고, 그 속에서 우리는 인간에 대한 사랑과 본질을 느꼈다.

예를 들면 이렇다.

그날도 일요일 늦은 오후였다. 허연 해가 서쪽 건물 사이 구름 뒤에 어렴풋이 떠 있는 오후였다. 우리 서른두 명은 요셉의 집 문이 열릴 때까지 대기소 격인 풀밭에 누워 기다렸다. 물 마른 분수대가 있는 공원이었다. 너무 피곤해서 말들이 별로 없었다. 지칠 대로 지쳐 뻗어버린 우리는 지저분한 얼굴에 쓰레기통에서 주운 담배꽁초를 삐죽이 물고 있었다. 머리 위로는 흐드러진 벚나무가 가지를 차도까지 드리우고 있었고, 그 위로는 맑은 하늘에 커다란 양떼구름이 거의 움직이지 않고 떠 있었다. 그 아래 풀밭에 흩어져 있는 우리는, 도시 한쪽에 버려진 물건 같았다. 우리는 도시의 풍경을 더럽히는 존재였다. 바닷가에 흩어져 있는 스티로폼 같은, 혹은 비닐 봉투처럼 세상을 좀먹는 존재였다.

우리가 하는 이야기는 주로 요셉의 집 원장에 대한 것이었다. 그는 모두가 동의하는 마왕이었고, 포악한 군주였으며, 고함과 모독과 가혹을 일삼는 빌어먹어 마땅한 녀석이었다. 그가 가까이 있으면, 우리는 우리의 영혼을 우리의 것이라 말할 수 없을 만큼 주눅 들었다. 노숙자들 중에 말대꾸를 하다 한밤중에 쫓겨난 이도 있었다. 제대로 몸수색을 할 구실이 생기면, 그는 우리를 거꾸로 매달아 털다시피 했다. 담배를 피우다 걸리면 어떤 후환이 있을지 몰랐으며, 술을 먹다가 발각되면, 신의 가호도 바랄 수 없었다.

오후 5시에 요셉의 집 정문이 활짝 열리자, 우리는 발을 질질 끌며 요셉의 집 안으로 들어갔다. 정문에서 직원 하나가 우리들의 이름과 이런저런 사항을 기록했고, 우리들의 소지품을 빼앗아갔다. 선희를 포함한 여자들은 다른 곳으로 보내졌고, 남은 우리는 자활센터로 갔다. 선희는 몸수색을 당하는 것보다, 나와 헤어지는 것이 더 참을 수 없다고 하는 여자였다. 자활센터는 음산하고 싸늘하고 회벽으로 된 건물로, 공동 세면장 하나와 식당 하나, 그리고 100여 개 정도의 골방을 갖추고 있었다.

　가로 1미터, 세로 2미터쯤이고, 벽 위쪽에 창살 달린 조그만 창이 있는 골방이었다. 방 한가운데에 형광등이 붙어 있었지만, 밤 9시가 되자 자동으로 꺼졌다. 벌레는 없었고, 침대가 있었다. 버려진 물건 같은 우리에겐 제법 호사였다. 서울역 지하도에서는 딱딱한 시멘트 바닥에 골판지 박스를 깔고 페트병을 베개 삼고 겨울 외투를 덮고 잤다. 박스 하나 더 구해서 바람막이를 할 수 있는 날은 드물었다. 나는 독방에다 침대도 있으니 하룻밤 푹 잘 수 있겠다는 기대를 했다. 하지만 늘 복병은 있기 마련이다. 요셉의 집 자활센터에는 반드시 뭔가 잘못된 게 있기 마련이었다. 이곳 특유의 결함은 냄새와 소음이라는 것을 나는 당장 알 수 있었다. 냄새야 늘 있는 일이지만, 소음은 견디기 힘든 것이었다. 일반인들은, 우리가 일반인과 다른 특별한 인간이라는 사실은 나도 인정하는 바이다. 무슨 할 일이 그다지도 많은지, 밤새도록 자동차 바퀴 소리는 끊이지 않았고, 간간히 경적 소리와 고함 소리도 들려왔다. 반쯤 얼어붙은 듯, 가수면 상태인 채 동이 트기를 기다리면서 이리 뒤척 저리 뒤척 하다 보면, 잠드는 데 드는 시간은 10분인지 1시간인지 구분이 안 되었다. 늦은 4월이었다. 계절에 대한 경의의 표시로 자활센터는 난방을 하지 않았고, 그곳은 6차선 차도 바로 옆이었다.

이 음산한 방에서 노숙자들 대부분은 연이어 10시간 이상을 잠자는 척 견뎌야 했다. 이런 상황을 어떻게 버텨낼 수 있는지는 상상하기 힘들다. 나는 따분함이야말로 우리 노숙자들의 최대의 적이라고 생각했다. 그것은 허기보다도, 추위보다도, 심지어 남 보기 망신스럽다는 느낌보다도 더 견디기 힘든 고역이지 싶었다. 무지한 사람이라고 해서 온종일 아무 하는 일 없이 가둬둔다는 것은 어리석고 잔인하고 무자비한 짓이라는 것을 깨달아야 한다. 개를 통 속에 가둬놓고 묶어두는 일과 똑같은 것이다. 감금을 견딜 수 있는 것은, 자기 내면에 뭔가 위안거리가 있는 배운 사람들뿐이다. 정치범들에게는 일 안 하는 금고를, 그러나 파렴치범들에게는 일을 해야만 하는 징역형을…… 국가법에서도 그렇게 정하고 있지 않은가 말이다. 거의 대부분이 무학인 노숙자들은 배고픔에 대해서도, 아무 영문도 모르고, 의지할 데 없이 당할 뿐이다. 그런 우리를 10시간 동안 편안한 침대에 눕혀놓으면 그 시간을 어떻게 때워야 할지 알 길이 없다. 생각나는 게 있다고 한들 불행을 푸념하거나 일자리를 갈망하는 것밖에 없는 것이다. 선희는 어렸을 적 바다를 생각한다고 했다. 계속해서 밀려오는 파도. 가도 가도 끝이 없는 수평선. 그 너머에는 무엇인가 새로운 것이 있을 것 같다고 말했다. 그러나 나에게는 무위의 끔찍스러움을 견딜 자산이 없는 것이었다.

선희를 상상하며 자위를 하는 것도 잠시다. 5분도 안 되어 나는 사정을 하고, 나른함에 잠을 청해보지만, 힘 빠진 상태에서 잠이 오지 않을 때의 온몸의 간지러움과 몸이 침대 속으로 빨려 들어가는 듯한 끝없는 나락은 참을 수 없는 고통이다. 삶의 너무도 많은 부분을 아무 일 안 하면서 보내야 하는 우리에게는 따분함으로 인한 고통이야말로 가장 큰 고통인 것이다.

7시에 깨워진 우리는 욕실로 떠밀려 들어가 터무니없이 모자라는 물을 다툰 다음, 밥과 된장국을 삼켜야 했다. 이제 우리가 요셉의 집에서 보내야 하는 끔찍한 시간을 다 채운 것이다. 하지만 우리에게는 또 다른 시간이 기다리고 있었다. 필요도 없는 형식적인 의사의 문진을 거쳐야만 밖으로 나갈 수 있는 것이다. 문진이라니, 젠장할…… 당국에선 전염병이 노숙자를 통해서 퍼지는 것을 끔찍하게 여겼다. 이번에는 2시간 동안 의사를 기다렸고, 온몸의 좀은 계속해서 쑤셨고, 경련이 일어나는 2시간을 견딘 후에 30초간 의사의 얼굴을 보고 나서야 우리는 요셉의 집을 벗어날 수 있었다.

원장은 압수했던 소지품 꾸러미를 각자에게 돌려주고, 점심으로 먹을 빵 두 개와 우유 하나를 우리들의 더러운 손에 쥐여주었다. 우리는 다시 길을 나섰다. 요셉의 집 외관과 그

규율을 어서 벗어나려고 우리는 서둘렀다. 이제 한동안 자유를 누릴 때가 된 것이다.

음산하고 윙윙거리는 요셉의 집에 있다가 밖으로 나오니 모든 것이 환하고 자동차 소리도 경쾌하게 들렸다. 바람 냄새는 또 얼마나 향기로운지.

이제 우리는 기분 전환도 하고, 길에서 담배꽁초도 줍고, 구걸도 하고, 소주도 먹을 수 있을 터였다. 그렇게 또다시 노숙의 게임이 시작될 것이었다.

금호동 달동네의 아버지는 네 살짜리 나를 재우고 밖으로 나갔다. 그러나 나는 잠들지 않았다. 그냥 아버지가 자라고 하니 거역할 수 없어서 잠자는 척했을 뿐이었다. 아버지는 집에 있을 때 막걸리를 먹곤 했다. 아니 늘 막걸리를 옆에 끼고 살았다. 아버지는 자기가 몰락한 지주의 아들이라고 입버릇처럼 말했지만, 나는 그 말이 거짓이라고 장담할 수 있었다. 사람이란 태생이 있는 것이다. 내 할아버지가 그토록 부자였다면, 아버지의 얼굴이 그 모양일 리 없는 것이다. 술에 전 거무죽죽한 그 얼굴은, 웃을 때에도 왠지 우는 듯한 느낌을 주는 그 얼굴은 부잣집 자식의 얼굴일 리가 없었다. 그 흉측하게 생긴 아버지는 비가 오는 날이면 반드시 내게 막걸리 심부름을 시켰다. 다시 트렁크 속의 조니워커가 생각났다.

전화를 한 것은 역시 학과장이었다. 물려받은 재산만 100억이 넘는 사람이었다. 그는 아직도 어머니가 살아 계시기 때문에 돌아가시면 자기 몫으로 50억 정도는 더 올 것이라고 자랑질을 했다. 그러면서도 어머니를 자기가 모시고 있는 것으로 해서 지역 의료보험료를 내지 않는다고도 말했다. 내가 봤을 때 그것은 범죄였다. 위장전입보다 더 큰 위장이었다. 최근에 정부에서 수십억 이상의 재산가는 자식의 부양가족으로 빌붙어 의료보험에 무임승차하지 못하도록 조치를 취하자 학과장은 입에 거품을 물고 핏대를 올렸다. 이번 프로젝트도 사실은 그가 주도한 것이었다. 우리 세 명의 겸임교수가 모든 작업을 다 하지만 책임 연구원은 그였고, 이름만 올린 조교에 대한 연구보조원 임금은 주면서 우리 세 사람에게는 점심값도 주지 않았다. 불만이 있을 때 조교는 인터넷에라도 올리지만, 우리는 아무것도 할 수 없는 존재였다. 이 프로젝트는 학교 당국에서 거짓 보고서를 통해 교육부로부터 지원받은 3천만 원짜리 프로젝트였다. 취업을 하고자 하는 의욕도 없는, 대학생이라는 이름으로 놀기 위해 레저 활동의 일환으로 대학에 입학한, 놀고먹는 학생들에게 법률실무전문가 양성 과정이라는 교육을 제공하는 프로젝트였다.

교육 시간 내내 아이들은 엎어져 자거나, 스마트폰으로 누군가에게 문자를 보내거나, 옆 좌석 여자애의 흘러내린 머리카락을 쓸어 올리거나, 다리를 떨고 앉아 있었다. 그들의 수

업 태도는 노숙자들의 시간 때우기와 너무도 닮아 있었다. 그래도 나는 그들에게 뭐라 하지 않았다. 언젠가 수업 시간에 한 남학생이 떠들기에 야단을 치다가 화가 나 강의실에서 내쫓은 적이 있었다. 그 학생은 나가서 학교 복도에 설치되어 있는 컴퓨터를 이용해 인터넷 포털사이트에 나를 비방하는 글을 올렸다. 교수가 학생에게 욕을 하고, 수업 중에 자기를 내쫓았다고, 억울하다고 했다. 이런 교수는 퇴출되어야 한다고 주장했다. 인터넷 포털 한 곳에만 쓴 게 아니었다. 네이버에도 쓰고, 구글에도 쓰고, 다음 아고라에도 쓰고, 이상한 포르노 사이트에도 썼다. 학교 당국에서는 교수와 학생이 싸워서 교수는 절대로 이길 수 없다며 무조건 잘못했다고 빌라고 했다.

그래서 나는…… 나는 빌었다.

무릎을 꿇지는 않았지만 분명 빌었다. 그래도 그 학생은 인터넷 어디에 글을 올렸는지 모른다고 했고, 글을 올릴 때 입력한 비밀번호를 잊어버려 지울 수가 없다고 버텼다. 이런 학생들을 내가 가르치고 있는 게 현실이다. 그러면서도 나는 나가서 대학교수라고 떠벌린다.

세상살이에서 법적 분쟁이 일어나는 것은 사실 관계에 대한 상반된 주장 때문이다. 누군가가 거짓말을 계속할 때 법이 그것을 해결하기 위해 두 사람 사이에 비집고 들어가는 것이다. 법정에서는 사실, 팩트만이 중요하다. 그 사실을 주장

하기 위해서는 증거가 필요하다. 사실 관계를 확정하기 전에는 어떤 법률적 판단도 내릴 수 없는 것이다. 그러나 법은 매우 인간적이어서 가끔은 증거 없이도 사실을 인정하는 경우가 있다. 그 대표적인 것이 민법에 규정하고 있는 친자 추정이다.

"혼인 중에 포태(胞胎)한 자(子)는 부(夫)의 자(子)로 추정한다."

쉽게 풀어쓰면 이렇다. 결혼한 아내가 임신을 하고 아기를 낳았을 경우에는 그 아기는 남편의 아기로 일단 인정한다는 것이다. 이 무슨 해괴망측한 이야기인가? 아니 아내가 아기를 낳았을 때 남편의 아기로 일단 인정해준다니, 아닐 수도 있다는 말인가? 아! 그렇구나! 물론 아내가 바람을 피우면 그럴 수도 있을 것이다. 그렇다고 이렇게 일단 인정해주고 자기 아들인지 아닌지 확인하라는 건 너무하다는 생각이 든다.

나는 아버지와 닮은 구석이 없었다. 형과도 닮지 않았다. 우리 칠 남매 중에 닮지 않은 사람은 나뿐이었다. 그리고 나는 늘 외톨이였다. 이상하게도 어머니는 나를 미워했었다. 게다가 나를 안고 찍은 어머니의 그 얼굴이란, 그 불끈 움켜쥔 주먹이란…… 나는 법대에 들어간 후부터, 민법 시간에 추정을 배우고 나서부터, 혹시 내 아버지가 따로 있을지도 모른다는 흉측한 생각을 해왔다. 그러나 그 누구에게도 이런 말을 할 수는 없었다.

웃기는 것은 이 추정이라는 말을 내가 학생들에게 설명할 때, 아내가 옆집 아저씨의 아기를 낳아도 일단 내 아기로 인정해주지만, 반대 증거가 나오면 바로 내 아들이 아닌 것으로 인정하는 것을 추정이라 가르쳤더니, 한 학생이 시험 답안지에 '정 교수의 마누라가 옆집 아저씨의 아기를 낳는 것이 추정이다'라고 적어놓은 일이다. 그리고 또 슬픈 것은 그런 학생들을 내가 가르치고 있다는 사실이다. 그러면서도 나는 나가서 또 대학교수라고 떠벌린다. 학생들 앞에서 아버지와 내가 닮지 않았다고 예로 들지 않은 것이 천만다행이었다.

나도 웃기는 사람이긴 하다. 그때 내가 강의한 내용을 대충 정리하면, 아니 좀 구체적으로 재구성을 해보면 이렇다.

"추정이란 게 뭐냐 하면, 예를 들어 이런 거야. 어제 우리 마누라가 애기를 낳았거든. 내가 몇 살인지 알지? 쉰, 오십! 오십이라구. 그런데 애기를 낳은 거야. 기쁘지? 그러면 박수 한번 쳐라, 응?"

하면서 박수까지 치라고 추임새를 넣는다.

"그래 기쁜 마음으로 신생아실로 달려가서 애기를 보니까. 아 이놈이 나를 보고 웃는 것인지 우는 것인지 이상한 표정을 짓더란 말이야. 그 표정을 어디선가 본 것 같아서…… 왠지 낯익은 것 같아서…… 그런데 누구인지 잘 모르겠단 말씀이야. 그래서 나를 닮은 줄 알았지. 기분이 좋아서 준비해놓은 배냇저고리와 분유통을 가지러 집으로 달려가 그것들을 들고 나오는데, 옆집 아저씨가 문을 빠끔히 열고서는 나에게 묻는 거야. 사모님은 순산하셨나요? 하고 말이지. 아니 제깟 놈이 뭔데 내 마누라 애기 낳은 걸 챙겨? 하고 쳐다보는데, 이런 젠장할 그 얼굴이었던 거야. 바로 그 얼굴. 그 애기 얼굴 말이야. 내 마누라가 낳은 애기가 옆집 아저씨와 붕어빵인 거야. 자 이놈이 누구 애기야? 내 애기야? 아니면 옆집 아저씨 애기야?"

라고 학생들에게 질문을 하고는 재차 말을 이어가는 것이었다.

"그래도 내 애기다 이 말씀이야. 아무리 옆집 아저씨를 닮아도 그 애기는 내 아내가 낳은 애기이기 때문에 일단 그 애기는 내 애기로 인정하는 거야. 이게 추정이지. 그런데 추정의 특징은 반대 증거가 나오면 곧바로 추정이 깨진다는 것이지. 그래서 내가 그놈에게는 대꾸도 하지 않고 곧바로 병원에 전화를 했지. 나는 O형, 아내는 A형입니다. 아이의 혈액형이 뭐지요? 잠시 후에 간호사가 애기의 혈액형은 B형이라고 알려왔어. 이제 반대 증거가 확실히 나온 거지? 그러면 그 순간부터 그 애기는 내 애기가 아닌 것으로 인정하는 제도, 이게 추정이야."

여기서 그쳐도 사실 웃기는 설명이 된다. 그런데 나는 거기에 덧붙여 소설을 더 써 내려가는 것이었다.

"이제 그 애기는 내 아기가 아니니까 나는 그 애기에게 배

262

냇저고리와 분유를 가져다줄 의무가 있어 없어? 없는 거지. 그래서 홧김에 그 배냇저고리와 분유를 냅다 집어 던졌더니, 배냇저고리는 나비처럼 펄럭이며 10층 아파트 난간 옆을 스쳐 아래로 떨어지고, 벽에 부딪힌 분유통은 깨져 분유가 하늘로 솟구치고 그 솟구친 분유 알갱이는 나비처럼 너울거리는 배냇저고리와 함께 눈처럼 아파트 잔디밭으로 떨어지는 거야. 알았지? 4월에 하얀 눈이 내리고, 손바닥보다 조금 더 큰 하얀 나비가 그 눈 속을 날고 있는 모습이 연출되는 것이지. 알았냐? 소설을 쓰려면 이렇게 써야 하는 거다."

나는 법학 시간에 소설 작법까지도 가르치고, 소설 속의 설명과 묘사의 차이점까지도 떠벌리고 있는 것이었다. 참으로 내가 생각해도 나라는 놈은 알 수가 없는 인간이다. 어떻게 법학 시간에 법률 용어를 설명하기 위해 소설을 쓰는지, 그리고 급기야 소설 작법까지 설명하기에 이르는지 그 심리를 알다가도 모르겠다.

이야기가 딴 데로 흘러버렸다. 아무튼 나는 또다시 어머니의 품에 안겨 있는 내 사진 이야기를 하지 않을 수가 없다. 곧 온다던 학과장은 오지 않고, 달리 더 이상 할 일은 없어 뒤척거리고, 잠을 잘 수도 없고, 밖에서는 이상한 소리가 자꾸 들려올 때, 우리는 과거의 뭔가를 생각하곤 한다. 그러니까 그 사진이 생각난 것은 이런 상황에서 정 교수의 네 살 전후로 추정되는 어렸을 적 사진을 보았기 때문이었다. 네 살 전후로 추정되는 사진. 그 추정이라는 말. 치정이 아니라 추정이라는 말. 그 추정이라는 말 때문에 내가 태어난 지 일주일도 안 되어서 찍은 그 사진, 두 주먹을 꽉 움켜쥐고 있는 어머니와 함께 찍은 사진이 생각났을 터였다.

태어난 이후 난 단 한 번도 어머니와 멀리 떨어져 산 적이 없었다. 늘 함께 살았다. 그렇다. 나는 늘 가족과 함께 살았다. 아버지도 늘 함께 있었다. 그런데 아버지가 죽은 다음 날, 아버지와 합장을 하겠다며 아버지의 유해를 묘지 가운데 쪽으로 정하라는 어머니의 말씀에 나는 의아한 눈길을 보냈다.[*] 합장을 하겠다고 말을 하는 어머니의 그 표정이 그 사진, 방금 태어난 나를 안고 주먹을 불끈 쥐고 찍은 그 사진에서의 표정과 일치하는 것을 나는 알았다. 문제는 내가 그 사진을 볼 때마다, 어머니는 결코 웃지 않고 있다고 느꼈다는 사실이다. 어머니는 나를 안고 활짝 웃고 있는 것 같았지만, 그 얼굴은 결코 웃는 얼굴이 아니었다. 정말이지 어머니의 그 웃는 얼굴에서는 자세히 보면 볼수록 뭐라 표현할 수 없는 음침함이 묻어나고 있었다. 어머니가 웃지 않고 있었다는 증거가 있다. 그것은 내 등에 붙어 있는 어머니의 오른쪽 손이 꽉 쥐여 있었다는 사실이다. 어린아이를 안고 있는데 주먹을 움켜쥐

---

[*] 사실 어머니는 입버릇처럼 아버지와 이혼하고 싶다고 말하곤 했다. 그리고 자기가 죽으면 정씨 집안에 더 이상 있고 싶지 않으니 화장을 해서 강물에 띄워 보내라고 했다. 어머니는 새가 되고 싶어 했다. 아무 곳에나 갈 수 있는 새 말이다.

고 있을 수는 없는 노릇이다. 게다가 웃을 때 두 주먹을 불끈 쥐고 웃는 사람이 어디 있겠는가 말이다. 내 유년 시절은 어두컴컴한 방에서 어머니와 둘이 있는 것이 일과였다. 어머니는 어떤 이유에선지 방에 불을 켜는 것을 싫어했다. 음의 기운이 사방을 꽉 메운 그 반지하 골방에서 나는 어머니 옆에서 방바닥을 기었다. 병든 넙치가 수족관 바닥에 납작 엎드려 있는 것처럼. 하루 온종일을 그렇게 있기도 했다.

아무튼 나와 정 교수 그리고 남 교수는, 교육 결과가 훌륭하게 이루어졌다는 보고서를 다 쓰기 전에는 퇴근하지 말라는 지시를 받았다. 밖에서 갑자기 비가 오는 소리가 들렸다. 우리는 그 빗속으로 담배 연기를 내뿜으며 숫자를 맞추고, 또 맞추고, 또 맞춰보았다. 이상하게 계산기를 두드릴 때마다 숫자는 틀리게 나왔다. 나는 트렁크 안에 있는 술이 생각났지만, 그걸 먹고 싶다고 말하지 못했다. 우리는 다시 담배 연기를 내뿜으며 숫자를 맞추고, 또 맞추고, 또 맞춰보는 작업을 계속했다.

밤을 꼬박 새우는 동안 밖에서는 비가 줄기차게 소리 내며 내렸고, 우리 세 명의 교수 앞에서는 컴퓨터 자판 두드리는 소리와 계산기 똑딱거리는 소리가 줄기차게 이어졌다. 아침이 되어서도 자판 두드리는 소리와 계산기 두드리는 소리는 계속되었다. 창밖에는 여전히 비가 내리고 있었다. 가늘어진

빗줄기 속에서도 빗방울 부딪히는 소리가 들렸다. 어쩌면 환청인지도 몰랐다.

아버지는 술을 먹으면 형과 나, 두 아들을 무릎 꿇려놓고 훈계를 했다. 한번 한 말을 또 하고, 조금 지나면 다시 한 말을 또 하고, 또 조금 지나면 그 이야기를 또 하고, 또 했다. 그러다 술이 조금 깰 것 같으면 나에게 술을 더 사오라고 말했다. 그 옆에서 어머니는 비가 새는 천장 밑에 대야를 놓고 물끄러미 쪼그리고 앉아 물 떨어지는 소리를 듣고 있었다.

똑, 똑, 똑, 똑, 똑……

어머니의 그 얼굴에는 표정이 없을 뿐만 아니라 인상조차 없었다. 특징이 없었다. 지금 와서 내가, 그때 그 상황을 떠올리고 있지만, 이상하게도 어머니의 쪼그리고 앉은 모습과 물 떨어지는 소리와, 물이 대야 바닥에 떨어져 산산이 부서져 밖으로 튀어 나가는 모습 전체가 기억남에도 불구하고, 어머니의 그 얼굴은 어떻게 생겼는지조차 기억되질 않는다. 어머니의 얼굴은 이미 잊어버렸다. 담배 연기가 손사래에 흩어지듯 사라져서 아무리 애를 써도 떠오르지 않는다. 극단적으로 말하자면 어머니가 나를 안고 있는 그 주먹 쥐고 아들을 안고 있는 사진을 다시 봐도 물받이 대야를 바라보고 있던 어머니의 얼굴은 기억나지 않는다. 하늘에서 내린 비에 모조리 쓸려나간 집 앞 쓰레기 더미처럼 그렇게 사라진 것이다.

아침 7시가 되어서야 겨우 학과장에게 이메일을 보냈다. 어찌어찌 조작하여 숫자를 맞추었다. 학과장과의 통화를 마친 우리는 학교 앞 식당으로 달려가 터무니없이 짠 김치찌개를 밥과 함께 삼켰다. 이제 우리가 학교에서 보내야 하는 시간은 다 채웠다. 하지만 우리는 학과장에게 한 번 더 최종 오케이를 받을 때까지 집으로 갈 수 없었다. 학교 당국에선 교육부로부터의 오타 지적을 끔찍스럽게 여겼던 것이다. 아침을 먹고 학과 사무실에 들어온 우리는 또다시 학과장의 전화를 2시간 동안 기다렸고, 결국 우리는 10시가 되어서야 학과 사무실을 벗어날 수 있었다. 드디어 때가 되어 우리는 밖으로 나갈 수 있었다. 삭막하고 을씨년스런 방에 있다 밖으로 나오니, 모든 게 어찌나 환하고 바람 냄새는 또 어찌나 향기롭던지!

　우리는 다시 길을 나섰다. 학교 외관과 그 규율을 어서 벗어나려고 서둘러 떠났다. 한동안 자유를 누릴 때가 온 것이었다. 다시 방학이니 다른 일자리를 알아보아야만 했지만 즐거웠다. 방학 동안 우리 겸임교수들은 노숙자와 같은 처지가 된다. 하늘을 올려다보았다. 이미 비는 멈추었고, 해가 중천에 떠 있었다. 빨리 집에 있는 선희가 보고 싶어졌다.
　그때 정 교수가 생각난 듯 나를 쳐다보았다.
　"정 교수님! 그 조니워커……"
　그 얼굴이 웃는 얼굴인지 우는 얼굴인지 잘 구분할 수 없었다. 그냥 비굴해 보였다. 선희가 보고 싶다.

새롭게 '사랑'을 말하는 여덟가지 방식

김종회(문학평론가·전 경희대 교수)

1. 괄목상대로 만나는 작가 정승재

『로체가 있던 자리, 금호동』은 정승재의 두번째 소설집이다. 첫 소설집 『내 남편이 대통령이었으면 좋겠다』가 2009년 간행이니, 그로부터 11년 만이다. 자신의 이름 석 자를 문단에 내건 것이 2002년이고 보면, 그의 문단 연륜도 어언 18년 '성년'에 이르렀다. 작가로서 그는 매우 독특한 경력을 가졌다. 대체로 인문계 출신이 소설을 쓰는 데 비해, 그는 법학을 공부했다. 충청북도 충주에서 태어나 서울 금호동의 달동네에서 성장했으며, 경희대 대학원에서 스포츠법 연구로 박사학위를 받은 것이다. 이와 같은 성장 과정과 수학(修學)의 이력은 그의 작품 세계 곳곳에 잠복하여 모래밭의 사금(砂金)

처럼 반짝거린다. 이를테면 스스로 경험해온 삶의 원 자료들을 작품 가운데 용해하는 데 능란한 작가라는 말이다.

그가 첫 얼굴로 들고 나온 작품은 「카페 밀레니엄」이라는 단편소설이다. 이 소설로 계간 문예지 『문학나무』 2002년 봄호에서 신인 작품상을 받으며 활동을 시작했다. 이번 소설집을 포함하여 두 권의 분량으로 소설을 축적한 만큼, 성년의 세월과 더불어 이제는 소설을 쓰는 일에 문리(文理)가 트였을 것으로 미루어 짐작된다. 그동안 한국소설문학상, 한국산악문학상, 문학나무숲소설상 등을 수상한 것이 그에 대한 증표가 될 수도 있겠다. 문단 활동으로 문학비단길 회장을 역임했고, 현재는 문학나무숲회 회장을 맡고 있다. 원래의 전공이었던 법학을 여전히 한편에 붙들고 있으며, 그러기에 법학 서적 『법학통론』, 『법과 사회』, 『스포츠와 법』, 『한국스포츠법입문』, 『민법개론』 등의 저술이 있다.

이만하면 곤고한 작가의 길을 부양하는 일터를 가꾸기에 부족함이 없어 보인다. 실제로 그는 현역 소설가이자 장안대학교 행정법률과에서 교편을 쥐고 있으며, 한국스포츠문화법연구소 소장으로 있기도 하다. '작가의 말'을 통해 밝힌 소회를 보면 그는 이번 창작집의 상재가 "내 삶을 되돌아볼 시기"라고 간주한다. 문학과 법학을 함께 아우르는 그의 삶은 어디를 향해 가고 있으며 그 와중에 정말 귀하고 소중한 것은 무엇일까 반추해보는 계기가 될 수 있지 않을까 한다. 그런데 이러한 일의 근본을 형성하고 또 다음 방향으로 추동하는 데 있어, 문학만한 영역이 있기 어렵다. 곤고한 발걸음을 지키면서 문학의 꿈을 방기(放棄)하지 못하는 작가들의 형편이 대개 이와 같을 터이다.

그는 "사랑이 부재한 세상에서의 삶은 죽음과 다를 것이 없다"는 단호한 언표를 내놓았다. 이 단정적 선언이야말로 어쩌면 그가 소설을 쓰고 소설에서 사랑을 찾아가는 가장 확고한 이유일지도 모른다. 그리고 그가 사랑의 대상으로 상정한 이름은 불문곡직하고 '선희'다. 요즘 시쳇말로 하면 '닥치고 선희'인 형국이다. 그의 모든 소설에는 그렇게 선희가 등장한다. 소설의 중심인물로 선희가 드러나지 않으면, 하다못해 그림의 제목으로라도 나타난다. 그의 소설집에는 다섯 손가락을 다 채우는 다양한 유형의 선희가 존재한다. 더 엄중한 상황은, 그 선희의 상대역이 '정승재'라는 작가의 본명을 입고 출현한다는 것이다.

처음에는 이것이 대체 무슨 소설적 방정식인지 어안이 벙벙했다. 작가의 실명이 주 인물로 운용되는 소설적 구도, 더욱이 그 활동 범주가 간단없이 작가를 연상시키는 담화의 설정 등은 일견 소설의 기본적인 유형과 형식을 무너뜨리는 처사로 보이기도 한다. 1인칭 사소설이라 할지라도 소설은 궁극적으로 작가 자신의 내면을 가감과 변동 없이 서술하는 문학 장르가 아니기 때문이다. 하지만 작가는 그 정승재의 기능과 역할을 '죽음 같은 선희를 향한 사랑'에 집중하도록 매설한다. 이렇게 보면 이 두 인물의 설정은 소설의 주제를 선명하게 부각하기 위한 구조적 장치임을 납득할 수 있다. 단순히 형식의 파괴에 머물지 않고 전혀 새로운 소설적 시도라고 수긍하는 이유다.

2. 이 작가에게 빙의한 여러 선희들

이번 소설집 '작가의 말'은 "선희로부터 소설책이 왔다"는 문장으로 시작한다. 그렇다면 정말 선희가 '소설 쓰기로 생명을 얻는' 문필에 침윤해 있는 인물일까? 그에게 빙의(憑依)해 있는 각양각색의 각기 다른 연령층의 선희가 이 특정한 개념으로 수렴될 수 있을까? 주인공의 아내에서부터 '안드로메다의 행성 SH2014J에 있는 선희'에 이르기까지 자유자재로 변용되는 선희는, 소설 속의 정승재가 연모하는 인간으로서의 존재이기도 하고 어떤 경우에도 포기할 수 없는 정신적 형용이기도 하다. 이른바 그의 감성과 이성, 그리고 소설적 형상의 범주 모두를 지배하는 절댓값의 다른 이름이요 절대 타당성의 강고한 범례라 호명할 수 있을 것이다.

「부산, 대티터널」에 나오는 대티터널은 부산에 있는 것으로 되어 있다. 그런데 이는 "선희에게 가기 위해서 반드시 통과해야만 하는" 터널이다. 이를 통과하면 선희가 기다리고 있다. 이 선희와 정승재는 스물두 살 차이, 선희는 젊은 유부녀다. 화자 정승재는 그녀를 만나러 가는 길에 A라는 남자를 동행시킨다. 두루 "위험한 관계"를 형성하는 이유를 화자 자신도 잘 모른다. 분명한 것은 화자가 안고 있는 선희에 대한 집착이요 강박관념이다. 정승재와 선희의 관계는 이처럼 요령부득이지만, 그 관계의 성격이 실제로 그러하다는 설명 이외에 덧붙일 언사가 없다. 어쩌면 그의 사랑이라고 하는 것이 이처럼 안개 가운데 있는 것일 수도 있다.

중편 「로체가 있던 자리, 금호동」에 자리 잡고 있는 선희는 등산가다. "매일 밤 그 등반 루트가 변한다"는 로체를 등반하는 서사와 더불어 화자와 선희의 이야기가 맞물려 있다. 로체는 티베트어로 '남쪽 봉우리'란 의미를 가졌고, 히말라야산맥 중 에베레스트 남쪽에 위치한 고봉(高峰)이다. 해발고도 8,516미터, 1956년에 스위스의 등산 대원이 첫 등정을 했다. 그런데 이 고봉에 "선희와 내가 도전"을 하는 것이다, 그것도 선희의 강권에 의해서다. 화자는 그 선희를 처음 본 날, "분명히 처음 보는 얼굴이었지만, 어디에선가 본 것 같은 기시감"에서 헤어나지 못했다. 소설은 그 처음에서부터 지금 로체에의 도전에 이르기까지 오래도록 쌓인 사연들의 바탕 위에 있다.

그러니 당연한 일이다. 선희는 이 작가의 소설적 성향과 그

집적 가운데에서 관찰하자면 당연히 기시감을 불러올 수밖에 없는 운명에 당착해 있는 터이다. 그 외에도 이 소설에는 많은 다른 이야기들이 숨어 있다. 미국에서 태어난 선희, 설악산 대청봉을 함께 오르던 추억, 로체에 있다는 설인(雪人) 예티의 설화, 어머니에게서 들은 북한산 장사의 전설 등이 소설의 행간을 소밀(疏密)하게 채우고 있다. 결국 화자의 로체 정상 등반은 온갖 난관을 헤치고 진행되는데, 그것은 선희와의 약속 때문이다. 그의 목숨이 경각에 이르렀을 때 제4캠프에 남은 선희와는 연락이 두절된다. 결국 등반이 문제가 아니라, 화자와 선희의 "기억의 공유"가 중점적인 관건이기에 그렇다.

「신금호역 9-4」는 작가가 그 해답을 독자에게 맡긴 채 직접 해명하지 않는, 많은 질문으로 채워져 있다. 마치 관념적 세계의 암중모색과 그 정의(定義)를 소설의 화두로 내세운, 이청준의 경우를 연상하게 한다. 이 작품에는 「빅뱅은 스켈레톤을 타고」라는 그림이 제시된다. 장소는 작가 또는 작중인물이 삶의 한 경과를 담아둔 금호동, 그림을 그린 이는 선희다. 그림 속의 남자는 왼쪽 몸통과 얼굴 반쪽만 남은 불완전한 모습이다. 이 그림은 선희에 대한 사랑, 선희와의 이별 등 수많은 불완전성의 삶을 대변한다. 옛 연인이었던 선희는 지금 여기서도 화자의 의식 한복판에 있다. 가장 치열한 사랑의 대상, 그리고 여전히 채워지지 않은 욕망의 모습이 거기에 있다.

3. 문학적 변용의 새로운 형식 탐색

정승재 소설의 화자 정승재는 그 입지가 거의 고정불변이
지만, 상대역 선희는 천변만화하여 야누스의 얼굴을 갖거나
카멜레온의 색채를 덧입는다. 「삼촌」에 나오는 선희는, 주요
섭이 쓴 정갈하고 아름다운 작품 「사랑손님과 어머니」에서
그 어머니를 패러디했다. 주요섭이 내세운 발화자가 여섯 살
옥희였다면, 정승재는 같은 여섯 살 혜정이를 그렸다. 정승
재 소설에서 사랑손님은 삼촌이란 이름으로 설정된다. 두 작
품에서 모두 상대방 남자가 어머니를 연모하되, 그 연모의 빛
깔은 은은하고 깔끔하며 속 깊은 여운을 남긴다. 「삼촌」은 저
1930년대의 이름 높은 단편을 현대적 삶의 문맥으로 옮겨놓
은, 썩 잘된 작품이다.

"당신들은 여섯 살 어린애가 무슨 사랑타령이냐고 말할지
모르지만, 여섯 살 나에게는 매우 중요한 문제다"와 같은 문
장에서 보듯이, 이 소설의 관점은 어린아이의 시각에 머물러
있는 것이 아니라 어른이 된 이후에 이를 되돌아보는 '회상
시점'에 의거해 있다. 「사랑손님과 어머니」가 그러하고 윤흥
길의 「장마」나 제임스 조이스의 「애러비」가 그렇듯이. 삼촌이
그린 「선희」라는 제목의 그림은 엄마를 모델로 한 것이다. 여
기에서는 그 성(姓)을 밝혀 '김선희'다. 그런데 이 작품의 사

랑은 90년 전의 저 소설에서와 달리 해피엔딩이다. 밝고 경쾌한 결미의 구성은 온갖 복잡한 세상사에 머리가 무거운 오늘날의 독자들을 청량하게 한다.

「금호동 선희」는 화자의 어머니 이야기를 소설에 중심에 두었다. 금호동 해병대산과 양평의 청수헌으로 이어지는 어머니의 공간은 이제 화자의 곁에 없는 어머니를 기억하고 추념하는 무대요, 환경이다. 어머니는 늘 '좁쌀베개' 설화나 '스테인리스 그릇'의 소도구와 함께 과거의 시간 속에 남아 있다. 이 소설의 선희는 그 시간 속에 함께 있던 '선희 아줌마'로 변용된다. 화자는 이미 45년 전 그 아줌마의 눈 속에서 초신성 SH2014J의 폭발을 보았다. 초등학교 동창 권선희, 첫사랑 선희, 20년 전 선희, 5년 전 선희, 그리고 선희 아줌마가 증명하듯 그 이름만으로 모든 선희는 '내 애인'이다.

이 소설은 어머니의 옛일과 금호동의 척박한 삶에 잇대어 여러 선희를 설명하는 외양을 갖추었다. 어머니는 먼 길을 보내드렸지만 선희와의 상관은 여전히 끝나지 않았다. 아니 끝날 수가 없는 것이다. 그 많은 선희 중에 가장 독특한 캐릭터는 「독재자의 딸」에 있다. 이 소설의 승재는 살인 청부의 중간 연락책이지만 실상은 그 청부를 시행하는 암살자 '에이스'다. 그런가 하면 선희는 독재자인 아버지를 살인 청부하는, 모질고 이성적이며 정의로운 딸이다. 공인된 이름은 자연, 알고 보니 선희와 동일인이었던 것이다. 선희는 클럽 문나이트에서 춤추는 무희이며, 그림을 그리는 사람이기도 하다. 이 둘의 미션에는 러시아의 조직이 연루되어 있다는 중층적 얼개가 있다.

소설에서는 독재자 아버지를 청부 살인하는 딸의 내밀한 심정적 동향이 생략되어 있다. 소설의 초점이 거기에 있지 않은 까닭에서다. 문제는 여전히 승재와 선희의 사랑 찾기에 침윤해 있으며 기어코 승재는 선희를 사랑하게 된다. 독재자와 이 두 사람이 맞물려 있는 암살자의 공간에서 "옳고 그름도 상대적인 것"이며 "절대적인 것은 아무것도 없다." 화자가 독재자를 쏘는 순간, 그는 자신의 등 뒤에서 선희의 총구가 자신을 쏘기 위해 작동했다는 사실을 알아차린다. 자연은, 아니 선희는 "당신을 만나서 행복했어요. 사랑해요"라고 말한다. 이를 비극적 사랑이라 호명하기엔 상황의 설정이 너무 복잡하다.

마침내 끝까지 남는 것은 두 사람의 관계가 어떤 모양으로, 어느 수준에 이르기까지 변환될 수 있느냐는 것이다. 작가는 그에 대해 강력하게 눈길을 사로잡는 형식 실험을 수행했다. 그렇다면 이 작가가 이처럼 끈질기게 지속적으로 두 인물의 이름을 고수하는 이유가 무엇일까. 작가 자신의 이름을 직접 내세우는 것은 사뭇 큰 용기에 해당한다. 마찬가지로 단 한 작품에서도 빠짐없이 선희라는 인물과 그 이름의 행적을 펼쳐 보이는 것은 그보다 더 큰 결의를 표방하는 것일 수 있다.

그러할 때 화자 자신이 직접적인 발설을 통하여 세상에 있는 모든 사랑의 이름, 그 자신이 사랑이라 호칭하는 모든 대상을 한꺼번에 수합한다는 심사의 표현이 아닐까 추정된다.

4. 현실 탈출의 출구로 열리는 소설

아직 언급하지 않은 두 작품 「지구 깊은 곳에는 외계인이 산다」와 「추정 혹은 치정」에도 여지없이 선희가 자리하고 있다. 두 작품 모두 선희는 정승재의 공인된 여인, 함께 사는 존재다. 「지구 깊은 곳에는 외계인이 산다」는 매우 이질적이고 그로테스크한 소설적 상황을 설정하고 출발한다. 물론 이 소설에는 이전에 살펴본 다른 작품들과 마찬가지로 어머니의 설화나 스테인리스 그릇 등이 반복적으로 출현하고 승재와 선희의 사랑 탐색도 변함이 없다. 그러나 현실적인 삶이나 노동과 같은 구체적 현장에서 환각의 세계를 넘어 "지구 깊은 곳"에 외계인이 살고 있다는 매우 기발한 상상력을 도출한다. 이를 답답하고 갑갑하기 이를 데 없는 현실로부터의 탈출구라고 할 수도 있을 것이다.

소설의 첫 문장이 "오늘도 나는 탈출을 시도하고 있었다"는 의미심장한 어투로 시작하는 데서 우선 그 단초를 엿볼 수 있다. 화자를 외계인의 세계로 이끌고 가는 것은 에드워드 스노든이란 인물이다. 그와 함께 웜홀과 금속 철벽을 지나 보랏빛 외계인을 만나는 일, 미국 국가안보국(NSA) 감시 프로그램의 폭로 등의 전사(前事), 이 모두가 범상한 독자들에게는 낯설고 한편으로는 불편하다. 하지만 작가는 아랑곳하지 않고 이야기를 구중심처로 유도한다. 현실에서의 화자는 여전히 선희라는 이름의 아내와 함께 산다. 그 선희는 K마트의 캐셔고, 여사님이라는 호칭을 원한다. 그런데 그 호칭이야말로 "비참한 것"임을 알게 된다. 그러니 여러 모양으로 탈출구가 필요한 형편이다.

스노든과 화자는 금호동 집 안에서 벌레 구멍을 통해 외계인의 세상으로 간다. '왜 하필 금호동인가'가 곧 현실과 탈출의 인과관계를 암시한다. 더욱이 금호동에는 어머니와의 궁핍하고 아픈 과거가 그대로 남아 있다. 화자가 외계인의 세상에서 어떤 사고나 행위를 보여주는 것이 아니라, 끊임없이 어머니와 아들과 아내와 자기 자신을 생각하는 현상이 곧 이 소설의 정처(定處)를 말하고 있다. 이 작품은 외계인의 기괴한 이야기를 들려주려는 것이 아니라, 이를 배경으로 실제적인 자기 가족의 암울한 삶에 하나의 정신적 탈출구를 마련해주려는 것이다. 미상불 이와 같은 소실적 담화의 향방은 모든 소설이 매한가지로 가지고 있는 성격적 특성이기도 할 것이다.

「추정 혹은 치정」은 대학의 겸임교수 세 사람이 학과 사무실에서 밤을 새우며 교육역량강화사업 결과 보고서를 작성한다는 표면적 사건을 전제한다. 학과장으로 대변되는 힘의 소유자와 무력한 이들의 대립적 긴장 관계는, 그 사건에 뒷그림으로 숨어 있는 화자의 힘겨운 삶을 소설의 표면으로 밀어 올리는 부력(浮力)으로 작동한다. 화자의 어린 시절이 반복적으로 드러나고, 유달리 많이 아버지와 형을 포함한 가족력이 표출된다. 모두 불우한 생애의 그림자를 드리운, 어두운 그림들이다. 화자가 트렁크 속에 숨겨둔 조니 워커는 비유하자면 윤흥길이 「아홉 켤레의 구두로 남은 사내」에서 묘사한 마지막 자존심 같은 것의 물증이다. 겸임교수 세 사람은 그 술을 함께 마시지 못한다.

집에서 화자를 기다리는 여자 선희는 그와 함께 "요셉의 집 자활센터" 출신이다. 이들은 그 엄혹한 시기를 함께 지나온 고난의 공유자다. 정승재의 선희가 이러한 경험과 경력의 소유자라면 이 작가가 선희에게 기울이는 눈물겨운(?) 경도(傾倒)에 의구심을 가질 수가 없다. 다른 작품에서는 볼 수 없는 아버지와 형의 현현도 화자의 삶에 짐을 더하는 부가 요인이다. 왜 이렇게 힘겹게 살아야 했는가, 그러기에 여러 모양으로 탈출을 꿈꿀 수밖에 없지 않았겠는가 등의 생각이 꼬리를 물고 일어날 수밖에 없다. 어쩌면 이 작가가 그리고 작품 속의 정승재가, 우리가 살펴본 바와 같은 소설의 이야기의 형태에 육박하는 것은 당연한 일인지도 모른다.

필자는 짐짓 작가에게 "왜 그렇게까지 선희냐"고 물어보았다. 「금호동 선희」에서 "이름까지도 선희라고 예뻤다"라는 구절을 통하여 이미 그 의중의 진의를 밝힌 바 있긴 하다. 그는 "그 이름이 이뻐서, 화려하거나 경박하지 않으면서 울림이 있는 이름이어서 그렇다"고 답변했다. 그뿐일 리 없다. 일찍이 플로베르가 "마담 보바리는 곧 나다"라고 도전적으로 언급했듯이 선희라는 이름에는 이 작가의 꿈과 사랑, 사유와 경험, 온 생애에 걸친 아픔과 기꺼움 등이 함께 응결되어 있을 것이다. 이병주가 『행복어사전』에서 자신의 이름을 실명으로 도입했는데 정승재는 거기서 여러 걸음 더 나아갔다. 각기 다른 단편들이지만 이를 한줄기의 연작으로 읽어도 무방한 것은, 그의 삶이 곧 소설이요 소설이 곧 그의 삶으로 보이는 연유에서다.

선희로부터 소설책이 왔다.

선희의 책 첫 페이지에는 '작가의 말'이 적혀 있었다.

"내가 생명을 얻고 살아갈 수 있는 유일한 길이 소설 쓰는 일임을 알기에……"

정말 선희는 소설 쓰기로 생명을 얻고, 소설 쓰기를 통해 살아갈 수 있는 길을 찾은 것일까?

나는 2009년, 첫 소설집 『내 남편이 대통령이었으면 좋겠다』를 묶으며 "지금이 내 삶을 되돌아볼 시기"라고 말했었다.

주 52시간의 강의(6개 대학에서)를 위해 일주일에 천 킬로미터를 운전하면서, 천년의 사랑을 갈구하던 그때.

나에게 소설을 가르쳐주신 스승은 그래도 소설을 계속 쓰라고 말씀하셨다.

계속 쓰면, 경쟁자들이 다 포기하게 마련이라 끝까지 소설을 쓰는 자가 최후의 승자가 된다고 말씀하셨다.

강한 자가 살아남는 것이 아니라 살아남은 자가 강자라는 말을 나는 알고 있다.

그러나 나는…… 내가…… 꼭 살아남아야만 하는 것일까?

내 주위에는 죽어 나자빠지는 사람들이 이렇게 많은데, 나만은 꼭 살아남아야만 하는 것일까?

인본주의적 이성은 쇠락하고 자본주의적 탐욕이 최고조에 다다른 지금.

내가 세상에 외치고 싶은 말은 무엇일까?

그것은 죽음 같은 나의 삶이다.

그것은 선희를 향한 목숨 건 나의 사랑이다.

선희와의 사랑을 통해 산악인 정승재의 죽음을 무릅쓴 등반 이야기를 하고 싶었고, 로체에서 승재를 위해 목숨을 바친 셰르파 뒬마를 추모하고 싶었다. 전태일과 김용균의 죽음을 이야기하고 싶었고, 구의역 9-4번 스크린도어 19세 젊은 노동자의 죽음을 이야기하고 싶었다. 2014년 세월호 희생자들 이야기를 하고 싶었다.

금호동은 내 사랑의 원천이고, 내 소설의 토양이다. 가장 힘들 때 나는 금호동을 찾고, 가장 기쁠 때 나는 금호동에 간다. 로체는 사실 금호동의 해병대산에서 히말라야산맥으로 이사를 간 산이다. 선희는 금호동 해병대산에서 죽었다. 내 사랑도 금호동에서 끝났다. 해병대산에는 선희의 손을 잡고 까무룩 잠들던 바위가 아직도 있다.

사랑이 부재한 세상에서의 삶은 죽음과 다를 것이 없다.

금호동 시절, 어머니에게 사(思)랑한다고 말씀드리면, 어머니는 나에게 "이놈아 나는 오(五)랑한다"고 말씀하셨다.

멀리 안드로메다의 행성 SH2014J에 있는 선희가 정말로 자기를 사랑하느냐고, 천년의 사랑을 믿어도 되느냐고 묻는다면 이렇게 답하고 싶다.

오랑한다 선희야!

금호동에서 선희가 살고 있는
행성 SH2014J를 바라보며
정승재

로체가 있던 자리, 금호동

ⓒ 정승재

1판 1쇄 발행 　|　 2021년 2월 20일

지은이 　|　 정승재
펴낸이 　|　 정홍수
편집 　|　 김현숙 임고운
펴낸곳 　|　 (주)도서출판 강
출판등록 　|　 2000년 8월 9일(제2000-185호)

주소 　|　 서울시 마포구 동교로 17안길 21(우 04002)
전화 　|　 02-325-9566
팩시밀리 　|　 02-325-8486
전자우편 　|　 gangpub@hanmail.net

값 14,000원
ISBN 978-89-8218-273-0　　03810